Rendez-vous nocturne

Kimberly Logan

Rendez-vous nocturne

Traduit de l'américain
par Daniel Garcia

J'AI LU

Titre original :

A KISS IN THE DARK
Avon Books, an imprint of HarperCollinsPublishers, New York

À toute ma famille, qui sait toujours comment me faire rire, même lorsque j'ai envie de pleurer. Je vous aime de tout mon cœur.

Et aussi à mes amies de l'Association des romancières du Kentucky. Merci de vos encouragements et de vos conseils.

Prologue

Londres, 1819

— Maudite soit cette gamine !

Tristan Knight, cinquième comte d'Ellington, faisait les cent pas devant la cheminée de la bibliothèque. Au comble de l'agitation, il se passa nerveusement une main dans les cheveux.

— Croyez-moi, Archer, si je n'arrive pas à mettre rapidement un terme aux bouffonneries d'Emily, je serai bientôt bon pour l'asile de fous.

Le vieux majordome manifesta son inquiétude.

— Elle est encore très jeune, milord, fit-il valoir. Et son éducation a souffert d'un certain laxisme. Je crains que votre père ne lui ait trop laissé la bride sur le cou.

Tristan s'immobilisa face à son serviteur.

— C'est le moins qu'on puisse dire ! Sa négligence n'a malheureusement pas concerné que l'éducation d'Emily. Il m'a laissé un sacré désordre sur les bras. Le domaine était sens dessus dessous à mon arrivée.

Archer demeura silencieux, comme s'il ne voyait pas quoi répondre à cela.

Tristan laissa son regard errer dans la pièce. La décoration était restée très masculine et, en apparence, rien n'avait changé depuis huit ans qu'il avait quitté la maison. Le mobilier en acajou était toujours aussi imposant, de même que les rayonnages couverts de livres. Seul un œil exercé aurait pu remarquer que le tapis commençait à s'user sur les bords et que la couleur des tentures encadrant les fenêtres avait passé.

— Milord votre père n'a plus été le même après la mort de votre mère, lâcha finalement Archer en se balançant d'un pied sur l'autre. Il passait la plupart de ses soirées à son club ou dans les salles de jeu, et quand il rentrait, il avait généralement... euh, trop bu pour se soucier de la marche de cette maison.

L'évocation de la défunte comtesse serra le cœur de Tristan. Il s'affala dans un fauteuil, exhalant un profond soupir.

— Je sais. Et je m'excuse de m'en être pris à vous, Archer. Rien de tout cela n'est votre faute. Une fois de plus, je me suis laissé emporter.

— Je comprends, milord. Lady Emily peut se montrer parfois excessivement irritante.

Le mot était faible.

— Combien de gouvernantes a-t-elle déjà usées à ce jour ? Trois ? Quatre ?

— Cinq, pour autant que je sache compter.

Cinq gouvernantes en moins de quatre mois ! À ce rythme-là, sa sœur allait rapidement épuiser tout le contingent des gouvernantes disponibles sur Londres.

— Pour être honnête, précisa Archer, lady Emily n'était pas entièrement responsable de l'incident qui a causé le départ de Mme Eversley. La carafe de vinaigre ressemblait à s'y méprendre à celle qu'utilisait Mme Eversley pour boire de l'eau la nuit.

— Le problème est que Mme Eversley n'a pas supporté d'avaler du vinaigre, et cela peut se comprendre. De toute façon, il n'y a pas d'excuse à la présence de miel dans les chaussures de Mlle Dalrymple. Et pas d'excuse non plus pour le serpent trouvé dans les draps de Mme Petersham. Si la pauvre avait eu quelques années de plus, elle aurait pu en mourir d'apoplexie.

Le visage du majordome s'empourpra légèrement.

— Lady Emily est quelque peu... dissipée, c'est vrai, mais reconnaissez, milord, que ces derniers mois ont été pour elle éprouvants. D'abord la mort de son père. Ensuite votre retour... Je pense qu'elle a besoin d'un peu de temps pour s'habituer à sa nouvelle existence.

— Je lui ai déjà donné quatre mois ! Mais la situation ne fait qu'empirer. Les gouvernantes se succèdent à un rythme effréné. Mme Petersham a fait ses valises au bout d'une semaine !

— Je me permets de rappeler à milord que votre dernier tuteur avait fait de même après seulement une journée.

Tristan ne put s'empêcher de sourire à ce souvenir. Archer avait raison. Il n'avait pas vraiment été un garçon discipliné. La vérité, c'est qu'après avoir tenté, pendant des années, de plaire à un père qui n'était jamais satisfait, il avait fini par se rebeller.

Il suffisait à Tristan de contempler le grand bureau encombré de papiers pour revoir son père assis derrière, occupé à le sermonner une fois de plus sur sa mauvaise conduite. En fait, ils ne s'étaient jamais entendus. Sans la présence réconfortante de lady Ellington pour calmer le jeu, ils se seraient probablement entre-tués.

Tristan éprouva à nouveau un pincement au cœur en repensant à sa mère, et son sourire s'évanouit brusquement. Des images traversèrent sa mémoire : celle d'un homme au visage couvert de cicatrices, l'éclair d'un poignard dans la nuit, le sang qui ruisselle sur les pavés d'une ruelle sombre...

Mieux valait penser à autre chose. Il se tourna vers Archer.

— Emily me déteste, dit-il. Et je ne peux lui en faire grief. Je l'ai abandonnée pendant des années, la laissant seule auprès d'un homme qui n'avait même plus la force de s'occuper de lui-même.

Le vieux majordome fit un pas en avant et s'autorisa à poser une main décharnée sur son bras.

— Elle ne vous déteste pas, milord. Simplement, elle n'est pas habituée à ce que quelqu'un s'inquiète de son existence.

Tristan abandonna son siège et s'approcha de la fenêtre qui donnait sur la rue. Écartant les rideaux, il vit que le soir tombait sur les toits de Berkeley Square. Le quartier semblait parfaitement calme et désert.

— Je tiens à elle, Archer, dit-il sans se retourner. Malheureusement, je pense qu'Emily s'en fiche. Je voudrais son bonheur, mais je n'ai aucune idée sur la façon dont il faut s'y prendre avec une jeune fille de quatorze ans. (Il secoua la tête.) Je n'aurais pas dû m'absenter aussi longtemps.

Tristan était parfaitement sincère en disant cela. Il aurait dû rentrer beaucoup plus tôt à la maison. Mais il ne s'était pas douté un seul instant que lord Ellington oublierait ses responsabilités au point de laisser Emily grandir toute seule.

— Soyez patient, milord, l'encouragea Archer en s'approchant à son tour de la fenêtre. Vous ne pouviez quand même pas espérer réparer huit ans de négligences en seulement quatre mois. Tôt ou tard, lady Emily finira par comprendre que vous n'agissez que pour son bien.

Tristan desserra son nœud de cravate, puis se remit à faire les cent pas sur le tapis.

— Hélas, je crains que ce ne soit pas uniquement

une question de patience. Vous savez tout autant que moi ce que le dragon risque de dire en apprenant ce nouveau fiasco.

Le « dragon » en question n'était autre que Ruella Palmer, marquise d'Overton et sœur du père de Tristan. Aussi dure et intraitable que feu son frère, elle n'avait pas manqué une occasion, depuis le retour de Tristan, de critiquer la façon dont celui-ci s'y prenait avec sa nièce.

— Elle possède assez de pouvoir et d'influence pour me rendre la situation invivable, reprit-il.

Et, se retournant vers le majordome, il ajouta :

— Si elle décide de me retirer la tutelle d'Emily, elle peut très bien y arriver. Mais je ne préfère pas y penser. Ce serait terrible.

Cette perspective mettait Tristan au supplice. Il coula un regard vers le portrait de Victoria Knight accroché au-dessus de la cheminée. Sa mère y affichait un air de parfaite sérénité. Victoria avait été très belle, avec ses cheveux blonds et ses yeux bleus tirant sur le violet – une nuance rare, qui se retrouvait dans les yeux de Tristan et ceux d'Emily. En fait, Emily ressemblait tellement à sa mère qu'il en restait parfois stupéfait.

Je suis tellement désolé de n'avoir pas pu te protéger, maman... songea-t-il. *Mais je ne répéterai pas la même erreur avec Emily. Je te le jure !*

Il reporta son attention sur le majordome :

— Je devrais peut-être l'envoyer à Knighthaven. Quelques semaines loin de Londres lui feraient le plus grand bien.

— Mais il est à craindre qu'elle ne trouve à la campagne d'autres motifs de dissipation.

Tristan haussa les épaules.

— Il faut pourtant que j'agisse. Et vite, avant que tante Rue ne rentre elle-même de la campagne et ne vienne s'enquérir de la situation. Où est Emily ? Je vais lui parler.

— Dans sa chambre, je crois, milord. Mais si je puis me permettre un conseil, évitez de trop l'impressionner.

Facile à dire ! Si Tristan avait hérité des yeux violets de sa mère, il devait en revanche à son père sa musculature imposante et son air sévère.

Alors qu'il se dirigeait vers la porte, quelqu'un frappa violemment au battant.

Intrigué, Tristan ouvrit aussitôt. Il tomba sur une soubrette qui paraissait affolée.

— Qu'y a-t-il, Mary ?

— C'est lady Emily, milord ! Elle est… elle est partie !

Tristan sursauta.

— Partie ? Que voulez-vous dire ?

— J'ai frappé à sa porte pour lui demander si elle n'avait besoin de rien. Ne recevant pas de réponse, je me suis permis d'entrer. Et j'ai… j'ai trouvé ça sur son oreiller, expliqua la soubrette en tendant un morceau de papier d'une main tremblante.

Tristan s'en empara et le lut rapidement. Il se tourna vers son majordome, livide.

— Bon sang, Archer, Emily s'est enfuie !

1

— « Alors l'ange souhaita bonne nuit aux enfants et leur donna un dernier baiser, en leur promettant qu'il serait toujours là pour les protéger. Et, avant de partir, l'ange ordonna aux étoiles de briller derrière leur fenêtre, pour que leurs rêves soient plus beaux… »

Vanessa Wilks, vicomtesse de Rotherby, referma le livre de contes et sourit aux garçons accroupis à ses pieds, qui la regardaient avec des yeux émerveillés. Elle était toujours ravie de pouvoir leur faire un peu oublier la dureté de leur quotidien.

— Ils en avaient de la chance, ces enfants, qu'un ange s'occupe d'eux ! commenta l'un des garçons.

Elle s'esclaffa.

— Oh oui, Miles ! Tu l'as dit.

Vanessa sentit qu'on tirait sur sa manche. Elle se tourna vers le plus jeune de la bande, Benji, tout juste âgé de six ans.

— L'ange était vraiment avec eux ? Même quand ils ne pouvaient pas le voir ?

— Oui, Benji. C'était leur ange gardien.

— Et moi, est-ce que j'ai un ange gardien ?

— Bien sûr, mon chéri. Tous les enfants en ont un.

Cette remarque fut accueillie par un ricanement narquois. Un jeune homme d'environ seize ans, très brun, surgit dans la lumière de l'unique chandelle qui brillait dans la pièce.

— Ne l'écoute pas, dit-il. Les anges n'existent que dans l'esprit des imbéciles.

Benji avait pâli, et Vanessa, instinctivement, le serra dans ses bras, tout en fusillant l'importun du regard. C'était Jack – Jack Barlow –, un des membres du gang des Rag-Tag. Jack était un solitaire qui semblait prendre plaisir à démoraliser les autres garçons, surtout lorsqu'ils étaient plus jeunes que lui. Depuis un an qu'elle s'était lancé le défi d'éduquer la petite troupe, Vanessa avait plusieurs fois tenté d'amadouer Jack. Toujours en vain.

La jeune femme s'apprêtait à lui reprocher son attitude quand elle fut devancée par une voix ferme :

— Ferme-la, Jack.

Celui-ci s'empourpra violemment.

— Eh ! Je suis pas ton esclave ! Je dis ce que je veux.

— Et moi, je te dis de la fermer.

Une autre silhouette se matérialisa dans la lumière.

Peter Quick, le chef – officieux – du gang, était d'un an plus jeune que Jack, mais il le dépassait déjà d'une tête, et surtout son regard trahissait une maturité impressionnante. Il dégageait en outre une autorité tranquille que Jack ne posséderait jamais. Les autres vouaient à Peter une loyauté sans faille, car c'était grâce à son ingéniosité que la bande parvenait à subsister. Mais Jack voyait d'un très mauvais œil sa relégation au second plan.

Vanessa regarda Peter faire un pas vers son aîné.

— Oserais-tu discuter mes ordres ?

Jack resta parfaitement immobile, comme s'il soupesait ses chances dans un corps-à-corps. Puis, marmonnant un juron entre ses dents, il alla s'installer sur le banc qui faisait face à la cheminée éteinte.

— Ça existe vraiment, les anges, Peter ? se risqua à demander Benji d'une petite voix timide.

Le visage de Peter s'adoucit. Il caressa les mèches blondes du garçon.

— Si lady Rotherby le dit, c'est que ça existe. Elle n'irait pas nous mentir, n'est-ce pas ?

Benji secoua la tête d'un air convaincu. Puis il se tourna vers Vanessa.

— Vous êtes un ange, milady ?

La jeune femme sourit.

— Non, mon chéri. Mais merci du compliment.

— Vous pourriez nous relire l'histoire ? l'implora Benji.

Vanessa n'eut pas le loisir de répondre.

— Ça suffira pour ce soir, intervint Peter. Il est temps d'aller se coucher, tout le monde.

Les garçons assis en rond par terre grommelèrent une protestation, pour la forme, avant de consentir à se lever. Ils souhaitèrent le bonsoir à Vanessa, puis rejoignirent leur paillasse.

Benji hésita un instant, avant de chuchoter à l'oreille de la jeune femme :

— Est-ce que je peux garder le livre, milady ?

— Bien sûr. Je l'ai apporté pour ça. Mais promets-moi d'être généreux et de le partager avec tes camarades.

En guise de réponse, le garçon lui sauta au cou et planta un baiser sonore sur sa joue, avant de s'éclipser en serrant précieusement le livre contre lui.

Vanessa, les yeux embués par l'émotion, le regarda rejoindre les autres. Benji était un enfant adorable. Il méritait tellement mieux que son sort ! Ses camarades aussi, du reste.

La bande des Rag-Tag avait élu domicile dans une vieille bicoque abandonnée, aux murs branlants. Aucun enfant n'aurait dû grandir dans un environnement aussi misérable, songeait Vanessa, le cœur gros. Hélas, le monde ne tournait pas aussi rond qu'il le devrait.

— Ça va, milady ?

La voix de Peter la tira de ses pensées. Elle se força à sourire.

— Oui, ça va, merci. J'étais juste en train de penser que j'aimerais faire davantage pour vous.

— Vous avez déjà fait beaucoup, répliqua Peter. Plus que quiconque avant vous, en tout cas, ajouta-t-il en désignant les sacs de provisions déposés sur la grande planche qui servait de table. Merci. Avec ce que vous avez apporté aujourd'hui, nous aurons de quoi manger pour huit jours.

— Pendant ce temps, j'espère que les garçons ne seront pas obligés de… travailler ?

Peter s'esclaffa.

— Les poches des braves gens n'auront rien à craindre de notre part cette semaine. Malheureusement, je ne peux pas vous en promettre autant en ce qui concerne les gars de Barnaby Flynt.

Vanessa sursauta.

— Barnaby Flynt ? répéta-t-elle, une boule dans la gorge. Il serait de retour en ville ? Tu en es sûr, Peter ?

Il hocha la tête.

— Je ne l'ai pas vu de mes propres yeux, mais oui, j'en suis sûr. Il rôde dans Tothill Fields.

Barnaby Flynt ! Ici, dans le quartier ! Vanessa en avait des sueurs froides. La simple évocation de ce nom avait suffi à la ramener huit ans en arrière, à ce jour funeste où…

La jeune femme préféra ne pas s'appesantir sur ses souvenirs macabres. Elle étreignit le bras de Peter.

— Toi et les garçons, faites bien attention à lui. C'est un homme dangereux.

— Vous n'avez pas besoin de me mettre en garde, milady. Je sais quoi penser de Flynt et de sa bande. Et je n'ai pas l'intention de les laisser me marcher sur les pieds.

C'était exactement ce que redoutait Vanessa. Peter avait beau être plus mûr que les autres enfants de son âge, il n'était encore qu'un gamin, tandis que Barnaby Flynt était un homme. Un homme que rien n'arrêtait lorsqu'il convoitait quelque chose. Ni la duperie, ni le vol, ni même le meurtre.

Elle frissonnait déjà à l'idée d'une confrontation entre les deux gangs.

— Non, Peter, écoute-moi. Ne te mêle pas de cela. Et dis plutôt aux autres garçons que, s'ils rencontrent des membres de la bande de Flynt, de leur donner tout ce qu'ils réclameront sans discuter. Tu m'as bien comprise ?

Peter serra les mâchoires avec détermination. Vanessa, qui commençait à bien le connaître, comprit qu'il refuserait de suivre son conseil. Elle aurait dû se douter que ce ne serait pas si simple. Peter était obstiné et tenait à son autorité. D'un autre côté, elle ne pouvait lui en vouloir : c'était justement cela qui lui avait permis de survivre et de protéger les autres garçons du monde cruel qui les entourait.

Cependant, maintenant qu'elle savait que Barnaby Flynt rôdait dans les environs, elle ne pouvait pas rester sans réagir. Elle se promit de rendre plus souvent visite aux Rag-Tag. Au moindre signe de grabuge, elle prendrait les dispositions nécessaires pour protéger les enfants.

Pourvu que Flynt ne découvre jamais qui elle était réellement !

La jeune femme laissa échapper un soupir.

— Je vais y aller. Il se fait tard et si je ne rentre pas bientôt à la maison, Mme Godfrey alertera la police.

Peter se fit soudain protecteur.

— Voulez-vous que je vous accompagne, milady ? Ce n'est pas un quartier pour vous promener toute seule. Surtout à cette heure.

Vanessa se retint de sourire. Elle était beaucoup plus familière de ce quartier qu'il ne pouvait l'imaginer.

— Non, ce ne sera pas nécessaire. Merci de ton offre, Peter, mais je suis venue avec Cullen. Il m'attend à la voiture.

La jeune femme récupéra son manteau, puis s'approcha du lit de Benji pour un dernier au revoir. Le garçon s'était déjà endormi, le livre de contes serré sur sa poitrine. Vanessa lui caressa furtivement les cheveux, la gorge nouée par l'émotion. Elle aurait tellement voulu le prendre dans ses bras et l'emmener avec elle…

— Prends bien soin de lui, dit-elle à Peter.

Il redressa fièrement le menton.

— Oui, milady, répliqua-t-il d'une voix fervente.

Vanessa ne doutait pas de sa sincérité. Peter s'était toujours montré protecteur envers les autres garçons, mais plus particulièrement avec Benji.

Elle partait vers la porte, quand la question du jeune chef la prit par surprise.

— Vous croyez réellement que tous les enfants ont un ange gardien, milady ?

Elle lui fit face, essayant de lire son expression. Mais la pièce était trop sombre.

— Oui. Oui, je le crois.

— Même les méchants garçons ?

Il semblait tout à coup si seul et si perdu que Vanessa eut envie de le serrer dans ses bras. Combien de fois, alors qu'elle était petite fille, ne s'était-elle pas posé cette même question ? Et combien de fois, allongée sur la misérable paillasse qui lui servait de lit à l'époque, n'avait-elle pas prié le Ciel de lui pardonner ce qu'elle était obligée de faire pour rester en vie ?

— Tu n'es pas un méchant garçon, Peter. Aucun de vous n'est méchant.

Il esquissa une moue cynique.

— Nous sommes des pickpockets, milady. Nous volons pour manger. J'ai du mal à croire que Dieu nous enverrait ses anges.

Vanessa n'eut pas le temps de songer à une réponse : il avait tourné les talons et s'était fondu dans l'obscurité.

Elle aurait voulu lui dire qu'il se trompait. Mais comment expliquer cela à un garçon de quinze ans, habitué à ne voir que les mauvais côtés de l'existence ? Avant que Nigel ne lui offre un toit et une raison de vivre, elle pensait comme lui. Le vicomte avait été pour elle beaucoup plus qu'un ange gardien : il avait été son sauveur.

Alors qu'elle se dirigeait vers la porte, elle aperçut tout à coup Jack Barlow, assis devant la cheminée. Il semblait la guetter du regard et ses prunelles trahissaient un mélange de colère et de ressentiment.

Vanessa frissonna. Ce garçon la mettait mal à l'aise, et elle commençait à penser que sa présence dans la bande ne pouvait rien donner de bon. Détournant le regard, elle resserra son manteau sur ses épaules et sortit.

Son attelage l'attendait juste au coin de la ruelle. Cependant, avant de mettre le pied dehors, elle s'assura que personne ne rôdait alentour. Dans ce quartier, mieux valait rester sur ses gardes en toutes circonstances.

La jeune femme fit un signe à son cocher, Cullen, qui n'avait pas quitté son perchoir, puis elle ouvrit la portière et s'engouffra dans le véhicule, qui démarra aussitôt.

Elle abandonna, dans un soupir, sa nuque sur le dossier de la banquette et ferma les yeux. Elle se sentait tout à coup épuisée. Revenir à Tothill Fields était toujours une expérience éprouvante. Cela lui rappelait trop l'époque où elle n'était pas encore lady Rotherby, mais seulement la petite Vanessa O'Shea, fille d'un ivrogne du quartier.

Et elle-même pickpocket dans la bande de Barnaby Flynt.

Elle ne put retenir un frisson en se remémorant le visage cruel de leur chef. Avec ses yeux froids et sombres, sa chevelure noire comme la nuit et la cicatrice qui lui barrait la joue gauche, il ressemblait à une incarnation du diable. Cela faisait maintenant plus de huit ans qu'il hantait les cauchemars de Vanessa. Depuis cette nuit où tout avait basculé.

Même après tout ce temps, elle gardait intact le souvenir du drame, comme s'il était survenu hier. Les cris de la jolie dame, qui essayait d'échapper à Barnaby et à ses hommes ; son sang qui gouttait sur les pavés… Mais l'image qui tourmentait le plus Vanessa, c'était celle de ce beau jeune homme qui s'était agenouillé près du corps et l'avait serré contre lui, ses yeux bleus, presque violets, embués de chagrin et de rage. Vanessa n'avait jamais pu oublier son visage.

Elle essaya de soupeser les implications du retour de Barnaby. Peter avait raison sur un point : il chercherait à régner sur toutes les activités illégales du quartier. Le jeu, la prostitution, le vol. Il n'aurait de cesse de soumettre les autres bandes à sa loi. Ceux qui ne voudraient pas coopérer de leur plein gré y seraient contraints par la force.

Pourquoi ne pas avertir la police de la présence de Flynt dans le quartier? songea-t-elle. Non, ce n'était pas une bonne idée. Flynt se terrerait, comme il savait si bien le faire, jusqu'à ce que l'orage soit passé. En attendant, tout ce que gagnerait Vanessa, ce serait d'attirer l'attention de la police sur les petites bandes comme celle des Rag-Tag, ce qui n'était certainement pas le meilleur service à leur rendre.

Elle était bien placée pour connaître la précarité de leur existence. Tout le monde n'avait pas eu sa chance. Le jour où elle avait fouillé dans les poches de Nigel Wilks, vicomte de Rotherby, le sort avait soudain basculé en sa faveur.

L'attelage s'était arrêté devant sa maison de Piccadilly. Vanessa, tirée de ses pensées, ouvrit la portière et descendit. Elle remarqua, du coin de l'œil, une autre voiture garée devant la sienne. C'étaient sans doute ses voisins qui recevaient, se dit-elle en gravissant le perron.

Elle se trompait.

— Oh, milady! s'exclama la gouvernante, ouvrant la porte. Enfin, vous voilà! Je ne vous espérais plus.

Vanessa lui sourit chaleureusement. Mme Godfrey avait été au service de Nigel pendant plus de trente ans et, depuis qu'il était mort, la gouvernante veillait sur elle comme une seconde mère.

— Excusez-moi, madame Godfrey. Je ne voulais pas vous inquiéter, mais j'ai été...

La gouvernante secoua gravement la tête.

— Ce n'est pas ça, milady...

Puis, jetant un coup d'œil furtif derrière elle, elle ajouta à voix basse :

— Vous avez de la visite. Un monsieur.

Vanessa haussa les sourcils.

— De la visite ? Mais il est plus de minuit !

— Je sais, milady. J'ai essayé de le convaincre de revenir demain, mais il…

— Ne grondez pas votre servante, lady Rotherby, intervint une voix depuis le salon.

Vanessa vit une silhouette s'encadrer sur le seuil de la pièce.

— Elle a effectivement voulu me congédier, mais j'ai pris la liberté d'insister, expliqua l'inconnu.

Il s'avança dans le hall, et ses traits apparurent tout à coup en pleine lumière. Vanessa crut que le sol se dérobait sous ses pieds.

Dieu tout-puissant ! Elle avait devant elle le visage qui la hantait depuis huit ans. Le visage de ce jeune homme dont Barnaby avait tué la mère.

Avec sa complicité.

2

Vanessa était paralysée. Elle fixait l'homme qui pouvait anéantir sa vie en l'accusant publiquement. Comment avait-il fait pour la retrouver, après tout ce temps ?

La panique au ventre, elle jeta un coup d'œil derrière lui, comme si elle s'attendait à voir la police surgir du salon. Mais il semblait être venu seul, et elle se détendit légèrement.

— Lady Rotherby ? Quelque chose ne va pas ?

La question de son visiteur ne manquait pas de sel. Ou alors, il aimait les plaisanteries morbides. Vanessa faillit partir d'un rire hystérique. Sa vie menaçait de basculer, et il lui demandait si quelque chose n'allait pas ?

Cependant, il semblait sincèrement dérouté par sa stupéfaction. Et, surtout, il ne donnait pas du tout l'impression de l'avoir reconnue.

Se pouvait-il qu'elle se soit trompée sur son identité ?

Mais non, c'était impossible. À l'époque, Vanessa n'avait que douze ans, mais elle avait été impressionnée par la beauté virile de ce visage aristocratique. Huit ans plus tard, l'inconnu était toujours aussi beau. Et il était encore plus impressionnant physiquement, avec sa carrure d'athlète et ce magnétisme qui semblait irradier de toute sa personne.

Un détail, en particulier, suffisait à la convaincre qu'elle ne se trompait pas : ses yeux d'un bleu unique, presque violet. Des yeux pareils ne pouvaient pas s'oublier.

L'inconnu haussa un sourcil, comme s'il attendait impatiemment une réponse. Vanessa s'éclaircit la voix.

— Oui… oui, tout va bien, milord. C'est simplement que… je suis surprise de cette visite.

— Excusez mon intrusion, répliqua-t-il d'un ton fort civil. Et l'heure est un peu tardive, j'en conviens. Mais je souhaitais vous entretenir d'un sujet urgent.

Coulant un regard en direction de Mme Godfrey, il ajouta :

— Pourrions-nous parler en privé ?

Pourquoi ? se demanda Vanessa. Avait-il l'intention de la kidnapper pour la livrer à la police en cachette de ses domestiques ? La jeune femme ne comprenait pas quel était son jeu. Après tout, il aurait très bien pu la démasquer à l'instant où elle était rentrée chez elle. Quoi qu'il en soit, c'est lui qui avait toutes les cartes en main. Le mieux était donc, pour l'instant, de le laisser mener la partie.

— Oui, bien sûr. Pourriez-vous nous laisser, madame Godfrey ?

La gouvernante voulut protester : une lady respectable n'aurait pas dû accepter de recevoir seule un inconnu au milieu de la nuit. Malheureusement, Vanessa n'avait pas vraiment le choix. Elle étreignit le bras de sa gouvernante.

— Tout ira bien, madame Godfrey, dit-elle avec plus d'assurance qu'elle n'en ressentait réellement. Ne vous inquiétez pas.

Mme Godfrey ne paraissait pas convaincue. Elle tourna cependant les talons et s'éloigna, raidissant les épaules pour manifester sa réprobation.

Vanessa attendit qu'elle eût refermé la porte de l'office. Puis, prenant une profonde inspiration, elle fit de nouveau face à son visiteur.

— Installons-nous au salon, proposa-t-elle.

L'inconnu hocha la tête, puis de la main lui fit signe de le précéder.

La jeune femme, en passant à côté de lui, huma son parfum, un mélange épicé qui flatta agréablement ses narines.

Arrête ! se morigéna-t-elle. C'était bien le moment de se laisser divertir par son parfum. Si elle voulait se sortir de ce pétrin, elle avait intérêt à garder les idées claires.

Heureusement, elle en était capable. Elle n'avait pas réussi pour rien à survivre, trois ans, seule dans les rues de Londres.

Emboîtant le pas à son hôtesse, Tristan se demanda une fois de plus ce qu'il faisait chez la veuve la plus infâme de Londres.

Cette question, il n'avait pas cessé de se la poser depuis qu'il avait sonné à la porte de lady Rotherby. Mais, pour l'instant, il était toujours incapable d'y répondre.

Depuis son retour dans la capitale, il avait beaucoup entendu parler de la vicomtesse de Rotherby, et rarement en bien. Son mariage avec le vicomte, trois ans plus tôt, avait causé un énorme scandale. Il faut dire que lord Rotherby affichait quelques solides années de plus que cette jeune fille dont il s'était soudain entiché, alors que personne ne connaissait ses origines ni sa véritable identité. Deux ans plus tard, elle se retrouvait veuve et, depuis, les ragots sur son compte n'avaient fait que redoubler. On spéculait beaucoup sur ses étranges allées et venues dans les bas-fonds de la ville. Et aussi sur l'aspect patibulaire de certains de ses domestiques, qu'elle recrutait on ne savait où.

Tristan devait avouer que la première fois qu'Archer lui avait suggéré de prendre contact avec elle, il avait repoussé farouchement cette idée. Mais ses recherches étant restées vaines, il était désormais prêt à tout pour retrouver Emily.

Lady Rotherby, du reste, ne ressemblait pas du tout à l'image qu'il s'en était forgée. Il s'était imaginé une femme dure et cinglante. Il avait devant lui une créature d'une beauté exquise et raffinée. Ses cheveux auburn étaient coiffés en chignon et ses yeux verts, aux éclats d'émeraude, illuminaient son visage. Sa robe en mousseline verte épousait le moindre mouvement de sa silhouette.

Elle s'assit dans un ravissant petit fauteuil tendu de velours cramoisi. Tristan éprouva une brutale bouffée de désir, qu'il s'obligea à refréner. Il était venu pour Emily : rien ne devait le distraire de son but tant qu'il n'aurait pas retrouvé sa sœur.

D'un mouvement gracieux de la tête, son hôtesse lui fit signe de prendre le siège en face du sien. Tristan s'exécuta, en remarquant qu'elle l'observait curieusement.

À bien y réfléchir, son attitude depuis le début était curieuse. Elle semblait se méfier de lui, comme si elle redoutait à tout instant qu'il ne se jette sur elle. Tristan savait que sa carrure était intimidante, mais quand même pas à ce point…

Vanessa, pendant ce temps, priait le Ciel pour que son invité ne s'aperçoive pas de sa nervosité.

Elle s'éclaircit la voix.

— Que puis-je pour vous, monsieur… ?

— Lord Ellington.

Elle faillit sursauter. Elle avait entendu parler du comte d'Ellington. Ces derniers temps, la bonne société ne parlait d'ailleurs que de lui. Il était revenu, quatre mois plus tôt, hériter de son titre, après que son père eut trouvé la mort dans un accident d'attelage. Mais Vanessa n'avait pas fait le rapprochement entre ce nom et le jeune homme courageux qui avait tenté de défendre sa mère, huit ans plus tôt, car elle ignorait à l'époque l'identité de la victime.

— Pour être franc, je ne sais pas si vous pouvez quelque chose pour moi, commença-t-il. Toutefois, quelqu'un m'a suggéré que vous pourriez peut-être m'aider.

Vanessa avait beau l'écouter attentivement, elle ne détectait aucune trace de colère ni d'animosité dans son ton. Si incroyable que cela fût, elle commençait réellement à penser que sa visite n'était qu'une pure coïncidence. Probablement ignorait-il qui elle était vraiment. Cependant, elle préférait rester prudente.

— Ah ? Et en quoi ?

— Ma sœur… ma sœur s'est enfuie en fin d'après-midi.

— Votre sœur ?

— Oui.

Il se passa une main dans les cheveux, faisant retomber une mèche sur son front, ce qui lui donna un air enfantin qui contrastait avec sa carrure.

— J'ai récemment hérité du titre de mon père et, par la même occasion, de la responsabilité de ma sœur cadette, Emily, expliqua-t-il. Malheureusement, mon père s'est montré quelque peu laxiste dans son éducation, et je crains qu'elle n'ait ressenti mon autorité comme une intrusion insupportable dans son existence. Après l'une de nos disputes, elle s'est enfuie de la maison.

Il marqua une pause, avant d'ajouter d'une voix lasse :

— Mes domestiques et moi-même avons fouillé tout le quartier pendant des heures. En vain.

Vanessa remarqua qu'il semblait épuisé. Et ses prunelles trahissaient un véritable désarroi. Elle comprit qu'il n'était pas en train de lui raconter une quelconque fable destinée à la faire tomber dans un piège.

Elle aurait dû être rassurée. Il ne savait pas qui elle était, et elle ne courait donc aucun danger d'être livrée à la police. Mais son soulagement était gâché par la tristesse qui le hantait.

— Je suis désolée d'apprendre la disparition de votre sœur, milord, dit-elle sincèrement. Mais en quoi pourrais-je vous être utile ? C'est plutôt, il me semble, une affaire pour la police.

Le visage du comte s'assombrit davantage encore.

— J'ai bien sûr alerté la police. Mais elle ne m'a été d'aucun secours.

Il se leva, pour aller se planter devant la cheminée. Vanessa était fascinée par la largeur de son dos, dont on devinait les muscles qui roulaient sous les vêtements.

— L'inspecteur avec qui je me suis entretenu s'est permis d'insinuer que je m'inquiétais inutilement. D'après lui, Emily se cache chez une amie et réapparaîtra demain matin.

— Et s'il avait raison ?

— Il ne connaît pas Emily. Elle a très peu d'amies de son âge, et j'ai interrogé toutes celles que je connais. Elles ignoraient sa fuite et je suis disposé à les croire. Emily est imprévisible.

— Elle n'aurait pas pu trouver refuge chez un parent... ?

Le comte s'esclaffa.

— Le seul proche parent qui nous reste est une vieille tante, la marquise d'Overton. Emily sait que je la déteste. Et c'est réciproque, d'ailleurs. Mais elle n'a pas pu lui demander l'hospitalité : la marquise séjourne actuellement à la campagne, avec son mari. En revanche, si sa tante apprenait sa fugue, ce serait une vraie catastrophe : elle me retirerait la tutelle d'Emily pour se l'arroger. Ma sœur ne se doute pas de l'enfer qu'elle vivrait alors.

Vanessa avait beau chercher, elle ne comprenait toujours pas pourquoi le comte s'adressait à elle.

— Excusez-moi, mais je ne vois pas en quoi...

— Nous pensons qu'elle se trouve quelque part dans Tothill Fields.

— Je vous demande pardon ?

Le comte se retourna.

— À mon retour de la police, mon majordome m'a appris qu'un des valets avait retrouvé la valise d'Emily. Elle gisait, ouverte et vide, dans une ruelle à la lisière du faubourg.

Vanessa eut un haut-le-cœur. Bonté divine ! Si c'était vrai, si la sœur du comte se trouvait réellement là-bas, elle était en danger.

— Évidemment, je me suis rué sur place, continua Ellington. Mais j'ai découvert que les habitants du quartier n'ouvrent pas facilement la bouche devant quelqu'un comme moi.

Vanessa n'avait aucune peine à imaginer la réaction des faubouriens devant un aristocrate leur demandant des nouvelles de sa sœur. Ils avaient dû opposer à cet ennemi de classe un mur de silence.

— Et c'est pourquoi vous avez besoin de mon aide, conclut-elle.

Le comte hocha la tête.

— On m'a expliqué que vous connaissiez le quartier, dit-il en regagnant son siège. Et que les gens vous font confiance. Ils seraient donc plus enclins à vous répondre qu'à moi.

Il avait raison sur ce point. Depuis un an qu'elle fréquentait assidûment Tothill Fields, Vanessa avait réussi à gagner la confiance des habitants. Et ils n'hésiteraient pas à lui rendre service si elle le leur demandait. Toute la question était de savoir si elle-même avait envie d'aider le comte.

Elle l'observa de nouveau. Son visage était fermé, mais ses yeux exprimaient ce qui ressemblait à une imploration muette. Vanessa comprit qu'il tenait à sa sœur, malgré leurs querelles. Il devait être au supplice de la savoir livrée à elle-même dans l'un des quartiers les plus dangereux de la ville.

Cependant, malgré toute la compassion qu'elle ressentait pour lui, elle ne pouvait prendre le risque de l'aider. Plus elle passerait de temps avec le comte, plus il avait de chances de la reconnaître.

— Je suis navrée, lord Ellington, mais je ne puis rien pour vous.

— S'il vous faut un encouragement, sachez que je suis évidemment disposé à vous récompenser de vos efforts. Je ne serai pas un ingrat.

— Je n'ai pas besoin de votre argent. Le mien me suffit.

Le comte pinça les lèvres. Et ses prunelles brillèrent d'un éclat presque noir.

— Oui, je m'en doute. Cela m'étonnera toujours de voir à quoi les gens sont prêts pour faire fortune.

L'insinuation était limpide. Vanessa la reçut comme une gifle en plein visage. Elle savait pourtant ce que la bonne société pensait d'elle. Mais que cet homme-là le pense aussi, voilà qui la chagrinait plus qu'elle ne l'aurait voulu.

Elle redressa le menton.

— Sortez, milord.

Il resta quelques secondes à la contempler, sans rien dire, les mâchoires serrées. Puis il bondit vers la porte.

— Quand je pense, dit-il au moment de tourner la poignée, que je commençais à croire que les gens se trompaient sur votre compte...

Il claqua la porte derrière lui, laissant Vanessa pétrifiée sur son siège.

3

La lune, très haute dans le ciel, éclairait faiblement les pavés dominés par deux rangées d'immeubles sinistres. Par la porte entrouverte d'une taverne voisine, des rires gras résonnaient dans la nuit. Ils faisaient écho à ceux de trois jeunes soiffards qui marchaient en titubant sur le trottoir.

Lorsque le trio arriva à hauteur de la petite ruelle où elle se cachait, lady Emily Knight se tapit dans l'obscurité. Elle attendit, le cœur battant à tout rompre dans sa poitrine, qu'ils se fussent éloignés.

Comment faisait-elle pour se mettre toujours dans des situations impossibles ? se demanda-t-elle, mortifiée.

Un peu plus tôt dans la soirée, elle avait quitté la maison familiale poussée par la colère. Elle était furieuse que son frère s'obstine à vouloir régenter sa vie. Pourquoi refusait-il d'admettre qu'elle était parfaitement capable de se débrouiller seule ? Cela faisait maintenant huit ans qu'elle le prouvait quotidiennement. Elle n'avait pas besoin d'avoir sur le dos quelqu'un pour lui dire quoi faire ou ne pas faire – et surtout pas une gouvernante. Mais Tristan ne voulait rien entendre. Le frère qu'elle avait jadis adulé était devenu un étranger intraitable.

Sa fuite, cependant, n'avait pas longtemps été euphorique. Au bout de quelques centaines de mètres, et alors que sa colère était déjà en partie retombée, Emily s'était aperçue qu'elle ne savait pas où aller. Il n'était évidemment pas question de se confier à ses quelques « amies » : elles ne garderaient pas le secret. Et elle ne comptait plus qu'une seule parente proche, tante Rue. Mais la marquise était bien la dernière personne à qui elle irait demander de l'aide.

Alors, que faire ?

Les choix étant limités, après quelques minutes de réflexion, la jeune fille avait décidé d'obliquer vers le sud, en direction de la Tamise. Une fois sur les quais, elle trouverait bien à s'embarquer sur un bateau en partance pour l'Oxfordshire. De là, elle continuerait à pied jusqu'à Knighthaven. D'ici à ce que Tristan retrouve sa trace, il aurait changé d'avis sur sa débrouillardise.

Malheureusement, Emily avait dû rapidement déchanter. Plus elle marchait, plus le décor autour d'elle devenait sinistre, et les quais n'apparaissaient toujours pas à l'horizon. Avec cela, la nuit qui tombait rapidement ! Comprenant qu'elle s'était trompée de direction, la jeune fille commença à sérieusement s'inquiéter. Comble de malchance, les piétons qu'elle croisait n'avaient pas l'air disposés à renseigner poliment une jeune lady égarée. Au contraire, ils la regardaient d'une façon qui lui donnait des frissons.

Le coup de grâce était survenu tout à l'heure, lorsqu'elle s'était arrêtée à un carrefour pour tenter de se repérer. Elle avait posé sa valise près d'elle, le temps de regarder à droite et à gauche. Quand elle avait voulu la reprendre, sa valise avait disparu ! Et avec elle, tout ce qu'elle possédait en propre – notamment un petit médaillon en or, hérité de sa mère, qu'elle chérissait plus que tout.

Emily avait alors réalisé tout le tragique de sa situation. Elle était perdue. Et c'était la faute de Tristan !

Si seulement il avait pu ne pas revenir, songeait la jeune fille, essuyant les larmes qui embuaient ses yeux. Dire que tout allait si bien avant son retour ! Son père la laissait faire tout ce qu'elle voulait. Certes, la plupart du temps, il était trop soûl pour se rappeler l'existence de sa fille, mais cette situation convenait parfaitement à Emily. Du moment qu'elle était libre, elle était heureuse. C'est du moins ce dont elle avait réussi à se persuader.

Tout à coup un bruit, à l'autre extrémité de la ruelle, l'alerta. Tapie dans l'ombre, elle tourna la tête pour essayer de voir de quoi il retournait. Depuis à peu près une heure qu'elle se cachait là, elle avait déjà été surprise par un chat errant, et par un rat presque aussi gros que le chat. Mais, cette fois, le bruit était trop sonore pour provenir d'un animal. On aurait dit des raclements de bottes sur le pavé.

Sa curiosité l'emportant sur la peur, Emily s'avança de quelques pas. La scène qu'elle découvrit alors l'horrifia littéralement. Elle dut porter une main à sa bouche pour ne pas crier.

Une bande de jeunes gens patibulaires s'en prenait à un homme entre deux âges, vêtu comme un marchand. Tandis que deux des brigands le maintenaient fermement par les bras, un troisième l'assommait de coups de poing. Un quatrième ruffian surveillait la scène d'un œil amusé.

Dieu du Ciel ! Ils allaient le tuer ! Malheureusement, Emily ne voyait pas comment faire pour lui venir en aide. Même si elle se mettait à crier au secours, elle doutait fort qu'un sauveur apparaisse par miracle.

— Ça suffit, Toby, intervint soudain une voix.

L'intonation était si menaçante qu'Emily en frissonna de la tête aux pieds. Les gredins arrêtèrent aussitôt de frapper leur victime et reculèrent d'un pas.

Le nouvel arrivant était un grand gaillard inquiétant. Mais ce qui frappa le plus la jeune fille, c'était la cicatrice qui barrait sa joue gauche et venait mourir au coin de ses lèvres, les retroussant légèrement en ce qui ressemblait à une parodie de sourire. Un sourire cruel. Emily avait l'impression que le diable en personne s'était incarné devant elle.

Il s'approcha du pauvre homme pantelant.

— Alors, monsieur Baldwin, dit-il d'une voix doucereuse, vous ne seriez quand même pas parti sans dire au revoir à votre vieil ami Barnaby Flynt, n'est-ce pas ?

Le marchand avait du mal à respirer.

— Non… non, bien sûr que non… monsieur Flynt. Je n'aurais pas fait ça.

— Tant mieux. Parce que vous me devez quelque chose, monsieur Baldwin.

— Je vous dois quelque chose, monsieur Flynt ?

Flynt fit signe à l'un de ses hommes, qui lui décocha aussitôt un nouveau coup de poing.

— Vous pensez vraiment que je ne m'apercevrais pas de votre duperie, Baldwin ? reprit Flynt en secouant la tête d'un drôle d'air désabusé. Je sais très bien ce que valait la marchandise que je vous ai livrée. Je vous ai fait suivre plusieurs jours par Toby ici présent, et il m'a raconté des choses très intéressantes sur votre compte.

— Quoi qu'il ait pu dire, ce sont des mensonges ! Je le jure !

— Toby ne se risquerait pas à me mentir. En revanche, je n'en dirais pas autant de vous.

Flynt, le regard interrogateur, se tourna vers l'un de ses sbires. Celui-ci sortit de sa poche une bourse en cuir.

— Nous l'avons fouillé. Il portait ça sur lui.

La bourse vola dans les airs et atterrit dans la paume ouverte de Flynt.

— Ce n'est vraiment pas beau, Baldwin, d'avoir essayé de me doubler, dit-il en contemplant la bourse.

Malgré la pénombre, Emily put voir que le marchand était devenu blême, comme si tout son sang s'était retiré de son visage.

— Non... je vous en prie...

Ignorant ses supplications, Flynt rendit la bourse à son comparse et s'éloigna de quelques mètres, d'un pas délibérément tranquille.

— Je suis désolé de faire ça, Baldwin. Vraiment. Mais je ne peux pas laisser dire que Barnaby Flynt s'est fait escroquer sans réagir.

— Je vous en supplie, monsieur Flynt ! Je vous jure que cela ne se reproduira plus.

— Tu as raison sur ce point. Ça ne se reproduira plus.

Flynt se retourna d'un bond. Emily, médusée, vit un poignard luire dans la nuit et venir se ficher, avec la rapidité de l'éclair, dans la poitrine du marchand. Baldwin, hurlant de douleur, porta une main incrédule sur le manche du poignard. Puis ses yeux roulèrent dans leurs orbites et il s'écroula à terre, inanimé, tandis qu'une flaque de sang se formait déjà sur les pavés.

Emily, horrifiée, recula dans l'ombre. Mais sa bottine heurta une pile de cageots, qui s'écroula avec fracas.

L'instant d'après, toute la bande avait les yeux rivés sur elle.

D'abord, personne ne bougea ni ne parla. Puis Barnaby Flynt lâcha :

— Emparez-vous d'elle !

Emily tourna les talons et s'enfuit en courant, le sang bourdonnant à ses tempes. Mon Dieu ! Si jamais ils l'attrapaient, ils la tueraient. Comme l'infortuné M. Baldwin.

Au sortir de la ruelle, elle regarda dans la rue, cherchant désespérément quelqu'un, n'importe qui, pour lui venir en aide. Mais il n'y avait personne. La jeune fille, retroussant ses jupes, reprit alors sa course sur le trottoir, espérant au moins trouver un endroit où se cacher.

Au bout de quelques mètres, elle aperçut l'embouchure d'une autre ruelle. Elle décida de s'y précipiter, mais juste au moment où elle bifurquait, elle entra en collision avec quelqu'un venant de la direction opposée.

La force du choc faillit la faire tomber. Deux mains vigoureuses saisirent opportunément ses poignets pour l'aider à retrouver son équilibre.

Emily se trouvait face à un garçon de son âge. Plutôt grand et mince, il avait des cheveux bruns qui retombaient jusque sur ses épaules et des yeux d'un bleu intense.

— Je vous en supplie, murmura-t-elle, aidez-moi !

Le garçon la contemplait sans rien dire. Emily crut qu'il allait la repousser, mais juste au moment où les sbires de Flynt s'encadraient dans l'entrée de la ruelle, il la cacha derrière lui, puis toisa les autres avec une attitude de défiance.

Emily risqua un coup d'œil par-dessus l'épaule de son protecteur. Les quatre comparses de Flynt s'étaient immobilisés face à eux. La jeune fille réalisa qu'aucun ne devait avoir plus de vingt ans. Celui qui s'appelait Toby arborait un sourire diabolique, qui la fit frissonner.

— Eh bien, Toby, lança son protecteur d'un ton insolent. Qu'est-ce qui t'arrive ? Tu t'en prends aux jeunes filles sans défense, maintenant ?

— Te mêle pas de ça, Peter, et laisse-nous l'emmener. M. Flynt veut lui parler.

Peter hocha la tête d'un air pensif.

— Ah oui, M. Flynt. Et qu'est-ce que je gagne, si je vous la remets ?

Emily faillit crier d'indignation. Mais Peter l'ignorait. Il gardait son regard rivé sur les trois ruffians.

Toby esquissa un nouveau sourire.

— Nous te laisserons la vie sauve.

Un de ses acolytes s'esclaffa.

— De toute façon, tes jours sont comptés, Peter Quick. M. Flynt est le chef ici, maintenant. Ta petite bande ne fera plus la loi bien longtemps.

— Tu as un peu vite oublié la leçon de l'autre jour, Sam. Rappelle-toi : quand je vous ai surpris, Toby et toi, à malmener un de mes gars. Vous êtes repartis la queue entre les jambes, si je me souviens bien…

Toby s'empourpra.

— La situation n'est plus la même aujourd'hui. Nous sommes quatre contre toi. L'issue du combat ne fait aucun doute.

Peter haussa un sourcil.

— Tu en es sûr ?

— Sûr de quoi ?

— Que je suis seul. À ta place, je regarderais derrière moi.

Les quatre paires d'yeux se retournèrent comme une seule. Au même instant, Peter entraîna Emily par le bras :

— Courons ! lui souffla-t-il à l'oreille.

La jeune fille n'eut pas besoin de se le faire répéter deux fois. Elle prit ses jambes à son cou et suivit le garçon. Un bruit de cavalcade, dans son dos, l'avertit que les quatre autres les avaient déjà pris en chasse.

Peter courait en zigzag, d'une ruelle à l'autre, à une allure éprouvante pour Emily. Mais leurs poursuivants tenaient bon et elle avait même l'impression qu'ils se rapprochaient.

Juste au moment où elle pensait ne pas pouvoir aller plus loin, un mur se dressa brusquement devant eux. Ils s'étaient enfoncés dans un cul-de-sac. La jeune fille sentit son cœur chavirer de désespoir.

Mais Peter poussa de côté une pile de vieilles caisses, dégageant une faille dans le mur.

— Passez par là. Vite !

C'était vraiment très étroit, cependant Emily réussit à passer. Et Peter à sa suite.

Juste à temps ! Les quatre ruffians avaient pénétré à leur tour dans le cul-de-sac. Comprenant qu'ils ne pouvaient aller plus loin, leur stature les empêchant d'emprunter l'ouverture du mur, ils laissèrent échapper une bordée de jurons.

— Venez, dit Peter qui avait déjà repris le bras d'Emily. Filons d'ici, avant qu'ils ne trouvent un moyen de nous rattraper.

Emily ne chercha pas à protester. Elle laissa son protecteur la conduire dans l'obscurité.

4

Tristan rentra chez lui de fort mauvaise humeur. Sa visite chez la vicomtesse de Rotherby lui était restée sur le cœur.

Il aurait pourtant dû se douter qu'il serait vain de réclamer l'aide d'une femme de sa réputation. Furieux d'avoir perdu son temps, il aurait aimé chasser la jeune femme de sa mémoire avec autant de rapidité qu'elle-même l'avait chassé de son domicile. Malheureusement, la dame en question n'était pas si facile à oublier.

— Vous rentrez bredouille, milord ? demanda Archer qui l'attendait sur le pas de la porte.

— Bredouille, confirma Tristan, jetant son chapeau et ses gants sur le guéridon de l'entrée. Elle a refusé de m'aider.

Archer, intrigué, le suivit vers le bureau.

— Refusé, dites-vous ?

— Sans l'ombre d'une hésitation.

— Je suis navré, milord. J'étais persuadé qu'elle accepterait.

Tristan se servit un verre de brandy et but une rasade revigorante, avant de se tourner vers son majordome :

— Au fait, Archer, tu ne m'as pas expliqué pourquoi

lady Rotherby était familière d'un quartier comme Tothill Fields.

— Je n'aime pas colporter les ragots, milord, mais je crois que… ses affaires la conduisent souvent là-bas. C'est du moins ce que je me suis laissé dire.

Tristan hocha la tête. Cela ne l'étonnait pas vraiment. Il s'en voulait, à présent, d'avoir un moment cédé à la séduction des yeux verts de lady Rotherby, au point de douter de ce qu'il avait entendu sur son compte. Mais elle n'avait pas tardé à lui révéler sa vraie nature. Cette femme avait semble-t-il mieux à faire que d'aider une jeune fille en détresse.

Il serra les dents de frustration. Le diable emporte cette maudite vicomtesse !

Son refus de l'aider l'avait outré, certes. Ce n'était cependant pas une raison pour l'insulter comme il l'avait fait. Ses paroles avaient été inutilement cruelles, il le reconnaissait. Il les regrettait d'autant plus qu'il avait cru comprendre, au regard de son hôtesse, qu'il l'avait blessée.

Pour sa défense, Tristan se dit qu'il avait été surpris de la rencontre. La beauté de cette femme l'avait troublé et dérouté. Il se l'était représentée nue dans les bras du vieux vicomte, le laissant l'embrasser et la caresser. Et cette image, bizarrement, avait attisé sa colère.

Il finit son verre et s'en servit aussitôt un autre. Après tout, que lui importait de savoir avec qui couchait la vicomtesse ? Lord Rotherby n'avait sans doute pas été le premier de la liste – ni le dernier. Si la moitié seulement de ce qu'il avait entendu dire sur elle était vrai, c'était le genre de femme qu'il valait mieux éviter de fréquenter. Il avait plus intéressant à faire : élever sa sœur.

À condition de la retrouver…

— Des nouvelles d'Emily ? demanda-t-il.

Le majordome secoua la tête.

— Hélas non, milord. Plusieurs domestiques continuent de chercher, mais personne n'a encore rien trouvé.

Tristan refusait de s'affoler, même si son angoisse était bien réelle. Savoir sa petite sœur perdue dans le dédale de Tothill Fields avait de quoi lui donner des sueurs froides, mais il avait besoin d'avoir les idées claires.

Il reposa son verre.

— Je vais, moi aussi, poursuivre les recherches, dit-il en partant déjà vers la porte.

— Mais, milord, protesta Archer, vous avez été dehors toute la nuit. Prenez d'abord un peu de repos. Vous avez l'air épuisé.

— Ce n'est pas le moment de dormir, Archer. Emily court sans doute un grave danger. Puisque la police ne me prend pas au sérieux, la malheureuse ne peut plus compter que sur moi.

Tandis qu'il retraversait le hall, Tristan se rappela soudain le jour où son père l'avait mis dehors. Après des semaines et des semaines de vives querelles, il n'avait été que trop content, pour une fois, d'exécuter l'ordre paternel. L'atmosphère de la maison familiale lui était devenue insupportable, car elle lui rappelait trop que sa mère n'était plus là. Et en partie par sa faute.

Si seulement il avait pu mesurer le danger que ses ambitions charitables faisaient courir à lady Ellington, il n'aurait jamais accepté de l'accompagner le jour du drame. S'il avait refusé, probablement aurait-elle renoncé à sa « mission ». Mais à dix-neuf ans, il était encore trop jeune et naïf. Il avait vu là une excellente occasion de faire un pied de nez aux diktats de son père. Résultat, cela avait coûté la vie à sa mère.

Malheureusement, ce n'était pas la seule personne à qui il avait causé du tort. Même après toutes ces années, il ne pouvait oublier le visage de sa petite sœur, baigné de larmes, qui le regardait à travers la vitre de sa chambre lorsqu'il avait quitté la maison. Ses yeux l'imploraient de ne pas partir et, troublé, il avait un moment pensé courir la chercher pour l'emmener avec lui.

Mais cela aurait été impossible, bien sûr. Même si le comte l'avait permis, la vie de vagabond qui attendait Tristan n'aurait pas pu convenir à une fillette de six ans.

Alors, il s'était éloigné sans un regard en arrière. Et depuis ce jour, Emily s'était retrouvée livrée à elle-même.

— Vous n'avez rien à vous reprocher, milord, lui dit Archer, comme s'il avait lu dans ses pensées.

— Je suis pourtant le seul à blâmer, répliqua Tristan. Mon père était devenu irresponsable. Je n'aurais pas dû rester éloigné aussi longtemps. Non, Archer, c'est de ma faute.

Il contempla quelques instants le vaste hall, qui lui rappelait le décor où il avait grandi et où il avait été si heureux autrefois. Et il crut entendre résonner dans ses oreilles l'écho du rire cristallin de sa mère.

— *Tout* est de ma faute, conclut-il avant de tourner les talons et de sortir.

La dame était un ange.

En tout cas, elle ressemblait aux images d'anges que Vanessa avait pu contempler dans les livres. Les traits délicats, la silhouette longiligne, elle portait une magnifique cape de soie lavande et un petit chapeau de la même couleur, duquel s'échappaient des mèches d'un blond lumineux. Elle semblait attendre quelqu'un et regardait à droite et à gauche d'un air anxieux.

Qu'est-ce que pouvait bien faire un ange dans ce quartier misérable ?

Tout à coup, une main puissante s'abattit sur l'épaule de Vanessa. Elle tourna la tête et découvrit Barnaby Flynt. Lui aussi contemplait la belle dame. Mais son regard était menaçant.

— Hé, hé, fit-il avec un méchant sourire. Regarde la jolie proie que voilà.

Vanessa frissonna. Elle n'avait pas voulu venir travailler avec lui ce jour-là, mais il avait insisté et maintenant il la terrifiait par la façon dont il épiait la belle dame.

— Oh non, pas elle, m'sieur Flynt. Si on s'en prenait plutôt au monsieur, là-bas ? Il a l'air d'avoir les poches bien pleines.

Une gifle la fit taire immédiatement.

— Ferme-la ! siffla Barnaby. (Quand il était en colère, sa cicatrice prenait une teinte livide.) Ce n'est pas à toi de me dire qui on doit voler. Ce sera elle, un point c'est tout.

— Mais je…

Il la secoua méchamment.

— Cesse de discuter. Sinon, tu iras gagner ta vie dans une des maisons closes du quartier. Tu vois ce que je veux dire ?

Vanessa ne voyait que trop bien. Elle détestait l'idée d'avoir à voler la belle dame, mais elle voulait encore moins devenir une catin. Barnaby était le chef, ici, et il n'était pas question de l'oublier. Elle hocha sèchement la tête en guise d'assentiment.

— Maintenant, va la voir et arrange-toi pour qu'elle vienne par ici, ajouta-t-il en désignant du doigt la ruelle sombre juste derrière eux.

— Qu'est-ce que je lui dis ?

— Je me moque de savoir comment tu vas t'y prendre. Fais-le, c'est tout. Dis-lui que ta mère est malade, ou quelque chose dans le genre. Dépêche-toi. Je vais attendre avec les copains.

Vanessa regarda Barnaby s'enfoncer dans la ruelle, puis elle reporta son attention sur la dame et se décida à s'approcher. Même si elle n'aimait pas le reconnaître, c'est à Barnaby qu'elle devait le gîte et le couvert. Il l'avait prise sous son aile après que son père l'eut abandonnée et l'avait accueillie sous son toit, avec les autres pickpockets de la bande. Elle ne pouvait donc se permettre de le contrarier.

Vue de près, la dame était encore plus belle et Vanessa se sentit toute misérable dans ses vêtements sales et troués. Une paire d'yeux bleus, presque violets, se posa sur elle et leur teinte inhabituelle la laissa muette de saisissement.

L'ange parla d'une voix mélodieuse.

— Bonjour, petite.

Vanessa lutta contre la boule qui lui obstruait la gorge.

— S'il vous plaît, il faut venir m'aider, milady.

— Que t'arrive-t-il, ma chérie ?

— Ma maman est très malade, plaida Vanessa.

Et, attrapant la dame par la manche, elle ajouta :

— Je vous en supplie, venez avec moi.

Elle avait dû se montrer convaincante, car la dame hocha la tête.

— Ne t'inquiète pas, je vais t'aider. Conduis-moi auprès de ta mère.

Vanessa l'entraîna vers la ruelle, mais plus elle s'approchait du but, plus une petite voix, dans sa conscience, lui criait que c'était mal. Elle avait déjà volé beaucoup de gens, c'est vrai, mais cette fois elle avait peur pour la dame.

À l'entrée de la ruelle, celle-ci hésita.

— Où m'emmènes-tu, chérie ? Ta mère vit là-dedans ?

L'inquiétude palpable de la dame agit sur Vanessa comme un déclic. Elle lâcha sa main.

— Éloignez-vous d'ici ! cria-t-elle en la poussant vers la rue. Vite, vite !

Mais c'était trop tard. Barnaby se ruait déjà sur elle, son poignard à la main.

La dame poussa un grand cri…

Vanessa se redressa en sursaut dans son lit, le cœur battant à tout rompre dans sa poitrine. Le cri de l'infortunée lady résonnait encore dans ses oreilles.

Il lui fallut quelques instants pour s'assurer qu'elle était dans sa chambre, en sécurité, avant que sa terreur ne commence à refluer. Elle réalisa alors que c'est elle qui avait poussé le cri qui l'avait réveillée.

Rabattant ses couvertures, la jeune femme sauta de son lit et alla ouvrir la fenêtre. La fraîcheur nocturne caressa sa peau baignée de sueur.

Elle s'était crue, avec les années, débarrassée de ce cauchemar, pourtant il était bel et bien revenu la hanter cette nuit. La visite de lord Ellington avait ressuscité des souvenirs enfouis. Mais il n'était pas seul en cause : la nouvelle du retour de Barnaby Flynt n'avait rien arrangé.

On frappa à la porte de la chambre. Le temps que Vanessa se retourne, Mme Godfrey avait passé la tête par l'entrebâillement.

— Ça va, milady ? Je vous ai entendue crier…

— Tout va bien, madame Godfrey. J'ai juste fait un cauchemar.

La vieille gouvernante paraissait soucieuse. Elle se permit d'entrer dans la chambre et rejoignit Vanessa devant la fenêtre.

— C'est votre visiteur, n'est-ce pas, milady ? Il vous a bouleversée, je le vois bien.

— Disons qu'il m'a rappelé une époque de ma vie que j'aurais préféré oublier.

— Vous voulez parler des années que vous avez vécues avant d'arriver dans cette maison ?

Vanessa hocha la tête.

La gouvernante lui sourit.

— Vous savez, milady, vous avez fait bien du chemin, depuis le jour où milord vous a amenée ici.

C'était vrai. Vanessa n'était plus la petite souillon de douze ans qui dévalisait les poches des honnêtes gens et se demandait toujours de quoi serait fait son prochain repas. Nigel avait changé sa vie.

Après le drame, elle avait connu des journées très difficiles. Elle se cachait, certaine que Barnaby la cherchait pour la punir d'avoir osé le défier. Elle avait tellement peur d'être découverte qu'elle avait même, les premiers temps, renoncé à manger. Mais son estomac avait fini par être le plus fort, et elle s'était de nouveau aventurée dans les rues.

Elle était convaincue que c'était le destin qui l'avait poussée, ce jour-là, à croiser le chemin de Nigel. Il contemplait la vitrine d'un libraire de Piccadilly quand elle l'avait repéré : un gentleman âgé, avec les cheveux gris et un visage doux. Elle s'était approchée pour le détrousser, mais elle n'avait pas été aussi rapide que d'habitude, et il l'avait prise en flagrant délit, la main glissée dans sa poche.

À la grande surprise de Vanessa, au lieu d'appeler la police, lord Rotherby l'avait emmenée chez lui, où il lui avait offert un repas chaud et un lit. Elle s'était, bien sûr, méfiée de sa générosité – surtout lorsqu'il lui avait proposé de rester à demeure. Elle avait assez vécu pour savoir que les gens vous rendaient rarement service sans espérer quelque chose en échange. Mais, avec le temps, elle avait découvert que les intentions de Nigel étaient vraiment pures.

— Votre arrivée a été une bénédiction pour lui, ajouta Mme Godfrey. Il était si triste, après la mort de sa femme et de sa fille... Il m'a souvent répété que vous lui donniez l'impression d'avoir retrouvé sa chère enfant.

Vanessa hocha la tête, émue.

— Malheureusement, il ne saura jamais combien je lui suis reconnaissante de tout ce qu'il a fait pour moi.

Pendant sept ans, le vicomte l'avait choyée comme sa propre fille. Il lui avait appris à se mouvoir, à s'exprimer et à se comporter en authentique lady. Pour Vanessa, cela avait été une révélation. Sa mère étant morte lorsqu'elle avait trois ans et son père n'ayant jamais rien su faire d'autre que de boire, elle n'avait pas connu le bonheur d'avoir une vraie famille.

Nigel lui avait donné la tendresse et l'affection qui lui avaient manqué dans son enfance. Elle avait trouvé auprès de lui une existence paisible et confortable, et leur mariage n'avait fait que renforcer le lien qui les unissait. Bien sûr, Vanessa avait toujours été au courant des rumeurs déplaisantes qui couraient sur son compte dans la bonne société, mais elle avait refusé de les laisser lui gâcher sa vie. Et elle y avait réussi.

Du moins jusqu'à ce soir. Car le commentaire acide de lord Ellington l'avait profondément blessée.

— Voulez-vous que je vous prépare quelque chose pour vous aider à retrouver le sommeil ? proposa Mme Godfrey. Du lait chaud ? Du thé ?

— Non, merci, madame Godfrey. Tout ira bien. Retournez donc vous coucher.

— Si vous êtes sûre…

— Je le suis.

La gouvernante hocha la tête à contrecœur.

— Très bien.

Elle quitta la chambre, après un dernier regard inquiet pour sa maîtresse.

Vanessa referma la fenêtre et vint s'asseoir sur le bord de son lit. Elle se doutait qu'elle ne se rendormirait pas facilement. Maintenant qu'elle était réveillée, les événements de la soirée repassaient dans sa tête comme une litanie sans fin.

Lord Ellington avait-il fini par retrouver sa sœur ?

Elle regrettait de lui avoir opposé un refus, même si elle n'avait pas eu le choix. L'idée de savoir la jeune fille perdue dans les bas-fonds de la ville la hantait. Une jeune lady sans défense n'avait aucune chance contre les gredins qui rôdaient là-bas.

Vanessa ne put réprimer un frisson. Comment réagirait-elle, si jamais il arrivait quelque chose à lady Ellington ? Mais, d'un autre côté, comment faire, alors que chaque seconde qu'elle passerait en présence du comte risquait de la démasquer ? Sans parler de l'effet qu'il produisait sur elle. Aucun homme ne l'avait jamais autant impressionnée.

Le dilemme était sérieux. Mais plus elle y réfléchissait, et plus elle réalisait qu'il n'y avait pas d'alternative. Sa conscience lui interdisait de refuser d'aider une enfant en détresse. Sinon, elle ne pourrait plus jamais se regarder dans une glace.

Vanessa n'avait raconté à personne – pas même à Nigel – ce qui s'était passé le jour de la mort de la mère de lord Ellington. Mais elle n'avait pu oublier sa responsabilité dans le drame et, malgré les années, son sentiment de culpabilité n'avait fait que croître. Peut-être qu'en aidant aujourd'hui le comte, elle parviendrait à réparer un peu le mal qu'elle lui avait causé.

Dès demain matin, elle rendrait visite à lord Ellington pour lui offrir ses services. Avec un peu de chance, sa sœur serait déjà rentrée à la maison, saine et sauve, et Vanessa n'aurait pas besoin de rester plus de quelques minutes en présence du comte.

Dans le cas contraire... Bah ! Il serait toujours temps d'aviser le moment venu.

5

Le soleil venait juste de se dresser à l'horizon quand Vanessa arriva devant le 114, Berkeley Square.

Je dois être folle, songea-t-elle en contemplant l'élégante façade de l'hôtel particulier. Elle avait passé le reste de la nuit à reconsidérer sa décision, avant de conclure qu'il n'y avait décidément pas d'échappatoire.

Elle ne pouvait pas ignorer une enfant dans le malheur.

Et elle ne pouvait pas non plus rester éternellement devant la porte du 114. Les passants commençaient à la dévisager curieusement.

La jeune femme prit une profonde inspiration, puis se résolut à gravir le perron pour sonner.

Après quelques secondes d'attente, la porte s'ouvrit sur un majordome aux cheveux argentés et au visage débonnaire.

— Que puis-je pour votre service, milady ?

— Je voudrais voir lord Ellington.

— Je m'excuse, milady, mais il ne reçoit pas de visite pour le moment. Si vous voulez bien me laisser votre carte...

Vanessa secoua la tête avec véhémence. On ne pouvait quand même pas lui refuser d'entrer, alors qu'elle avait dû rassembler tout son courage pour venir !

— Vous ne comprenez pas. C'est urgent. Je suis lady Rotherby et je souhaite offrir mon aide au comte.

Le majordome haussa les sourcils.

— Vous êtes lady Rotherby ?

— Oui, et je…

— C'est bon, Archer. Laisse-la entrer.

La voix déjà familière du comte avait résonné depuis le hall. Vanessa sentit son pouls s'emballer immédiatement.

— Bien, milord. Je vous en prie, milady…

Le majordome s'effaça pour la laisser passer. Vanessa, l'estomac serré, pénétra dans le hall. Elle remarqua à peine le décor : toute son attention était concentrée sur l'homme qui se tenait debout au milieu.

— Que faites-vous là ? demanda-t-il avant qu'elle ait pu le saluer.

Vanessa ne pouvait le blâmer de sa froideur. Du moins allait-il l'écouter jusqu'au bout.

Elle s'éclaircit la voix.

— Avez-vous eu des nouvelles de votre sœur, milord ?

— Seriez-vous inquiète, lady Rotherby ?

— Oui. Sinon, je ne me serais pas déplacée.

Le comte la dévisagea quelques instants, le visage indéchiffrable.

— Non, je n'ai pas de nouvelles.

— Dans ce cas, je souhaiterais vous aider.

Il fit un pas vers elle. Vanessa s'aperçut qu'il avait des cernes sous les yeux et semblait épuisé. Son cœur se serra de compassion.

— Qu'est-ce qui vous a fait changer d'avis ? s'enquit-il.

Elle secoua la tête.

— Je ne saurais vous l'expliquer. Disons que j'ai trouvé mon refus d'hier soir un peu trop hâtif.

Lord Ellington croisa les bras sur sa poitrine et la toisa de toute sa hauteur.

— Je vous remercie de votre… sollicitude, lady Rotherby. Mais vos services sont inutiles.

— Pardon ?

— Je viens de vous dire que je n'avais pas besoin de votre aide.

Vanessa cligna des yeux. Elle n'avait pas pensé une seconde qu'il pourrait décliner son offre. Au moins, elle se trouvait à présent déchargée de toute obligation envers lui, ce qui apaiserait sa conscience.

Mais le comte n'en avait pas fini.

— Je m'apprêtais à me rendre à la police. Et, cette fois, je ne les lâcherai pas tant qu'ils n'auront pas envoyé tous leurs hommes disponibles ratisser Tothill Fields.

— Non ! cria Vanessa, horrifiée.

Ce fut au tour du comte de cligner des yeux.

— Non ?

C'est exactement ce qu'elle avait voulu éviter : une descente en force de la police dans le quartier. Trop de gens souffriraient inutilement.

— S'il vous plaît… commença-t-elle, posant une main sur son bras.

Mais ce simple contact lui provoqua une décharge électrique et elle retira prestement sa main. Le cœur battant à tout rompre dans sa poitrine, elle resta interdite, sans pouvoir ajouter un mot.

Tristan n'était pas moins troublé qu'elle. D'ailleurs, dès l'instant où il avait reconnu sa voix à la porte, il avait dû lutter contre l'effet que cette femme produisait sur lui. Malgré sa fatigue, il y avait réussi sans trop de peine.

Jusqu'à ce qu'elle le touche.

Pourvu qu'elle n'ait pas remarqué l'étincelle de désir qu'elle avait fait naître en lui... Bon sang! Comment pouvait-il être attiré par une femme dans son genre? Une femme qui n'avait pas hésité à épouser un homme deux fois plus âgé qu'elle, et qui semblait connaître par cœur les bas-fonds de la ville. Pourtant il s'imaginait nu avec elle, dans un grand lit...

— S'il vous plaît? répéta-t-il pour chasser de son esprit ces images troublantes.

La vicomtesse semblait désarçonnée. Éprouvait-elle également un trouble en sa présence?

— S'il vous plaît, ne faites pas cela, dit-elle enfin. Si vous envoyez la police, vous risquez de vous aliéner tous les habitants du quartier. Aucun ne voudra plus vous parler.

Même si cela lui coûtait de l'admettre, Tristan était obligé de reconnaître qu'elle avait probablement raison.

— Que suggérez-vous, alors?

— Laissez-moi vous aider. Comme vous me l'avez fait remarquer hier, ces gens me font confiance. Je vais les questionner et s'ils savent quelque chose sur votre sœur, ils n'hésiteront pas à me le dire.

— Mais si vous échouez?

— Permettez-moi au moins d'essayer. Je comprends que mon refus d'hier vous ait fâché, mais je suis là maintenant et je pense pouvoir vous rendre service.

Le sang de Tristan cognait à ses tempes. Il éprouvait l'irrésistible envie de prendre le visage de la jeune femme entre ses mains, juste pour vérifier que sa peau était aussi soyeuse qu'elle paraissait.

Par l'enfer! C'était pure folie que de vouloir s'allier à cette créature. Elle était bien trop dangereuse. Mais si cela devait l'aider à retrouver Emily, le risque valait d'être pris.

— Très bien, concéda-t-il d'une voix sévère. Je vous donne jusqu'à midi. Mais si, d'ici là, vous n'avez obtenu aucun résultat, j'irai à la police.

— Midi ? Mais c'est seulement dans…

Le regard noir du comte la dissuada de protester plus longuement.

— D'accord. Le temps de retourner chez moi faire préparer ma voiture et je…

— Je viens avec vous.

— Pardon ?

— J'ai dit que je venais avec vous.

Tristan faillit rire de sa stupéfaction.

— Mais… vous ne pouvez pas !

— Je peux, et je vais le faire, répliqua-t-il d'un ton qui ne supportait aucune discussion. Je vous rappelle qu'il s'agit de ma sœur.

— Je le sais bien, lord Ellington. Mais les gens de Tothill Fields n'ont pas répondu à vos questions quand vous les avez interrogés directement. Pourquoi voulez-vous qu'ils changent d'avis quand ils vous verront avec moi ?

— Il le faudra bien. Car je n'ai pas l'intention de rester ici à me tourner les pouces pendant qu'Emily est en danger.

Sa détermination devait se lire sur son visage, car la jeune femme soupira, résignée.

— Bon, d'accord. Mais vous ne pouvez pas y aller comme ça.

— Comme ça, quoi ?

— En aristocrate, expliqua-t-elle, une lueur taquine dans les yeux. Mais je crois que j'ai une idée…

— Cet accoutrement est ridicule !

Vanessa s'amusait de voir le comte mal à l'aise dans les vêtements de cocher qu'elle lui avait fournis en l'entraînant chez elle.

Elle s'approcha et fit semblant de l'examiner d'un œil professionnel.

— Moi, je trouve que ça vous va très bien.

Il grommela un juron et elle réprima un sourire. Cullen, son cocher, n'était pourtant pas un gringalet, mais sa garde-robe était une bonne taille trop petite pour la stature du comte. Le pantalon, par exemple, tombait un peu court. Et la veste était tendue à l'extrême sur les épaules. Au total, l'effet était assez comique.

Le comte se détourna du miroir du hall et fit face à la jeune femme, les mains sur les hanches.

— Je ne vois toujours pas l'utilité de jouer cette comédie.

— Je vous l'ai pourtant déjà expliqué. Si vous allez à Tothill Fields habillé en aristocrate, personne ne voudra rien me dire. Mais si vous m'accompagnez habillé en domestique, ils ne prêteront pas attention à vous.

— Votre cocher n'a pas non plus l'air d'apprécier cette mascarade. Depuis tout à l'heure, il m'examine d'un œil noir.

Vanessa coula un regard vers le coin où se tenait Cullen, les bras croisés sur la poitrine et les sourcils froncés.

— Son attitude n'a rien à voir avec le fait que vous portiez ses vêtements. Cullen est juste très… protecteur à mon endroit.

Lord Ellington regarda le domestique.

— Eh bien, mon garçon, sachez que je n'ai aucune visée sur votre maîtresse.

Vanessa, bizarrement, fut déçue par cette remarque. Elle savait pourtant depuis longtemps qu'il n'y avait pas de place dans sa vie pour une liaison romantique. Elle détenait trop de secrets. Cependant, face au comte, elle devait lutter contre un désir qu'il aurait été inutile de nier. Qu'y avait-il donc, chez cet homme, de si puissant qu'elle en oubliait toutes ses bonnes résolutions ?

Comme Cullen ne répondait pas, lord Ellington se tourna vers elle.

— Il n'est pas très bavard, on dirait.

Vanessa éprouvait toujours un pincement au cœur chaque fois qu'on lui rappelait le martyre de Cullen.

— Il ne peut pas parler, répondit-elle à voix basse pour que Cullen ne puisse pas entendre. Il n'a plus de langue.

Le visage de lord Ellington traduisit sa stupéfaction, mais elle refusa d'entrer dans les détails. Il n'avait pas besoin de savoir que Cullen avait autrefois appartenu à la bande de Barnaby Flynt, et que ce dernier avait ordonné qu'on lui coupe la langue, un jour où il avait osé s'élever contre la cruauté du chef de gang. Vanessa l'avait trouvé, un an plus tôt, errant dans les rues de Tothill Fields et une amitié s'était nouée entre eux, renforcée par leur haine commune envers Flynt. Pleine d'admiration devant l'habileté de Cullen à se faire comprendre sans dire un mot, la jeune femme lui avait offert un toit et un emploi, ce que tout le monde lui avait refusé jusqu'ici. En retour, il lui avait donné sa dévotion et sa loyauté.

Mais ce n'était pas le moment de se plonger dans les souvenirs. Vanessa s'empara de son manteau, suspendu à une patère.

— Il est temps d'y aller.

Ellington hocha la tête d'un air ironique.

— Bien, milady.

Elle fronça les sourcils à son intention, avant de se tourner vers son cocher :

— Cullen, amène la voiture devant la porte. Nous arrivons.

La jeune femme attendit que son serviteur soit sorti avant de se rapprocher du comte.

— Je pense, milord, qu'il serait préférable que je connaisse votre prénom.

— Pourquoi donc ?

— Parce que, si vous êtes mon domestique, je peux difficilement vous appeler lord Ellington, non ? Si vous voulez, je peux vous choisir un prénom de circonstance. Francis, par exemple. Ou Edwin. Ou...

— Tristan.

— Pardon ?

— Je m'appelle Tristan.

Tristan. Ce prénom lui convenait à ravir. Depuis le drame qui avait coûté la vie à lady Ellington, Vanessa se l'était souvent représenté en noble chevalier tentant de sauver sa mère. C'était d'ailleurs cela qui la fascinait chez lui. Elle se l'était imaginé comme une sorte de prince. De ceux qu'on rencontrait dans les contes de fées, et qui ne seraient jamais à la portée d'une femme comme elle.

— Vous me devez la pareille, maintenant, dit-il.

Elle fut brutalement rappelée à la réalité.

— Que voulez-vous dire ?

— Eh bien, il me semblerait normal que je connaisse votre prénom.

— Je ne vois pas pourquoi...

Il vint se planter juste devant elle.

— Allons, lady Rotherby. Quel mal y aurait-il à cela ?

— Vanessa, murmura la jeune femme. Je m'appelle Vanessa.

Un sourire triomphant éclaira le visage du comte. Elle en frissonna. Cet homme menaçait décidément sa tranquillité d'esprit. Pourvu qu'elle n'ait pas commis une erreur fatale en décidant de l'aider...

6

Quand Emily se réveilla, deux yeux marron la scrutaient fixement.

La jeune fille poussa un cri. Le cœur battant, elle se redressa pour s'asseoir sur la paillasse où elle avait dormi, tandis que les événements de la soirée précédente lui revenaient en mémoire. Elle se calma, cependant, en réalisant que les deux prunelles qui l'observaient appartenaient à un garçon blond au visage de chérubin et au sourire timide.

— Êtes-vous un ange ? demanda-t-il d'un ton plein d'espoir.

Emily ne sut quoi répondre. Remontant la couverture sur son menton, elle jeta un coup d'œil au décor qui l'entourait. Peter l'avait amenée ici hier soir, après l'avoir sauvée des griffes de Toby et des autres. Mais il faisait trop noir pour voir grand-chose. Maintenant, avec la lumière du jour qui filtrait à travers les persiennes disjointes de la fenêtre, elle pouvait constater la décrépitude des lieux.

La pièce, très vaste, alignait des paillasses comme celle sur laquelle Emily avait dormi. Il n'y avait pas d'autre mobilier, hormis une grande planche posée sur des tréteaux en guise de table. Les murs, décrépis, étaient vierges de toute décoration. Un groupe de jeunes garçons était assemblé devant la cheminée, où brûlait un maigre feu.

L'un d'eux, qui devait avoir dans les douze ans, regarda dans sa direction. Voyant qu'elle était réveillée, il s'approcha, fusillant du regard l'enfant qui se tenait à côté d'elle.

— Bon sang, Benji ! Peter avait dit de la laisser dormir !

Benji pinça les lèvres.

— C'est pas moi qui l'ai réveillée ! Elle s'est réveillée toute seule.

L'autre garçon se tourna vers Emily.

— Navré, mademoiselle.

Emily risqua un sourire.

— Ce n'est pas grave. Il ne m'ennuyait pas. J'étais juste un peu surprise de me retrouver ici, c'est tout.

Elle jeta un nouveau coup d'œil circulaire à la pièce.

— Où suis-je ?

— Dans la tanière des Rag-Tag.

— La tanière des Rag-Tag ? Mais où est-ce ?

— Hé ! Dans Tothill Fields, évidemment !

Emily sursauta. Tothill Fields ! Elle avait entendu des histoires horribles sur ce quartier.

— Où sont vos parents ? demanda-t-elle au plus grand. Ils ne seront pas fâchés contre votre frère de m'avoir fait dormir ici ?

Le garçon s'esclaffa.

— Peter n'est pas mon frère. Et nous n'avons plus de parents.

— Plus de parents ? répéta-t-elle, médusée. Mais alors, qui s'occupe de vous ?

Le dénommé Benji grimpa sur la paillasse d'Emily.

— C'est Peter.

— C'est lui qui vous a amenée ici, expliqua l'aîné. Moi, c'est Nat. Et vous avez déjà fait la connaissance de Benji.

Emily inspecta une nouvelle fois la pièce du regard, espérant apercevoir Peter dans un coin.

— Il n'est pas là, dit Nat comme s'il avait deviné ses pensées. Il est sorti voir dans quel sens soufflait le vent, mais il ne tardera pas à rentrer.

Au même moment, une porte s'ouvrit derrière eux. Emily se retourna et vit un garçon de son âge, aux cheveux très noirs, pénétrer dans la pièce depuis la rue. Il portait un sac sur l'épaule.

Nat fronça les sourcils.

— Où étais-tu passé ? demanda-t-il au nouvel arrivant.

— Ça ne te regarde pas.

— Peter te cherchait.

— Tu m'en diras tant ! répliqua le jeune homme en fermant la porte.

Puis il posa son sac à terre avant d'ajouter :

— Je t'ai déjà dit que Peter n'était pas mon chef. C'est bon pour vous autres, de lui obéir au doigt et à l'œil.

Il s'aperçut tout à coup de la présence d'Emily, et la jeune fille ne put réprimer un frisson en voyant ses prunelles la scruter avec intérêt. Ses lèvres esquissèrent un sourire cruel.

— Tiens, tiens, tiens… Voilà de la visite, fit-il, s'approchant de la paillasse sans quitter Emily du regard. Depuis quand on laisse rentrer des filles dans la bande ?

— Laisse-la tranquille, Jack, intervint Nat d'une voix sèche.

— Tu me donnes des ordres, maintenant, gros balourd ?

Il y eut un silence pesant. Emily aurait juré que tout le monde entendait son cœur battre dans sa poitrine. Les autres garçons assemblés devant la cheminée s'étaient rendu compte de la scène et s'étaient retournés pour regarder.

Tout à coup, une voix résonna de nulle part.

— Je suis là, Jack, si tu veux te battre.

Le cœur d'Emily fit un bond dans sa poitrine. Tous les regards s'étaient braqués vers la porte, qui venait de se rouvrir. Peter se tenait sur le seuil, les bras croisés. On apercevait un autre garçon, plus jeune, sur ses talons.

Les deux aînés s'observèrent pendant ce qui sembla durer une éternité. Jack avec défi. Peter avec un calme étonnant.

Emily, anxieuse, attendait la suite.

— Laisse-la, Jack, lâcha finalement Peter. Tout de suite.

Jack s'éloigna, non sans grommeler. Emily soupira de soulagement.

Peter entra. Poussant du pied le sac posé par terre, il haussa un sourcil interrogatif.

— Qu'est-ce que c'est que ça ?

— Rien, répliqua Jack.

— Rien ? Le sac est plein. Nous avions promis à lady Rotherby…

— *Tu* as promis à lady Rotherby. Moi, j'ai rien promis du tout.

Peter plissa les yeux.

— Tu connais les règles, Jack.

Au lieu de répondre, celui-ci récupéra le sac et partit vers le fond de la pièce.

La tension baissa d'un cran et les autres enfants retournèrent à leurs occupations.

Peter s'approcha d'Emily. Il semblait inquiet.

— Tout va bien, mademoiselle ?

Elle hocha la tête.

— Oui, merci, dit-elle, risquant un sourire. Je voulais aussi vous remercier pour hier soir. Je ne sais pas ce que j'aurais fait sans votre aide.

Peter se tourna vers Nat :

— Si tu offrais à notre invitée une de ces délicieuses saucisses que nous a apportées lady Rotherby ? Elle doit mourir de faim.

Emily réalisa tout à coup que son estomac gargouillait. Peter avait raison : elle était affamée.

Nat partit vers la cheminée.

Peter enfonça les mains dans ses poches et dévisagea la jeune fille de ses yeux bleus.

— Vous avez causé un sacré grabuge, pour sûr, mademoiselle. Flynt a lancé tous ses gars à vos trousses.

Elle frissonna au souvenir du visage démoniaque de Barnaby Flynt. L'idée qu'un pareil diable la poursuivait l'emplissait de terreur.

Le gamin qui était arrivé avec Peter voulut la rassurer.

— Ne vous inquiétez pas, mademoiselle, dit-il avec un sourire qui éclaira son visage constellé de taches de rousseur. Flynt ne découvrira jamais notre repaire.

Il semblait avoir pleinement confiance dans ses propos. Emily pria le Ciel pour que ce soit vrai.

— Honnêtement, mademoiselle, reprit Peter, j'aimerais bien savoir pourquoi Flynt veut vous mettre le grappin dessus.

Emily s'apprêtait à répondre, quand Benji sauta de la paillasse pour tirer la manche de Peter avec insistance.

— Est-ce que c'est un ange ? demanda-t-il d'une voix étrangement révérencieuse.

Le gamin aux taches de rousseur s'esclaffa.

— Bien sûr que non. C'est juste une fille !

— Mais elle ressemble à l'image de mon livre, insista Benji. Si c'est pas un ange, c'est qui, alors ?

Peter hocha la tête.

— Bonne question, Benji. Mais je ne peux pas te répondre. Elle ne s'est pas encore présentée.

Emily se sentit rougir. Peter avait raison. Elle avait manqué à toutes les politesses.

— Je m'appelle Emily.

Peter lui tendit la main.

— Eh bien, mademoiselle Emily, accepteriez-vous de partager notre petit déjeuner ?

Malgré la gravité de sa situation et l'enchaînement de catastrophes qui avaient ponctué, depuis hier soir, sa fuite de la maison familiale, Emily ne put s'empêcher de sourire.

— J'en serais ravie, dit-elle en serrant la main de Peter.

Le chef de la bande la conduisit vers la table qui occupait le centre de la pièce. Les autres enfants s'y étaient déjà installés. Elle prit place parmi eux et remercia Nat du regard quand celui-ci posa devant elle une assiette avec une saucisse chaude et un bol de café fumant.

Peter lui présenta les autres. Emily les salua tous de la tête, mais ils étaient trop nombreux pour qu'elle puisse retenir le prénom de chacun du premier coup. Le garçon aux taches de rousseur s'appelait Miles. Un autre, Davey, avait le visage tuméfié. Elle s'apitoya sur son sort.

— Davey s'est bagarré avec les gars que vous avez croisés hier soir, expliqua Peter.

Emily était horrifiée. Toby et ses comparses étaient deux fois plus costauds que le malheureux Davey. Et ils s'étaient acharnés sur lui ! C'était monstrueux !

Peter lui sourit pour la réconforter.

— Ici, vous êtes en sécurité. Vous n'avez pas à avoir peur. Mais j'aimerais tout de même bien savoir ce qu'ils ont contre vous.

Ravalant sa frayeur, elle expliqua à la tablée tout ce qui s'était passé la veille au soir. Quand elle eut terminé, Peter resta silencieux un moment.

Emily commençait à s'inquiéter de son silence, lorsqu'il lui tapota affectueusement l'épaule.

— Eh bien, vous êtes la bienvenue ici autant de temps que vous le voudrez. Nous avons plein de place. Pas vrai, les gars ?

Un chœur d'assentiments s'éleva autour de la table.

— Est-ce que tu es devenu fou ? intervint soudain Jack.

Il se tenait toujours à l'écart, au fond de la pièce.

— Flynt essaie déjà depuis un moment de trouver notre cachette, poursuivit-il, le regard fixé sur Peter. Et maintenant, tu proposes à cette fille de rester chez nous ! Tu veux conduire Flynt tout droit ici, ou quoi ?

Peter crispa les mâchoires.

— Elle a besoin de notre aide.

— Elle a été le témoin d'un meurtre ! Rien de moins. Et si Flynt ne la retrouve pas, c'est la police qui s'en chargera. Regarde-la : est-ce qu'elle a une tête à habiter le quartier ?

Emily donnait malheureusement raison à Jack. Même si la perspective de repartir dans la rue l'effrayait, elle ne voulait surtout pas causer le moindre ennui aux Rag-Tag. Le problème, c'est qu'elle n'avait aucune idée de l'endroit où aller. Elle se sentait partagée entre son désir de rentrer à la maison et retrouver Tristan, et l'envie de prouver à son frèrequ'elle était capable de se débrouiller par ses propres moyens.

Elle se tourna vers Peter :

— Ce n'est pas grave. Dès que j'aurai fini de manger, je m'en irai. Si l'un d'entre vous pouvait seulement être assez gentil pour m'indiquer la direction du fleuve… ?

Avant que Peter ait pu répondre, un bruit, au bout de la table, attira l'attention de tout le monde. C'était Benji, qui avait abandonné ses couverts pour foncer sur Jack, rouge de colère et ses petits poings brandis devant lui.

— Non ! cria-t-il. C'est notre ange gardien. Je veux pas que tu la fasses partir !

Jack, furieux, levait déjà la main pour lui donner une gifle mais Peter, vif comme l'éclair, se précipita pour venir se planter devant lui.

— Si tu le frappes, tu es mort, dit-il d'une voix dangereusement menaçante.

Emily attendit, le souffle coupé, convaincue que les deux garçons allaient se battre. Mais Jack baissa finalement la main et tourna le dos en maugréant un juron.

Peter posa un bras protecteur sur l'épaule de Benji et le ramena à sa chaise.

— Calme-toi, Benji. Mlle Emily va rester avec nous. N'est-ce pas, mademoiselle ?

La jeune fille observait Jack d'un œil inquiet.

— Si vous pensez que tout se passera bien…

— Bien sûr ! Plus on est de fous, plus on rit, comme je dis toujours.

Un éclat de rire général salua ce propos.

— Ouais ! fit Miles à l'intention d'Emily. On est une grande famille, ici.

— Cette maison, c'est une sorte d'orphelinat ? demanda Emily, intriguée, à Peter.

Ce ne fut pas Peter qui répondit. Du coin de la pièce où il s'était réfugié, Jack lança :

— Vous n'avez pas encore compris, *mademoiselle* Emily ? Vous avez rejoint une bande de voleurs !

7

Tandis que la voiture de lady Rotherby traversait Westminster, Tristan regardait d'un œil distrait à travers la vitre de la portière.

Il n'arrivait toujours pas à comprendre ce qui avait pu inciter la vicomtesse à changer d'avis – et il ne parvenait pas davantage à comprendre pourquoi il avait si facilement accepté sa ridicule comédie du déguisement. Cette femme devait posséder quelque sortilège qui avait prise sur lui. Pourvu, au moins, qu'il ne perde pas son temps avec elle, pendant qu'Emily courait le danger d'être battue, voire pis…

Il préférait ne pas y songer.

Coulant un regard vers lady Rotherby, il s'aperçut qu'elle semblait aussi perdue que lui dans ses pensées. D'ailleurs, elle était restée étrangement silencieuse depuis qu'ils avaient quitté sa demeure. C'était pourtant elle qui avait voulu qu'ils partagent l'habitacle. Tristan avait proposé de faire le trajet à côté de Cullen, pour sauver les apparences, mais elle avait clairement refusé.

— C'est inutile, avait-elle répliqué avec un geste de la main, comme pour balayer tout argument. Nous savons, vous et moi que ma réputation est faite. Alors, pourquoi vous priver du confort de la banquette et des coussins ?

Tristan n'avait rien eu à répondre à cela. Mais, depuis, la jeune femme n'avait plus prononcé un mot.

Elle regardait par la vitre opposée, les mains croisées sur ses genoux. Avec sa robe bleu roi boutonnée jusqu'au cou, son maintien d'aristocrate et son chignon impeccable, elle incarnait à la perfection une riche lady londonienne. Mais il savait à quoi s'en tenir sur son compte et n'était pas dupe des apparences.

Vanessa… se dit-il tandis qu'il continuait de l'observer à la dérobée. Maintenant que la colère qu'elle lui avait inspirée s'estompait, il pouvait de moins en moins ignorer le désir que cette femme éveillait en lui.

Elle se tourna brusquement de son côté.

— À quoi pensez-vous donc, milord ?

Tristan ne s'attendait pas à cette question.

— À rien, milady. À rien du tout.

Elle le dévisagea d'un air sceptique, et il s'obligea à paraître indifférent, jusqu'à ce qu'elle retourne à sa contemplation du paysage.

Après cet intermède, Tristan décida de se concentrer sur le sort d'Emily. Du reste, il avait cessé depuis longtemps de fréquenter des femmes qui ne convenaient pas à son rang.

L'attelage continuait sa route, et bientôt les maisons cossues et les belles boutiques du quartier de Westminster cédèrent la place aux ruelles étroites et sombres de Tothill Fields. Le changement était abrupt et radical. Tristan frissonna en songeant qu'Emily avait dû s'apercevoir qu'elle s'était égarée une fois qu'il était trop tard.

La voiture s'arrêta devant une taverne dont l'enseigne, accrochée à la façade, grinçait au-dessus de la porte. Le Pavillon noir, pouvait-on lire.

Il se tourna vers lady Rotherby.

— C'est notre destination ?

La jeune femme hocha la tête. Elle avait déjà ouvert la porte et descendait de voiture.

— Attendez !

Tristan voulut la retenir par le bras. Mais il ressentit aussitôt une décharge électrique et laissa retomber sa main.

Ne la touche pas, se morigéna-t-il, sautant à son tour à terre. Rappelle-toi qu'il est préférable de ne pas la toucher.

Il jeta un regard à Cullen, posté sur son perchoir. Le cocher le considérait d'un œil noir. Comprenant qu'il valait mieux ne pas provoquer l'instinct protecteur de Cullen envers sa maîtresse, Tristan s'écarta prudemment de la jeune femme avant d'expliquer :

— Je voulais juste vous suggérer que, puisque je suis supposé être votre domestique, je devrais vous aider à descendre de voiture.

Elle rougit légèrement.

— Vous avez raison, bien sûr. Je n'y avais pas pensé. Je suis tellement habituée à tout faire par moi-même que je...

Elle se mordit la lèvre, comme si elle regrettait d'en avoir trop dit. Tristan fut ému de son charmant désarroi, mais il n'en laissa rien paraître. Il ouvrit la porte de la taverne et s'effaça pour la laisser entrer.

L'intérieur de l'établissement était sombre et poussiéreux, mais tout de même mieux tenu que ne le laissait augurer sa façade. À cette heure encore matinale, les tables étaient désertes. Il n'y avait que deux personnes : un gros homme aux cheveux gris qui balayait le plancher, et un client endormi dans un coin qui ronflait bruyamment.

— Bonjour, Harry.

L'homme au balai se retourna, un grand sourire éclairant son visage rougeaud. Un bandeau noir barrait son œil droit, lui donnant l'air d'un pirate.

— Bonjour, milady. Vous êtes bien matinale, aujourd'hui !

— Je t'en prie, Harry. Je t'ai déjà expliqué que tu pouvais continuer à m'appeler Vanessa. Je suis toujours la même personne que tu as connue, et tu n'as aucune raison de me traiter différemment.

Harry reposa son balai.

— Je n'y arrive pas, milady, dit-il en se grattant le front. C'est plus fort que moi. Ça ne me semble pas correct.

— J'insiste, Harry.

Tristan observait la scène, médusé. Comment ces deux êtres aussi dissemblables pouvaient-ils se connaître aussi bien ?

Elle désigna le dormeur.

— Je vois que Tom n'est pas rentré chez lui cette nuit.

— Il ronfle comme ça depuis des heures, répliqua le patron, amusé. Ça me rappelle quand ton père… (Il s'interrompit brutalement, le feu aux joues.) Désolé, milady… euh, Vanessa. Je ne voulais pas te manquer de respect.

Désolé pour quoi ? se demanda Tristan, d'autant plus interloqué que Vanessa lui avait jeté un regard inquiet. Quel était le problème avec son père ?

La jeune femme s'empressa de changer de sujet.

— Ce n'est pas grave, Harry. Je suis venue voir Lilah. Elle est en haut ?

— Bien sûr. Où veux-tu qu'elle soit ? D'ordinaire, elle n'ouvre jamais l'œil avant midi.

— Je vais juste lui rendre une petite visite. Je n'en ai pas pour longtemps.

Vanessa se dirigea vers l'escalier. Tristan lui emboîta le pas. Au moment de passer devant Harry, il constata que l'aubergiste le regardait d'un air curieux, mais celui-ci ne fit aucun commentaire et reprit son balai.

— Qu'est-il arrivé à son œil ? murmura-t-il en gravissant les marches derrière la jeune femme.

Elle lui jeta un regard par-dessus son épaule.

— La réponse varie selon les jours de la semaine. Je n'ai jamais entendu Harry raconter la même histoire deux fois de suite, depuis que je le connais.

Mais depuis combien de temps le connaissait-elle ? se demanda Tristan alors qu'ils empruntaient maintenant un petit couloir mal éclairé. Et comment Harry avait-il pu rencontrer le père de Vanessa ?

La jeune femme s'arrêta devant une porte, au bout du couloir. Elle allait frapper, quand le battant s'ouvrit tout à coup sur un gentleman aux yeux fatigués et au teint de papier mâché. Il s'éloigna vers l'escalier d'une démarche quelque peu titubante.

La seconde d'après, une femme se montra sur le seuil, vêtue d'un simple peignoir, ses longs cheveux noirs défaits. Son maquillage outrancier laissait facilement deviner sa profession.

Tristan en sursauta de surprise. Bonté divine ! Lady Rotherby l'avait amené chez une prostituée !

Vanessa s'amusa de la stupéfaction qui se lisait sur le visage du comte. Pour tout dire, elle n'était pas mécontente de l'avoir pris de court.

— Vanessa, ma chérie ! s'exclama la prostituée. Que fais-tu ici de si bon matin ?

— Bonjour, Lilah. J'espère que tu ne m'en voudras pas de te déranger sans t'avoir prévenue, mais…

— Ne fais pas l'idiote ! Tu sais bien que je suis toujours ravie de te voir.

Lilah les invita à entrer dans sa chambre, sans se soucier le moins du monde de sa tenue plutôt légère. Vanessa avait beaucoup de mal à ne pas éclater de rire devant l'attitude empruntée de Tristan. Elle connaissait Lilah depuis toujours. Avec Harry, Lilah était l'une des rares personnes à s'être occupées d'elle après la mort de son père. C'était une femme très généreuse, même si son exubérance pouvait en déconcerter plus d'un.

— Tu as bien fait de passer, Vanessa, dit Lilah en refermant la porte. Je voulais justement te remercier pour ces robes que tu m'as fait envoyer la semaine dernière. Elles sont juste à ma taille. Mais bon, elles sont presque trop jolies pour une femme comme moi.

— Ne dis pas de bêtises. Rien n'est trop joli pour toi.

La prostituée, ravie du compliment, se tourna vers Tristan avec une curiosité toute féminine.

— C'est qui, ce beau morceau ?

Le beau morceau en question esquissa un sourire. Vanessa en déduisit qu'il n'était pas choqué d'être ainsi jaugé comme un étalon dans une foire.

— C'est Tristan, expliqua-t-elle, un peu surprise de la facilité avec laquelle le prénom du comte était tombé de ses lèvres : cette soudaine familiarité la déconcertait. Je l'ai engagé pour m'escorter quand je viens à Tothill Fields.

— Voilà qui fait plaisir à entendre. Depuis le temps que je te dis de te protéger davantage lorsque tu t'aventures dans le quartier ! Il te fallait quelqu'un en plus de Cullen pour...

Lilah s'interrompit brusquement, la mine soucieuse.

— Tu n'as pas renvoyé Cullen, j'espère ?

— Il n'en a jamais été question. Il attend dehors, avec la voiture.

Lilah se précipita vers la fenêtre qu'elle ouvrit en grand.

— Cullen ! cria-t-elle, penchée par-dessus le rebord, sans se soucier d'exposer aux passants ses charmes qui débordaient du décolleté du peignoir. You-hou, Cullen ! Monte donc me dire bonjour !

Vanessa, qui avait suivi son amie à la fenêtre, vit Cullen, cramoisi, plonger la tête dans ses genoux.

Lilah s'écarta du rebord avec un soupir.

— J'ai beau tout essayer, rien ne marche avec lui !

Vanessa se retint de sourire. Elle connaissait le penchant de son amie pour Cullen, et elle était convaincue que le cocher partageait secrètement ses sentiments. Mais il était trop timide pour les manifester.

— Sois patiente, l'encouragea-t-elle.

Lilah l'interrogea du regard.

— Au fait, tu ne m'as pas encore dit pourquoi tu étais ici ?

— En réalité, je… je cherche quelqu'un.

Vanessa se tourna vers Tristan, toujours silencieux. Elle se demandait ce qu'il pensait de tout ce dont il était témoin.

Elle tendit la main.

— Tristan, la miniature, s'il vous plaît.

Il fouilla dans ses poches et en sortit un petit portrait de sa sœur incrusté dans un camée. Il eut un pincement au cœur en jetant un bref coup d'œil au bijou, avant de le donner à Vanessa.

La jeune femme éprouva la même émotion que tout à l'heure, lorsque le comte lui avait montré la miniature pour la première fois. Lady Emily était le portrait craché de sa mère : belle, angélique, avec de beaux cheveux blonds et des yeux du même bleu-violet que ceux de Tristan.

Pleine d'espoir, elle tendit le camée à Lilah. Mais celle-ci, après l'avoir examiné, secoua la tête.

— Jamais vue, dit-elle.

— Et tu n'as rien entendu non plus ? Aucun souteneur ne t'a parlé d'une nouvelle fille qu'il aurait trouvée ?

Vanessa sentit Tristan se crisper. L'idée que sa sœur ait pu être forcée à se prostituer devait lui être insupportable. Mais il ne fallait négliger aucune piste. Ce genre de choses arrivait souvent dans le quartier.

Lilah, cependant, secoua négativement la tête.

— Non. J'ai rien entendu de la sorte. Mais si tu veux, je garderai une oreille grande ouverte. S'il y a du nouveau, je te préviens tout de suite.

Vanessa rendit la miniature à Tristan, avec un soupir.

— Merci.

— Elle est ravissante, en tout cas, fit valoir Lilah. Qui est-ce ?

— Oh... une amie d'une amie.

— Je parie qu'elle est en fuite, devina Lilah. À en juger par le portrait, elle est née dans le grand monde. Bah, ça ne sera pas la première, ni la dernière, à s'imaginer que la vie est plus facile dans la rue. Mais elle va recevoir une sacrée leçon, pour sûr.

Vanessa ne put qu'acquiescer. Lilah avait, hélas, probablement raison.

— Je pensais que tu étais venue me parler de M. Baldwin, reprit la prostituée.

Vanessa en oublia momentanément la sœur de Tristan.

— Baldwin ? Le prêteur sur gages ?

— Ouais. On a trouvé son cadavre dans une ruelle. Il a été poignardé.

— C'est horrible !

Lilah haussa les épaules.

— Bah ! Il l'a bien cherché. Il n'avait qu'à pas vouloir faire des affaires avec Barnaby Flynt.

Vanessa se figea.

— Barnaby Flynt ? répéta-t-elle, la gorge sèche.

— Hmm.

Lilah ignorait les détails du drame qui avait coûté la vie à la mère de Tristan. Mais elle savait que Vanessa avait, un temps, fait partie de la bande de Flynt. Et elle connaissait également l'aversion que la jeune femme nourrissait pour lui. Une aversion que partageait d'ailleurs Lilah. Flynt avait essayé de l'enrôler dans son cheptel de filles, mais elle s'était défendue bec et ongles.

— Je suppose que tu es au courant de son retour, ajouta-t-elle.

Vanessa coula un regard vers Tristan. Il semblait intrigué.

— Quel rapport y a-t-il entre Flynt et la mort de Baldwin ? demanda-t-elle.

— Baldwin lui servait de receleur, expliqua Lilah. Si ce n'est pas Flynt lui-même qui l'a tué, c'est forcément un de ses gars.

— Qu'en pense la police ?

Lilah s'esclaffa.

— La police ? Tu sais bien qu'elle se moque éperdument de ce qui se passe ici, tant que ça ne sort pas du quartier. Ils se sont occupés d'embarquer le cadavre et c'est tout. De toute façon, personne ne pleurera Baldwin, alors ils ne vont pas se fatiguer à chercher son assassin.

C'était vrai. La police fermait volontiers les yeux sur ce qui se passait à Tothill Fields. Sauf si elle avait un intérêt particulier dans une affaire.

Le plus grave, c'était Flynt. À peine revenu, il laissait une traînée sanglante sur son passage…

Comme si elle avait deviné ses pensées, Lilah lui posa affectueusement une main sur l'épaule.

— Heureusement que tu as pu épouser ce brave vicomte et que tu n'as plus besoin de rôder par ici. On dirait que nous voilà ramenés dix ans en arrière.

— Qui est Barnaby Flynt ?

Vanessa s'attendait si peu à la question de Tristan qu'elle demeura un instant sans voix. Mais, le connaissant, elle aurait dû se douter qu'il ne resterait pas éternellement silencieux. Il était trop habitué à toujours commander. Et puis, c'était sa sœur qui avait disparu. Mais sa question évoquait un sujet que Vanessa préférait éviter.

— Quelqu'un qu'il vaut mieux ne pas fréquenter, répondit-elle finalement.

Et dans l'espoir de détourner la conversation, elle ajouta pour Lilah :

— Nous allons repartir. Je… j'ai aperçu ton… invité, quand il est sorti. As-tu besoin d'argent ? Ou de quoi que ce soit ?

La prostituée secoua la tête avec véhémence.

— Non, Vanessa. Je ne veux plus rien accepter de ta part. Tu as déjà fait beaucoup pour moi : cette chambre, les jolies robes… et tout le reste. Je peux me débrouiller, ne t'en fais pas.

— Mais tu n'es plus obligée de…

— Je sais que je ne suis pas obligée. Sauf que c'est mon travail, Vanessa. Je ne sais rien faire d'autre. Ça, au moins, je le fais bien.

Vanessa soupira, avant de donner l'accolade à son amie.

— Tu es toujours aussi têtue, Lilah.

— J'ai surtout ma fierté. Je pense que tu peux le comprendre.

Vanessa recula d'un pas et sourit.

— Je suppose que tu n'as pas de piste à me suggérer pour continuer mes recherches ?

— As-tu essayé d'interroger Mouse ?

— Mouse ? Tu crois qu'il pourrait savoir quelque chose ?

— Mouse sait toujours tout. Le problème, c'est de lui tirer les vers du nez. Mais il t'adore, alors tu ne devrais pas avoir de problème.

Vanessa hocha la tête.

— Tu as raison, dit-elle, ça vaut le coup d'essayer. (Elle posa un baiser sur la joue de son amie.) Merci, Lilah.

— Oh, de rien, fit la prostituée, avec un geste vague de la main comme pour balayer cette manifestation d'affection. Sois prudente, en tout cas. Je ne sais pas ce qui s'est passé entre toi et Barnaby, dans le temps, mais il avait très envie de te retrouver. Et il n'oublie jamais ses ennemis.

Puis, se tournant vers Tristan, elle battit des cils avec coquetterie :

— Ce fut un plaisir de vous rencontrer, lâcha-t-elle en lui tendant la main.

Vanessa craignait que le comte ne repousse le geste familier de la prostituée. Mais, à sa grande surprise, il esquissa un sourire et se pencha pour baiser la main de Lilah.

— Tout le plaisir était pour moi, madame Lilah.

Elle s'esclaffa.

— Ça alors ! En voilà de la galanterie ! Tu peux revenir quand tu veux, mon gars.

Après une dernière accolade à Vanessa, elle les reconduisit jusqu'au seuil.

— Merci, dit Vanessa quand ils se retrouvèrent seuls dans le couloir.

— Merci de quoi ?

— D'avoir été aimable avec elle.

Leurs regards se croisèrent un moment. La jeune femme, sentant son pouls s'emballer dangereusement, fonça tout droit vers l'escalier.

Ils regagnèrent la voiture en silence. Ce n'est qu'après que Vanessa eut indiqué à Cullen leur prochaine étape et qu'ils furent installés sur les banquettes que Tristan parla de nouveau.

— Qui est Barnaby Flynt ?

8

Tristan crut que Vanessa ne lui répondrait jamais.

La jeune femme avait le visage fermé et une lueur soucieuse dans le regard – inquiétude que Tristan avait déjà remarquée tout à l'heure, quand Lilah avait parlé de Flynt.

Qui était donc cet homme, pour que la seule mention de son nom provoque une telle réaction ?

Alors qu'il pensait devoir reposer sa question, Vanessa soupira.

— Barnaby Flynt est un monstre. Un homme cruel et sans cœur, qui rêve de gouverner Tothill Fields et toutes les âmes qui y vivent.

— Et c'est lui qui serait responsable de la mort de ce Baldwin ?

— Lui et sa bande sont responsables de la plupart des crimes qui ont lieu dans le quartier. Flynt déteste qu'on se mette en travers de son chemin.

Tristan frissonna à l'idée que sa sœur ait pu tomber entre les griffes de cet homme.

— La police ne fait donc rien contre lui ?

— Vous avez entendu ce qu'a dit Lilah. Elle a raison. La plupart du temps, les policiers ne se soucient pas de ce qui se passe ici.

Tristan serra les mâchoires.

— Ils auront du souci à se faire si jamais la vie de ma sœur était menacée par leur négligence, répliqua-t-il. Dès lors qu'un de mes valets a trouvé la valise d'Emily dans le quartier, j'aurais dû exiger qu'ils mettent tout en branle pour la retrouver, ajouta-t-il, une pointe de regret dans la voix.

Vanessa secoua la tête.

— Vous auriez dû leur prouver qu'elle se trouvait effectivement dans les parages. Non, vous avez bien fait. Nous allons la retrouver, j'en suis sûre.

Elle avait dit cela d'une voix calme, résolue, mais Tristan n'était pas dupe. Pourquoi la perspective d'une descente de police la mettait-elle si mal à l'aise ? Cette question en appelait une autre : pourquoi la vicomtesse était-elle si bien informée des faits et gestes d'un truand comme Barnaby Flynt ? À en juger par la façon dont Lilah s'était exprimée, Vanessa connaissait personnellement ce gredin.

Lady Rotherby était une femme décidément bien mystérieuse. Mais Tristan était déterminé à percer ses mystères. Tout en restant sur ses gardes.

— Pardonnez-moi si je me montre curieux, milady, mais je suis très étonné que vous cultiviez des amitiés chez… toutes sortes de gens.

À sa grande surprise, la jeune femme se raidit et son regard se fit glacial.

— Vous en avez sans doute déjà tiré vos conclusions, milord ? Comme tout le monde dans la bonne société.

— J'aimerais que vous ne me confondiez pas avec ces imbéciles, lady Rotherby. Je sais combien les ragots peuvent falsifier la vérité. J'en ai moi-même été victime depuis mon retour en ville. Si vous n'y voyez pas d'inconvénient, je préférerais donc entendre l'histoire de votre bouche.

— Vous avez tort. Les histoires que l'on colporte sur mon compte sont beaucoup plus amusantes que la vérité, répliqua-t-elle d'un ton qui se voulait léger mais sonnait faux. En particulier, j'aime beaucoup celle qui prétend que je serais propriétaire d'une maison de jeu. C'est piquant, non ? On raconte aussi que je serais la mère maquerelle d'un bordel. Mon amitié pour Lilah encourage évidemment de tels ragots. « Qui se ressemble s'assemble », comme on dit toujours, n'est-ce pas ?

— Personnellement, je me garderai de tout commentaire à votre sujet.

— Pourquoi donc, milord ? Hier soir, vous n'avez pas eu tant de scrupules pour me faire comprendre ce que vous pensiez de moi.

Tristan fut un peu honteux de s'entendre rappeler ses propos désobligeants de la veille. Il n'avait aucun droit de juger lady Rotherby alors qu'il ne savait rien d'elle, et encore moins de critiquer son mariage avec le vicomte. Après tout, elle n'était pas la première à avoir épousé un homme qui aurait pu être son grand-père. Et elle ne serait pas la dernière.

— Je m'excuse, dit-il. C'était mal de ma part de vous parler ainsi. Mais j'étais furieux et frustré par votre refus. J'ai dit cela sans réfléchir. Cela n'en demeure pas moins impardonnable.

La jeune femme parut déconcertée par ses excuses. Elle baissa les yeux et se rencogna dans ses coussins, muette et soudain vulnérable. Tristan sentit une boule monter dans sa gorge.

Le silence, entre eux, s'éternisa. La tension était remontée d'un cran. Finalement, elle s'éclaircit la voix.

— Et vous-même ? De quels ragots avez-vous été victime ?

Il haussa les épaules.

— On spécule sur ce que j'ai pu faire durant toutes ces années pendant lesquelles j'ai vécu loin de Londres.

Elle releva les yeux.

— Où étiez-vous parti, milord ?

Parler de son passé ne réussissait jamais à Tristan : cela ne faisait que réveiller sa culpabilité. Et il n'avait nullement l'intention de s'ouvrir à la jeune femme.

— Ici et là, répondit-il, accompagnant son propos d'un geste vague de la main. Mais je puis vous assurer qu'aucune des rumeurs circulant à ce sujet n'est fondée.

Il marqua une pause, avant d'ajouter :

— Car j'imagine que vous avez dû en entendre une ou deux ?

— Oh, vraiment très peu. Je ne sors pour ainsi dire plus dans le monde. Nigel et moi préférions la plupart du temps rester à la maison, et depuis sa mort… eh bien, je ne reçois guère d'invitations.

Tristan se pencha vers elle.

— Voilà au moins un point que nous avons en commun.

Leurs regards se croisèrent une fois de plus. La jeune femme rougit et Tristan se surprit à contempler ses lèvres. Il s'imaginait les embrassant et…

Damnation ! Détournant le regard, il pivota vers la portière, bien décidé à laisser s'éteindre l'étincelle de désir qui l'avait enflammé. Ce n'était pas le moment de vouloir séduire cette femme alors que sa sœur avait disparu !

— Nous voici arrivés, annonça la vicomtesse.

L'attelage venait en effet de s'arrêter. Tristan, revenu à la réalité, s'aperçut que la jeune femme n'avait pas vraiment répondu à ses questions.

Mais elle n'en serait pas quitte aussi facilement ! À la première occasion, il reprendrait leur conversation là où ils l'avaient laissée.

Il sortit le premier, puis aida sa compagne à descendre.

L'attelage s'était immobilisé devant une petite ruelle sombre qui s'enfonçait entre deux rangées d'immeubles bas. À part quelques passants, le quartier semblait désert. Mais ce décor sinistre en rappelait un autre à Tristan.

C'était dans un endroit semblable que, huit ans plus tôt, il avait vu sa mère mourir sous ses yeux.

Vanessa posa une main sur son épaule, comme si elle avait perçu son émotion. Ce n'était qu'un geste de réconfort, mais il eut pour effet de réveiller instantanément le désir qu'il s'était employé à chasser.

— Ne craignez rien, Tristan, dit-elle. Nous sommes chez Mouse.

Tristan était comme hypnotisé. Le seul fait d'entendre son prénom sortir des lèvres de la jeune femme affolait son pouls. Il dut faire appel à toute sa volonté pour se concentrer sur la rencontre qui les attendait.

— Qui est donc ce fameux Mouse ?

— Il est chargé de la dératisation du quartier.

Drôle d'emploi, surtout dans un tel décor, songea Tristan.

La jeune femme passa devant lui pour s'enfoncer dans la ruelle. Tristan, sans réfléchir, la retint par le bras.

— Que faites-vous ?

— Eh bien, je vais chercher Mouse.

Tristan jeta un regard suspicieux à la ruelle.

— Laissez-moi marcher devant. On ne sait pas qui pourrait se cacher là-dedans.

— Ne soyez pas ridicule. Je…

— Vanessa, s'il vous plaît.

Son ton avait dû la surprendre, car elle le dévisagea en silence un moment. Puis, haussant les épaules, elle s'écarta et lui fit signe de la précéder.

Tristan se retourna vers Cullen. Avec une rapidité surprenante, le cocher comprit son message muet. Il sauta de son perchoir et vint se poster en sentinelle devant l'entrée de la ruelle, les bras croisés sur son torse de géant.

Ravi de sa collaboration inattendue, Tristan le remercia d'un hochement de tête, avant d'entraîner Vanessa à sa suite.

Dès l'instant où les murs encadrant la ruelle cernèrent leur horizon, les souvenirs d'il y a huit ans assaillirent Tristan, menaçant de le suffoquer.

Tout à coup, un bruit provenant d'une pile de cageots l'alerta. Il stoppa net et fit signe à Vanessa de ne plus bouger.

La ruelle était si étroite et les murs si hauts que la lumière du jour n'y parvenait pratiquement jamais. Tristan dut attendre que ses yeux s'accommodent à la pénombre, avant de distinguer une silhouette enfantine recroquevillée derrière les cageots.

— Mouse ! s'exclama Vanessa.

Et avant que Tristan ait pu l'arrêter, elle courut s'agenouiller près de la silhouette.

— Mouse, c'est bien toi ?

— Allez-vous-en ! répondit une voix assourdie. J'ai rien fait ! Rien !

— Mouse, ne t'affole pas. Nous ne te voulons aucun mal, assura Vanessa en lui touchant le bras. C'est moi, lady Rotherby.

La silhouette releva légèrement la tête.

— Je ne connais pas de lady.

— Mais si. Tu me connais, moi. Allons, sors de ta cachette.

Mouse redressa complètement la tête, laissant apparaître deux yeux d'un noir de jais. Tristan, éberlué, réalisa que ce qu'il avait pris pour un enfant était en réalité un homme de très petite taille, à l'âge indéterminé. Avec son teint pâle et ses cheveux filasse, il pouvait aussi bien avoir vingt-cinq que quarante-cinq ans.

— Oui, c'est vrai, je vous connais, admit-il en se levant. (Même debout, il n'arrivait pas à la poitrine de Vanessa.) Une fois, je me souviens, vous m'avez offert un os pour Sally.

À l'appel de son nom, un petit terrier surgit de la pénombre et vint se planter devant Vanessa, en remuant la queue.

Elle se pencha pour le caresser. Elle souriait. Tristan en eut le souffle coupé. La scène lui paraissait irréelle.

— Oui, je m'en souviens aussi.

— Vous en avez apporté un autre ? Sally adore les os.

— En fait, non. Mon ami et moi sommes juste venus te poser une question.

Mouse coula un regard soupçonneux vers Tristan.

— J'aime pas les questions.

— Je sais, Mouse. Et je ne t'aurais pas dérangé si ce n'était pas important. Mais nous cherchons quelqu'un. Quelqu'un qui pourrait se trouver en danger.

Comme avec Lilah, elle tendit la main vers Tristan et celui-ci lui donna la miniature sans un mot. Mouse étudia le portrait, les yeux écarquillés.

— L'ange, murmura-t-il d'une voix respectueuse.

Tristan sentit son cœur s'emballer.

— Tu l'as vue ? demanda Vanessa.

— Oui, je l'ai vue. Cette nuit. Le démon la pourchassait.

L'espoir de Tristan retomba aussitôt. Le démon ? Ce Mouse n'avait pas toute sa tête…

— Le démon ? répéta Vanessa avec douceur, pour le presser d'en dire plus.

Mouse hocha la tête.

— Oui. Il est revenu.

— Qui ça ?

— Le démon ! Le démon à la cicatrice !

Vanessa, à ces mots, pâlit brusquement. Tristan se demanda pour quelle raison. Pour lui, les paroles du petit homme n'avaient aucun sens.

— Le démon veut l'ange parce qu'elle a vu, expliqua Mouse.

— Qu'a-t-elle vu ?

— Son péché, répliqua-t-il avant de poser un doigt sur ses lèvres, en signe de silence. Moi aussi, je l'ai vu. Mais le démon ne le sait pas. Heureusement, sinon il me précipiterait en enfer.

Vanessa lui secoua le bras, angoissée.

— A-t-il attrapé l'ange, Mouse ?

— Oh, non ! Les anges ont des ailes. Elle lui a échappé.

Tristan avait assez entendu de sornettes comme cela.

— Nous perdons notre temps, dit-il à Vanessa d'une voix sèche. Cet homme est fou.

Mais elle ignora son intervention, le regard rivé sur Mouse.

— Tu es certain que l'ange que tu as vu est bien celui du portrait ?

— Sûr et certain ! Un ange, ça ne s'oublie pas. Je lui ai même pris un souvenir.

Il plongea une main dans sa poche de pantalon et en sortit un ruban parfumé à la lavande.

— Elle l'a perdu quand elle s'est enfuie, expliqua-t-il.

Tristan s'était pétrifié. Il avait d'autant plus facilement reconnu le ruban que c'était lui-même qui l'avait offert à Emily.

— C'est à elle, déclara-t-il d'une voix à peine plus forte qu'un murmure. C'est bien à ma sœur.

9

Vanessa, l'estomac noué, contemplait le petit ruban posé dans la main de Mouse.

Le pire était arrivé. Emily avait eu maille à partir avec Barnaby Flynt.

— Où as-tu trouvé cela, Mouse ?

— Je vous l'ai dit : l'ange l'a perdu en s'enfuyant.

Tout à coup, Tristan attrapa Mouse par le collet et le souleva de terre.

— Où as-tu trouvé ce ruban ? gronda-t-il, fou de rage, en le secouant. *Où ?*

Sally, qui cherchait à défendre son maître, sautait sur les jambes de Tristan en aboyant furieusement.

— Tristan ! intervint Vanessa en lui prenant le bras. Reposez-le !

Il ne paraissait pas l'avoir entendue. Le petit homme, sous sa poigne, ressemblait à une poupée désarticulée.

— Si tu as fait du mal à ma sœur…

Vanessa lui étreignit plus fort le bras pour l'obliger à l'écouter.

— Tristan ! Vous n'aidez pas Emily en vous conduisant ainsi !

Cette fois, les paroles de la jeune femme produisirent leur effet. Lentement, il reposa Mouse sur les pavés.

Le petit homme n'hésita pas une seconde. Profitant de sa liberté retrouvée, il s'enfuit dans l'obscurité, Sally sur ses talons.

Tristan voulut le poursuivre, mais Vanessa se plaça en travers de son chemin.

— Laissez-le, Tristan.

— Pourquoi devrais-je le laisser ? C'est le seul chaînon qui me relie à ma sœur !

Elle secoua la tête.

— Il nous a dit tout ce qu'il savait.

— Il ne nous a rien dit, à part des idioties qui n'avaient aucun sens. Je veux la vérité.

— Mouse nous a dit la vérité telle qu'il l'a vue. Le rattraper et le terrifier ne serviraient à rien : il ne nous en dirait pas plus.

— Mais de quel démon parlait-il, à la fin ?

Vanessa se mordit la lèvre. Elle hésitait à répondre. L'identité du démon évoqué par Mouse ne faisait aucun doute dans son esprit. Cependant, avouer à Tristan ses soupçons ne ferait que l'inquiéter davantage. Mieux valait attendre des preuves.

— Je n'en sais rien, répliqua-t-elle finalement, avant de reprendre la direction de leur voiture.

Tristan la rattrapa en deux enjambées. Il était plus furieux que jamais.

— Si j'apprends que ce… ce nabot a fait du mal à ma sœur, je…

— Mouse ne ferait pas de mal à une mouche.

— Il avait le ruban d'Emily !

— Cela ne prouve rien, sinon qu'il a vu votre sœur. Ce qu'il nous a avoué sans peine.

— Et qu'est-ce qui vous permet d'affirmer qu'il ne lui ferait pas de mal ?

— Je connais Mouse.

Tristan secoua la tête.

— On ne peut jamais bien connaître des personnes comme ça, lady Rotherby. Il ne faut pas leur faire confiance.

Vanessa s'immobilisa juste au moment où ils retrouvaient la grand-rue. C'était à son tour d'être en colère. Le jugement méprisant de Tristan l'avait mise hors d'elle.

— Que voulez-vous dire par « des personnes comme ça » ?

Il esquissa un sourire cynique.

— Regardez autour de vous, milady, fit-il avec un geste de la main.

Le quartier s'éveillait. Les commerçants ouvraient leurs boutiques, les piétons se faisaient plus nombreux sur les trottoirs. Des gamins jouaient sur les marches d'une maison.

— Si je leur tournais le dos ne serait-ce qu'une minute, continua Tristan, tous ces gens se précipiteraient pour me faire les poches.

— Ne généralisez pas, protesta Vanessa. De quel droit les jugez-vous ? Vous ne connaissez rien de leur vie.

— J'en sais assez pour deviner ce dont ils sont capables. Ce sont des gens comme eux qui ont tué ma mère.

Elle se figea.

— Votre mère ?

Une lueur de tristesse assombrit furtivement les prunelles du comte. Mais il détourna vite le regard.

— Laissez tomber, grommela-t-il. Je n'ai pas envie de m'attarder sur le passé. Je ne sais pas pourquoi je vous en ai parlé.

— Mais…

— Nous n'avons toujours pas retrouvé Emily, je vous le signale. Vous m'aviez promis des résultats avant midi. Pour l'instant, tout ce que nous avons pu récolter, c'est un ruban. Et les élucubrations d'un chasseur de rats.

Vanessa n'eut pas le temps de répondre. Il avait déjà ouvert la portière de la voiture. Résignée, elle fit signe à Cullen de reprendre les rênes. Mieux valait, de toute façon, ne plus parler de la défunte comtesse. Elle n'avait aucune envie que Tristan se souvienne qu'elle avait assisté au meurtre. Et puis il avait raison : le plus urgent était de retrouver Emily. Mais le chagrin qu'elle devinait intact dans le cœur de Tristan, malgré les années, l'avait bouleversée. Elle aurait aimé pouvoir le réconforter.

Dès que l'attelage se fut ébranlé, il s'abîma de nouveau dans la contemplation du paysage qui défilait par la vitre de la portière. Vanessa en profita pour l'observer à la dérobée. Il avait le visage fermé. De toute évidence, la mort de sa mère continuait de l'obséder, mais c'était compréhensible quand on savait dans quelles circonstances horribles il l'avait perdue. Ce n'était peut-être pas un hasard si leurs chemins s'étaient croisés à nouveau après toutes ces années. Si elle réussissait, d'une manière ou d'une autre, à l'aider à en finir avec son passé, Vanessa pourrait elle-même dire enfin adieu aux cauchemars qui la hantaient.

— Je ne suis pas naïve, milord, dit-elle pour tenter de rompre le silence qui s'était installé entre eux. J'ai parfaitement conscience que le quartier est fréquenté par des gens peu recommandables, voire dangereux, capables des pires crimes. Mais vous ne devriez pas oublier que, dans votre monde aussi, il existe des âmes diaboliques.

Il se tourna vers elle, le regard noir.

— Je croyais vous avoir dit que je ne souhaitais plus discuter de tout cela.

— Pardon d'insister, milord, mais ces gens sont précisément ceux sur lesquels vous devez compter pour retrouver votre sœur. Si vous espérez leur coopération, ne laissez pas un événement du passé affecter la manière dont vous les traitez aujourd'hui.

Il ne répondit pas et retourna à sa contemplation du paysage.

Mais Vanessa refusa d'en rester là. Elle posa une main sur son avant-bras, s'obligeant à ignorer le frisson qui la saisit à ce contact.

— Tristan, ces gens se battent tous les jours pour survivre. Simplement pour survivre. Ils méritent autant notre respect que n'importe qui d'autre. Et même peut-être plus encore.

— Vous parlez comme elle.

Vanessa, interloquée, ne comprit pas tout de suite l'allusion.

— Vous voulez dire, votre mère ?

Il hocha la tête.

— C'était la personne la plus aimante du monde, expliqua-t-il en posant de nouveau son regard sur la jeune femme. Et la plus tendre. Je ne me suis jamais entendu avec mon père. Mais ma mère... (Son visage s'adoucit.) Je l'aimais et je l'admirais.

— Je sais. Ça s'entend à votre voix quand vous parlez d'elle.

— Elle adorait rendre service à ceux qui en avaient besoin. La charité était sa passion. Tout petit, je la regardais préparer des paniers de vivres pour les pauvres ou les personnes âgées. Elle avait même pris quelques-unes des familles de ce quartier sous son aile. C'était d'ailleurs à l'une d'elles qu'elle venait rendre visite, lorsqu'elle a été assassinée.

Vanessa était effondrée. Elle s'était souvent demandé ce qu'une femme comme la comtesse était venue faire à Tothill Fields. Apprendre qu'elle soulageait la misère des habitants ne faisait que renforcer sa culpabilité.

Tristan ne s'était pas aperçu de sa réaction. Il continuait son récit :

— Évidemment, mon père n'appréciait pas la vocation de ma mère. Il n'aimait pas l'idée qu'elle fréquente les quartiers pauvres. Mais comme il avait compris que c'était important pour elle, il la laissait faire. Jusqu'à ce printemps où j'allais fêter mes dix-neuf ans.

Tout en parlant, il avait pris la main de Vanessa et la serrait dans la sienne, mais bizarrement on aurait juré qu'il ne se rendait pas compte de son geste. La jeune femme dut faire appel à toute sa volonté pour se concentrer sur ce qu'il disait.

— Cette année-là, la délinquance avait beaucoup augmenté aux abords de Tothill Fields. Meurtres, cambriolages... La bonne société était en alerte, car ces forfaits débordaient même du côté de Piccadilly et de Saint James. Un honorable commerçant avait été dévalisé et poignardé, un soir qu'il fermait sa boutique.

Vanessa hocha la tête. Elle se rappelait parfaitement la flambée de violence qui avait suivi l'accession de Barnaby Flynt à la tête des gredins du quartier.

— Devant la montée du danger, mon père ordonna à ma mère de cesser ses excursions charitables. Malheureusement, il n'avait pas réalisé à quel point elle pouvait être têtue. Un jour que mon père était sorti, elle vint me demander mon aide. Elle avait reçu un message d'une des familles qu'elle protégeait, ici, dans le quartier. L'un des enfants était malade et maman s'inquiétait. Elle désirait leur rendre visite et voulait que je l'accompagne.

Tristan secoua la tête, amer.

— Avec le recul, je sais que j'aurais dû refuser. Mais à l'époque j'étais ignorant du danger qu'elle courait. Et je me croyais assez fort pour la protéger.

Vanessa connaissait, hélas, la suite. Sa nervosité avait monté d'un cran.

— Nous avions loué un fiacre pour l'après-midi, reprit-il, cependant qu'il étreignait toujours sa main dans la sienne. Nous sommes restés environ une heure chez la famille qui avait appelé ma mère, puis nous sommes repartis. Mais entre-temps, notre fiacre avait disparu. Le cocher ne nous avait pas attendus. C'est alors que le drame est arrivé.

Il marqua une pause, avant de poursuivre :

— Je m'étais éloigné pour tenter de trouver un moyen de transport. Lorsque je suis revenu, elle n'était plus à la même place. Le temps que je décide dans quelle direction partir à sa recherche, je l'ai entendue crier…

Il pressait à présent très fort la main de Vanessa. La jeune femme avait le cœur serré de compassion.

— J'ai couru aussi vite que j'ai pu. Quand je suis arrivé sur les lieux, deux hommes avaient plaqué maman contre un mur, tandis qu'un troisième lui dégrafait sa robe. Elle l'implorait d'arrêter, mais il riait, comme s'il s'amusait de sa terreur. Je n'ai même pas réfléchi : je me suis jeté sur eux. Évidemment, à moi tout seul, je n'avais aucune chance contre ces trois gredins. Mais je voulais au moins faire diversion, pour qu'ils relâchent ma mère.

Ses paroles réveillaient les souvenirs de Vanessa. Elle se rappelait très bien comment elle l'avait vu surgir dans la mêlée, tel un ange vengeur. Déjà fort pour son âge, il s'était battu vaillamment, avant d'être maîtrisé par les comparses de Flynt. Vanessa, impuissante, avait alors craint pour sa vie.

— C'est à ce moment-là que leur chef, abandonnant maman, a brandi son poignard sous mon nez, continua Tristan.

Bien que chaque nouvelle étape de son récit menaçât de lui rappeler le rôle que Vanessa avait joué dans le drame, elle ne trouvait pas le courage de l'arrêter.

— Et alors ? demanda-t-elle, lui étreignant à son tour la main.

— J'aurais dû me douter que maman ne s'enfuirait jamais en m'abandonnant derrière elle. Elle s'interposa juste au moment où le bandit abattait son poignard. Elle reçut la lame en plein cœur et s'écroula dans mes bras. Il y avait du sang partout. Sur sa robe, sur mes mains… Je ne pouvais pas l'empêcher de couler.

Il courba la tête.

— Je ne me souviens plus très bien de la suite. À partir de là, tout est confus dans ma mémoire. J'ai dû fermer les yeux quelques secondes. Quand je les ai rouverts, les bandits s'étaient envolés. Sauf celui qui avait poignardé maman. Je n'oublierai jamais son visage. La cicatrice qui barrait sa joue, la cruauté qui se lisait dans ses yeux… Il souriait, comme s'il était content de ce qu'il avait fait. J'ai vraiment eu l'impression d'être en face du diable en personne. Puis il a tourné les talons et a disparu dans la pénombre de la ruelle.

Il redressa la tête et croisa le regard de Vanessa. Ses prunelles trahissaient un désarroi qui la bouleversa.

— Ma mère est morte dans mes bras.

Incapable de se retenir, la jeune femme, de sa main libre, lui caressa la joue.

— Oh, Tristan… murmura-t-elle, les yeux embués de larmes. Je suis désolée…

Il pencha légèrement la tête, comme pour mieux savourer cette caresse.

— Mon père ne me pardonna jamais d'avoir accepté d'accompagner ma mère ce jour-là. Moi-même, je ne me le suis jamais pardonné.

Vanessa réalisa soudain qu'ils étaient tout près l'un de l'autre. Sans s'en apercevoir, elle s'était avancée jusqu'au bord de la banquette, et maintenant les lèvres du comte n'étaient plus qu'à quelques centimètres des siennes et leurs genoux se touchaient.

Il était grand temps de reprendre le contrôle de la situation.

Elle s'éclaircit la voix.

— Je conçois que votre épreuve a dû être terrible, milord. Mais vous ne pouvez quand même pas blâmer toute une population pour le crime de trois individus.

Son visage, tout à coup, se rembrunit.

— Ce que je vois, c'est que les gens de Tothill Fields ne pensent qu'à eux-mêmes, répliqua-t-il froidement, relâchant brutalement la main de la jeune femme, comme s'il venait juste de s'apercevoir qu'il la tenait dans la sienne. Ma mère s'était dévouée pendant des années pour les aider. Elle leur faisait confiance, et elle en est morte… Puisque nous ne serons jamais d'accord sur ce sujet, autant ne plus en parler, vous ne croyez pas ?

Vanessa se rencogna dans sa banquette et regarda par la vitre. Ce n'était pas la peine d'insister. Il avait décrété que les habitants de Tothill Fields se valaient tous et, malheureusement, il avait de bonnes raisons de ne pas les aimer.

Mais elle se sentait soudain très démunie, à présent qu'il ne lui tenait plus la main.

Fasse le Ciel que jamais il ne découvre le rôle qu'elle avait joué dans la mort de sa mère. Car alors il la haïrait.

Et elle n'était pas sûre de pouvoir supporter sa haine.

10

Bon sang, tout cela ne mène à rien ! songeait Tristan, qui avait du mal à contenir son impatience pendant que Vanessa questionnait un boutiquier. Comme tous les autres avant lui, l'homme hocha négativement la tête. Lui non plus ne savait pas où se trouvait Emily.

Depuis qu'ils avaient quitté Mouse, ils avaient passé des heures à interroger toutes sortes de gens : vendeurs ambulants, palefreniers, commerçants... Vanessa pensait que si Mouse avait réellement vu Emily, d'autres personnes, dans les environs, l'auraient aperçue. Mais jusqu'ici cet espoir était demeuré vain, et Tristan commençait à se demander s'ils cherchaient au bon endroit.

Vanessa continuait d'interroger le boutiquier. Tristan s'en voulait un peu de son éclat de tout à l'heure : depuis, leur relation était devenue plus distante. Il n'avait pas voulu se montrer injuste, mais il se sentait fondé, plus que quiconque, à douter des habitants de ce quartier. Maintenant qu'elle savait ce qui était arrivé à sa mère, impossible de ne pas admettre qu'il avait de bonnes raisons d'être méfiant.

En fait, il n'avait pas prémédité de raconter l'assassinat de sa mère. Du moins, il aurait préféré ne pas tout révéler. Mais une fois qu'il avait commencé à parler, il n'avait pu s'arrêter.

Il regardait Vanessa et se demandait ce qui, chez cette femme, pouvait l'inciter à lui confier ses secrets les plus intimes. Il n'avait jamais parlé à personne de ce qui s'était passé huit ans plus tôt, pas même au fidèle Archer. Seul son père avait été informé des détails du drame. Mais la vicomtesse était venue à bout de ses défenses avec juste deux ou trois mots de réconfort et une caresse sur le bras.

Pour être tout à fait exact, elle lui avait aussi caressé la joue. Et ce souvenir suffisait à lui échauffer les sangs. Tout à l'heure, dans la voiture, il avait même été tenté de l'embrasser. Ils étaient si près l'un de l'autre… Mais sa remarque, après la confession qu'il lui avait faite, avait agi comme une douche froide. Il avait compris qu'il aurait tort de se lancer dans une liaison avec cette femme : ils partageaient des points de vue trop différents.

Elle finit par quitter le boutiquier et revint vers lui.

— Eh bien ? demanda-t-il.

— Rien, répliqua-t-elle sèchement en regagnant la voiture où les attendait Cullen. Il ne l'a pas vue. Encore que je ne sois pas sûre qu'il aurait été disposé à me répondre s'il avait aperçu votre sœur. Vous le regardiez d'un œil trop noir. Si vous consentiez à être plus aimable, j'arriverais peut-être à convaincre quelqu'un de se confier à moi.

Tristan eut beaucoup de peine à contenir son irritation. Comme les premières personnes qu'ils avaient interrogées l'avaient observé avec méfiance, il avait accepté de se tenir désormais à distance. Que voulait-elle de plus ? Qu'il disparaisse totalement du paysage ? Il n'en était pas question.

Du reste, il doutait que la froideur de la jeune femme soit uniquement due à sa présence soi-disant intimidante. Elle lui en voulait encore de leur dispute de tout à l'heure.

Bon sang ! Il détestait cette tension qui s'était installée entre eux. Malheureusement, il était bien conscient que c'était de sa faute. Il n'aurait pas dû se montrer aussi péremptoire. Peut-être que s'il s'excusait, il parviendrait à restaurer un peu de confiance ?

Mais juste au moment où il rattrapait la jeune femme au pied de la voiture, un cri strident retentit dans la rue.

— Au voleur ! Arrêtez-le ! Arrêtez-le !

Au même instant, un gamin d'environ douze ans surgit en courant au milieu des piétons, poursuivi par un marchand replet au visage rougeaud.

— Arrêtez-le !

Alors que le gamin passait à côté d'eux, Tristan l'agrippa par la manche, l'obligeant à stopper.

— Hé ! Lâchez-moi ! protesta le gamin en se débattant pour se libérer.

Mais Tristan, ignorant ses protestations, attendit que le commerçant les ait rejoints.

— Misérable petit voleur ! siffla celui-ci, la respiration haletante. Je vais t'envoyer en prison, tu vas voir !

Il s'apprêtait déjà à mettre la main sur sa proie, mais Tristan l'en empêcha.

— Qu'a-t-il fait, exactement ?

— Ce qu'il a fait ? Il a dévalisé mon éventaire, voilà ce qu'il a fait !

Tristan abaissa son regard sur le gamin.

— C'est vrai ?

L'enfant, qui semblait terrifié, secoua énergiquement la tête. Dans le mouvement, la casquette perchée sur sa tête tomba à terre, révélant une tresse de cheveux noirs.

Le garçon n'en était pas un.

Vanessa, qui jusqu'ici avait observé la scène sans rien dire, laissa échapper un cri.

— Jenna ! Jenna McLean, c'est bien toi ?

La fillette pâlit et baissa piteusement la tête.

— Ou… oui, milady.

Tristan se tourna vers Vanessa.

— Vous connaissez cette gamine ?

— Oui. (Elle se pencha vers l'enfant.) Jenna ? Qu'est-ce que c'est que cette histoire ? Tu n'as quand même pas volé ce monsieur, dis-moi ?

— Oh non, milady. Je n'ai rien volé.

Mais comme la fillette serrait ses bras sur elle pour se protéger, une pomme tomba de sa poche et roula sur le trottoir, avant de s'immobiliser aux pieds de Vanessa.

Le commerçant, resté sans voix en découvrant que son voleur était une fille, retrouva toute sa hargne.

— Ah ! Vous voyez bien !

Vanessa, contemplant l'évidence du forfait, secoua tristement la tête.

— Oh, Jenna…

Sa déception était si vive que la fillette déglutit péniblement, avant de redresser le menton d'un air de défi :

— C'était juste pour aider maman.

— Ta maman aurait honte d'apprendre ce que tu as fait, répliqua Vanessa. Et pourquoi as-tu besoin de l'aider ? La dernière fois que je t'ai vue, tu m'as assuré que tout allait bien chez vous.

Jenna haussa les épaules, mais ne répondit pas.

Vanessa, se tournant vers le marchand, tira quelques pièces de son réticule.

— Voilà qui devrait largement vous dédommager, monsieur. Je vous promets que sa mère la punira et qu'elle ne recommencera pas.

Le commerçant contempla les pièces dans sa main, puis jeta un regard cupide sur le réticule de Vanessa.

— Je devrais quand même la dénoncer aux flics, grommela-t-il. Si je laisse une gamine me voler, ils vont tous l'imiter et je n'aurai plus rien.

Furieux de voir qu'il tentait d'extorquer davantage d'argent à la jeune femme, Tristan s'avança, menaçant.

— Milady vous a dit que cela suffirait à vous dédommager.

Le marchand, impressionné par sa carrure, battit prestement en retraite.

— Bon, d'accord. Mais je compte sur vous pour qu'elle ne rôde plus autour de mon étalage.

Et là-dessus, il s'éloigna.

Dès qu'il fut hors de vue, Vanessa offrit à Tristan un sourire qui lui fit battre le cœur. Puis elle reporta son attention sur la fillette.

— Nous allons te ramener chez toi. Je veux parler à ta mère.

— Oh non, milady ! l'implora Jenna. Je vous jure que je ne recommencerai pas !

Vanessa soupira.

— Je suis navrée, ma chérie, mais il le faut, dit-elle en posant une main affectueuse sur son épaule. (Elle regarda Tristan.) Ça ne vous dérange pas, n'est-ce pas ? Je n'en aurai que pour quelques minutes.

Tristan consulta le soleil dans le ciel. Il ne devait pas être loin de midi, et elle devait le savoir aussi bien que lui. Mais il ne se sentit pas le cœur de refuser.

— D'accord.

Cette fois, le sourire que lui adressa la jeune femme lui donna l'impression d'avoir décroché la lune.

La « maison » de Jenna n'était qu'une pauvre bicoque en ruine.

Pendant qu'il aidait Vanessa et la fillette à descendre de voiture, Tristan prit pitié du décor qui s'offrait à lui. La maison faisait vraiment peine à voir, avec son toit troué et ses fenêtres délabrées.

Jenna, de l'air de quelqu'un qui monte à l'échafaud, marcha vers la porte, les mains enfoncées dans les poches. Vanessa ne la suivit pas immédiatement : elle se tourna vers Tristan, l'œil méfiant.

Comprenant à quoi elle pensait, il esquissa un sourire sardonique.

— Ne vous inquiétez pas, milady. Je promets de bien me tenir et de ne faire aucun commentaire hostile sur la famille qui habite ici.

Elle ne paraissait guère convaincue.

— Je n'ai qu'à moitié confiance en vos paroles, milord. Même si je vous suis reconnaissante d'avoir protégé Jenna de la colère de ce marchand, je ne supporterai aucune goujaterie de votre part. Si vous vous conduisez avec la famille de Jenna comme vous vous êtes comporté avec Mouse, sachez que je n'hésiterai pas à vous donner un coup de pied au derrière.

Là-dessus, elle tourna les talons et se dirigea vers la maison.

Tristan, au lieu d'être ulcéré par sa menace, trouva au contraire la situation assez plaisante. Personne ne s'était encore jamais avisé de lui botter le derrière !

Il regarda Cullen, resté sur son siège. Le cocher haussa les épaules, l'air impassible comme toujours.

Mais Tristan aurait juré avoir décelé dans ses prunelles une lueur d'amusement.

Il emboîta le pas à Vanessa.

Jenna les attendait sur le pas de la porte. Elle semblait inquiète.

— S'il vous plaît, milady, implora-t-elle d'un ton plaintif, je vous jure que j'ai retenu la leçon…

Avant que Vanessa ait pu répondre, la porte s'ouvrit à la volée et une femme brune et potelée s'encadra sur le seuil.

— Jenna McLean, savais-tu que je m'inquiétais comme une folle à ton sujet ? commença-t-elle, le regard noir.

Puis, s'apercevant de la présence de Vanessa, elle s'exclama, médusée :

— Milady !

Vanessa lui sourit.

— Bonjour, Rachel. Je m'excuse de m'inviter sans prévenir, mais je voulais vous parler. Pouvons-nous entrer ?

— Bien sûr, milady.

La femme s'effaça pour les laisser passer.

Tristan s'arrêta sur le seuil en découvrant le misérable intérieur. Le mobilier, réduit au strict minimum, avait connu des jours meilleurs. Une petite fille, beaucoup plus jeune que Jenna, était accroupie par terre, dans un coin. Elle suçait son pouce en contemplant les visiteurs.

La mère de Jenna referma la porte. Les mains plaquées sur les hanches, elle dévisagea sa fille, puis s'adressa à Vanessa :

— Qu'a-t-elle encore fait, cette fois ?

La fillette, honteuse, baissa piteusement la tête. Vanessa posa une main sur son épaule pour la rassurer.

— Il y a eu un petit problème, expliqua-t-elle.

Pendant qu'elle racontait l'histoire du vol à l'étalage, Tristan vit le visage de Mme McLean blêmir. Pour finir, elle se tourna vers sa fille, hors d'elle :

— Jenna, enfin, comment as-tu pu faire une chose pareille ? Tu as envie de finir comme ton père ? Tu veux que la police vienne te chercher pour te jeter en prison ?

— Non, maman. Je voulais juste t'aider. (Elle désigna sa petite sœur.) Quand je suis sortie, Gracie pleurait de faim. Je savais que tu étais malheureuse parce que tu ne pouvais rien faire. Ce n'était que quelques pommes…

Mme McLean resta sans voix. Vanessa lui prit le bras.

— Rachel, puis-je faire quelque chose pour vous ? Avez-vous besoin d'argent, de nourriture… ?

— Non, milady. Vous avez déjà fait beaucoup pour nous. Je ne sais pas ce que les gens de ce quartier deviendraient sans vous. Mais excusez-moi une seconde, j'ai à parler à ma fille.

— Allez-y. Prenez tout votre temps.

Rachel entraîna sa fille dans un recoin de la pièce et commença de l'admonester avec véhémence. Tristan se tourna vers Vanessa, intrigué.

— Ainsi, vous faites la même chose, n'est-ce pas ?

Elle le regarda, sur la défensive.

— Que voulez-vous dire ?

— Vous aidez tous ces gens. Exactement comme le faisait ma mère.

Bizarrement, cette révélation ne le surprenait pas. Il avait dû inconsciemment s'en douter depuis leur visite à Lilah, en début de matinée.

La jeune femme haussa les épaules d'un air désabusé, mais ses doigts jouaient nerveusement avec le fermoir de son réticule.

— J'espère que vous n'êtes pas trop déçu, milord. J'imagine que vous me preniez pour quelqu'un de beaucoup plus scandaleux.

Il esquissa un sourire.

— Non, milady. Je ne suis pas déçu du tout.

Ils se regardèrent dans les yeux en silence. Le seul bruit de la pièce était la voix de Rachel McLean qui continuait de sermonner sa fille. Tristan luttait contre une irrépressible envie de serrer la vicomtesse dans ses bras. Ses lèvres délicieuses, son parfum subtil, l'éclat de ses prunelles émeraude... tout, chez elle, était une invitation sensuelle qu'il était bien difficile d'ignorer.

Il s'éclaircit finalement la voix, brisant du même coup le charme qui s'était installé entre eux.

— Mais j'aurai une question à vous poser, dit-il.

Vanessa déglutit péniblement.

— Oui, milord ? Laquelle ?

— Pourquoi n'avoir pas expliqué à la bonne société ce que vous faites ? Vous auriez ainsi étouffé les ragots.

Elle se raidit.

— Je n'avais pas à me justifier. Je ne dois d'explications à personne. De toute façon, quoi que je puisse dire, ils ne croiront que ce qu'ils voudront bien croire. Mais, pour être franche, leur opinion ne m'a jamais importé.

Tristan avait le sentiment qu'elle n'en était pas entièrement persuadée. Il se souvenait de son air chagriné, tout à l'heure dans la voiture, lorsqu'ils avaient évoqué sa mauvaise réputation dans le grand monde.

Mais alors qu'il s'apprêtait à répondre, il sentit quelque chose lui frôler la main. Baissant les yeux, il découvrit la petite sœur de Jenna qui le regardait avec de grands yeux curieux.

Il se pencha doucement vers elle, pour ne pas l'effrayer.

— Bonjour, petite, dit-il avec un sourire encourageant. Tu t'appelles Gracie, c'est ça ?

La fillette hocha la tête.

Elle serrait une poupée de chiffon sous son bras.

— Et ça, c'est ta poupée ?

Nouveau hochement de tête.

— Comment elle s'appelle ?

Tristan crut que la fillette ne lui répondrait pas. Elle continuait de l'observer avec un air presque solennel. Enfin, elle retira son pouce de sa bouche.

— Poupette.

Tristan s'esclaffa.

— En voilà, un joli nom ! Tu as été le chercher loin ! (Il serra la main de la poupée.) Bonjour, Poupette. Enchanté de te rencontrer.

Gracie gloussa comme une petite fille de son âge. Mais, pour Tristan, ce fut un choc. Cela le ramena plusieurs années en arrière. Quand elle avait six ans, Emily riait avec le même abandon chaque fois qu'il la soulevait dans ses bras pour la faire tournoyer en l'air.

La sœur de Jenna lui rappelait tellement sa propre sœur au même âge qu'il en était bouleversé. Certes, Gracie était brune alors qu'Emily était blonde, mais il y avait dans ses yeux la même lueur d'innocence qu'il avait connue dans ceux d'Emily, avant que la vie ne l'oblige brutalement à grandir.

La fillette le quittait déjà, pour aller s'occuper ailleurs dans la pièce. Tristan se releva, toute trace de sourire évanouie de ses lèvres. Il s'aperçut que Vanessa le regardait bizarrement.

Il haussa un sourcil interrogateur.

— Oui, qu'y a-t-il ?

La jeune femme rougit, comme si elle était confuse d'avoir été surprise à l'observer.

— Rien, dit-elle en secouant la tête. C'est juste que...

— Que quoi ?

— Merci d'avoir été aussi gentil avec elle. D'ordinaire, elle est méfiante avec les hommes, parce qu'elle n'est plus habituée à une présence masculine.

Tristan observa Gracie. La fillette s'était accroupie devant la cheminée et elle berçait sa poupée dans ses bras. Puis il embrassa de nouveau la pièce du regard et, cette fois, il remarqua les efforts déployés par Rachel McLean pour rendre l'endroit plus accueillant. Des rideaux colorés ornaient les fenêtres ; quelques fleurs sauvages, plantées dans un vase, occupaient le centre de la table, des coussins étaient posés sur les chaises... Malheureusement, tout cela ne suffisait pas à cacher l'état misérable des lieux.

— Où est leur père ? demanda-t-il.

Vanessa crispa les mâchoires.

— Il est en prison. J'imagine que cela vous confortera dans l'idée que tous les habitants de ce quartier ne sont que du gibier de potence ?

Elle coula un regard vers Rachel McLean et Jenna, avant d'ajouter :

— D'après ce que j'ai pu comprendre, il travaillait en usine jusqu'à l'année dernière. La paye n'était pas énorme, mais elle suffisait à faire vivre la famille. Mais quand l'usine a brusquement fermé, M. McLean n'a pas réussi à retrouver un emploi. Il en est venu à voler pour nourrir sa femme et ses enfants. La police l'a surpris en flagrant délit alors qu'il dérobait une miche de pain dans une boulangerie.

Tristan se sentit tout à coup apitoyé par la poupée de chiffon de Gracie et par la chemise d'homme, trop grande pour elle, que portait Jenna. Pour la première fois de sa vie, il comprenait pourquoi sa mère avait tellement eu à cœur de soulager la misère des pauvres. Seul le sort lui avait évité, ainsi qu'à Emily, de naître dans un milieu aussi défavorisé.

Vanessa, qui ignorait le cours de ses pensées, continuait :

— Je regrette de ne pas les avoir connus à ce moment-là. J'aurais peut-être pu faire quelque chose pour qu'il n'aille pas en prison. Mais je ne les ai rencontrés qu'il y a quelques mois, lorsque j'ai surpris Jenna en train de voler dans mon réticule. (Elle soupira.) Apparemment, elle a hérité des talents de son père.

Tristan hocha la tête.

— Et, bien sûr, vous avez décidé de les prendre sous votre aile.

— Oui. J'ai fait tout ce que j'ai pu, mais ils sont si nombreux, dans ce quartier, à avoir besoin d'aide... (Elle secoua la tête.) C'est dur. Je n'ai pas le temps de veiller à tout. Rachel essaie de joindre les deux bouts en faisant du raccommodage pour ses voisins.

Au même moment, Mme McLean revint vers eux, tenant sa fille par l'épaule.

— Jenna m'a dit ce que vous aviez fait, milady. Que vous aviez remboursé le marchand pour le vol de ses pommes afin qu'il ne la fasse pas arrêter. Merci, milady. Je vous en suis très reconnaissante.

— De rien, Rachel. J'aurais agi pareillement pour n'importe qui. Dites-moi plutôt ce qui vous rendrait le plus service, maintenant.

Mme McLean rougit.

— Oh, rien, milady. Comme je vous l'ai dit tout à l'heure, vous avez déjà beaucoup fait pour nous.

— Ne racontez pas de sottises. Je vois bien que vous éprouvez des difficultés passagères, et il n'y a pas de honte à cela. (Elle ouvrit son réticule.) Dites-moi de combien vous avez besoin. J'insiste.

Mme McLean avait les larmes aux yeux.

— Oh non, milady ! Je ne peux pas...

— Bon, puisque vous ne voulez pas me le dire, je vous donne tout, décréta Vanessa en prenant d'autorité sa main pour y vider le contenu de son réticule. Et je vous demande de l'accepter, sinon vous allez horriblement me vexer.

Une larme roula sur la joue de Rachel.

— Je ne sais pas quoi dire, milady. La vie est devenue tellement difficile depuis qu'ils m'ont pris mon Angus.

Elle baissa les yeux, serra l'argent de Vanessa dans sa main, puis redressa la tête d'un air déterminé.

— Mais je veux que vous me demandiez quelque chose en échange, dit-elle. Offrez-moi un moyen de m'acquitter de ma dette.

Vanessa parut réfléchir, puis son visage s'illumina comme si elle venait d'avoir une inspiration.

— Il se trouve que vous pouvez faire quelque chose pour moi, dit-elle en se tournant vers Tristan. Le portrait.

Il tendit la miniature sans un mot. Mme McLean l'observa avec curiosité.

— Elle est jolie. Qui est-ce ?

— Une amie, répondit Vanessa. Et je me demandais si, par hasard, vous ne l'auriez pas aperçue ?

Mme McLean s'essuya les yeux et contempla le portrait plus en détail. Mais elle secoua finalement la tête.

— Non, milady, désolée. Elle ne me dit rien.

Jenna, qui s'était hissée sur la pointe des pieds pour regarder aussi le portrait, s'exclama :

— On dirait la fille que cherche M. Flynt !

Tristan sursauta en entendant prononcer ce nom qui lui était désormais familier. Vanessa, elle, avait blêmi.

— Que veux-tu dire ? demanda-t-elle à Jenna.

La jeune fille haussa les épaules.

— La rumeur circule dans le quartier que Flynt cherche une fille blonde aux yeux bleus. Je sais pas pourquoi. Mais il a promis une récompense à qui la lui amènerait.

— Tu parles bien de Barnaby Flynt, le chef de bande ? intervint Tristan.

Jenna hocha la tête.

Sans ajouter un mot, Tristan partit à grandes enjambées résolues vers la porte.

Vanessa courut après lui.

— Tristan, que faites-vous ?

Il se retourna, furieux.

— Ce que je fais ? Mais, pardi, je vais à la police ! Et, cette fois, je ne les lâcherai pas tant qu'ils n'auront pas envoyé tous leurs hommes quadriller le secteur.

— Tristan, non !

— Si, Vanessa !

Dans son emportement, il avait prononcé le prénom de la jeune femme sans réfléchir. Mais il continua :

— Je ne vois plus rien d'autre à faire. Il est midi passé et nous n'avons abouti nulle part. Sauf que nous savons maintenant qu'un assassin pourchasse ma sœur. Je ne vais certainement pas perdre encore des heures à interroger en vain les habitants de ce quartier, alors qu'Emily risque à tout moment d'être capturée par ce monstre !

— Vous ne comprenez pas… voulut argumenter Vanessa.

Elle coula un regard de biais vers les McLean, avant d'ajouter à voix basse :

— Si vous faites ça, vous allez inciter à se cacher tous ceux qui possèdent d'éventuelles informations. Et ne perdez pas de vue qu'un homme comme Flynt sait se protéger. Il n'a pas échappé jusqu'ici à la justice sans raison.

Il haussa un sourcil.

— Que voulez-vous dire ?

— J'ai toujours pensé qu'il versait des pots-de-vin à quelques policiers qui, en échange, ferment les yeux sur ses activités. Malheureusement, nous ne savons pas qui sont ses complices.

— Et c'est seulement maintenant que vous me l'apprenez ?

— J'espérais que ça ne serait pas nécessaire. Mais ne vous inquiétez pas, milord, j'ai une autre idée.

Elle se tourna vers la jeune fille :

— Jenna, est-ce que Dodger Dan a prévu un match, ce soir ?

— Oui, milady. À neuf heures, comme d'habitude.

Vanessa reporta son attention sur Tristan.

— Milord, que diriez-vous d'assister à un match de boxe ?

11

Emily était assise sur sa paillasse, dos au mur, dans un recoin de la tanière des Rag-Tag. Elle n'en revenait toujours pas de tout ce qui lui était arrivé depuis qu'elle avait quitté la maison, hier soir.

Elle n'avait pratiquement pas bougé de sa place de toute la journée, tandis que les autres enfants allaient et venaient, vaquant à leurs occupations habituelles. La plupart avaient gardé leurs distances avec elle, comme s'ils comprenaient qu'elle avait besoin d'un peu de temps pour remettre de l'ordre dans ses pensées.

Seul Benji s'était aventuré une ou deux fois près d'elle, pour la contempler avec de grands yeux ébahis.

Emily ne s'était jamais sentie aussi perdue de sa vie. C'était quand même incroyable de penser qu'elle avait échappé à un assassin pour trouver refuge parmi une bande de voleurs ! Tantôt elle voulait s'échapper d'ici et tenter sa chance toute seule, tantôt elle se persuadait que le mieux, pour l'instant, était encore de rester chez les Rag-Tag.

La nuit tombait et elle n'avait toujours pas pris de décision. Lâchant un soupir, elle releva les yeux et s'aperçut que Peter l'observait, depuis l'autre bout de la pièce.

Ce n'était pas la première fois qu'elle le surprenait ainsi à la regarder. Lové dans un fauteuil près de la cheminée, il se tenait les bras croisés et les jambes étirées devant lui, comme s'il était parfaitement détendu. Seul un observateur attentif aurait pu déceler qu'il se tenait constamment sur ses gardes.

Emily préféra détourner le regard. Elle ne pouvait pas le blâmer de la surveiller, surtout après sa réaction horrifiée, ce matin, quand elle avait appris que les Rag-Tag gagnaient leur vie en dépouillant les honnêtes gens. En aucun cas elle ne voulait se montrer ingrate : après tout, Peter lui avait sauvé la vie. Mais rien, dans son éducation, ne l'avait préparée à affronter pareille situation. Elle ne savait vraiment plus où elle en était.

Que penserait Tristan s'il la voyait maintenant ? Mais s'inquiétait-il seulement à son sujet ? Lui manquait-elle ? Ou se moquait-il éperdument qu'elle se soit enfuie ?

— Ça va ? demanda soudain une voix, tout près d'elle.

Emily sursauta. Perdue dans ses pensées, elle n'avait pas entendu Peter approcher. Il se tenait juste à côté de sa paillasse et l'observait avec une expression indéchiffrable.

Il s'assit sur une caisse.

— Désolé. Je ne voulais pas vous faire peur.

Emily avait posé une main sur sa poitrine, pour calmer l'emballement de son cœur.

— Comment arrivez-vous à marcher aussi silencieusement ? Je n'ai rien entendu !

Il haussa les épaules.

— Ça fait partie du métier de voleur. Si vous ne voulez pas vous faire attraper, mieux vaut opérer discrètement. Et courir vite.

Le rappel de la profession de Peter mit Emily dans l'embarras. Elle baissa la tête. Devinant son trouble, il se pencha vers elle.

— Vous ne craignez rien, ici, assura-t-il d'un ton solennel. Nous vivons depuis des mois dans cette bicoque et Flynt ne nous a jamais trouvés.

— J'espère que vous avez raison, murmura Emily, qui ne pouvait s'empêcher d'éprouver une certaine anxiété sur son sort.

Profitant de ce qu'elle regardait en direction des autres enfants assemblés devant la cheminée, Peter l'observa plus en détail. Depuis tout à l'heure, il se demandait à quoi elle pensait exactement. Cette fille, pour dire la vérité, lui faisait une drôle d'impression. En fait, hier soir, quand ils étaient entrés en collision au détour d'une ruelle, il avait eu la même impression que Benji. Avec ses cheveux blonds, ses yeux bleus et sa peau si belle, elle lui avait paru être un ange.

Il préféra détourner le regard. Quoi qu'il lui en coûtât de l'admettre, Peter savait que Jack avait raison : cette fille n'avait rien à faire ici. Quelle que soit la raison qui l'avait poussée à s'enfuir de chez elle, tôt ou tard elle se lasserait d'avoir froid, d'avoir faim, de manquer de confort. Et elle retournerait dans sa famille – qui devait de toute façon la rechercher activement. Les choses redeviendraient comme avant chez les Rag-Tag, et sa présence parmi eux ne serait plus qu'un souvenir.

Bizarrement, cette perspective l'attrista.

— Je m'excuse, dit-elle tout à coup.

Sa voix tira Peter de ses pensées.

— De quoi vous excusez-vous ?

— De ma réaction, tout à l'heure, lorsque j'ai appris que les Rag-Tag n'étaient qu'une bande de pickpockets. Je n'avais aucun droit de réagir ainsi, alors que vous m'avez sauvé la vie.

Il sourit.

— Ce n'est pas grave. Je suppose que vous n'êtes pas habituée à fréquenter des voleurs.

— Non, pas vraiment.

— Vous vous êtes enfuie de chez vous, hein ?

— Oui, c'est à peu près cela. Sauf que, ces derniers temps, je ne me sentais plus chez moi.

— Pourquoi ?

La question prit Emily au dépourvu. C'était la première fois qu'il l'interrogeait sur ses origines, et elle ne savait pas ce qu'elle pouvait lui révéler. Elle était persuadée que, si elle lui disait tout – en particulier qu'elle était la fille d'un comte –, il la traiterait différemment. Mais en même temps, c'était tentant d'avoir quelqu'un à qui se confier.

Carrant les épaules, la jeune fille se tourna vers lui.

— Mon père est mort il y a quelques mois dans un accident d'attelage. Mon frère est alors revenu de l'étranger pour entrer en possession de l'héritage.

— Et ?

— Nous ne nous entendons pas très bien. Il est beaucoup plus vieux que moi et il a quitté la maison juste après la mort de notre mère. Je n'avais que six ans, à l'époque. Pendant toutes ces années, je ne l'ai pas revu une seule fois. Maintenant qu'il est rentré, tout a changé à la maison.

Peter l'écoutait avec intérêt.

— Changé comment ?

— Mon père ne se souciait pas beaucoup de moi, mais l'avantage, c'est qu'il me laissait agir à ma guise. Avec Tristan, ce n'est plus du tout le cas. Il est toujours à me dire ce que je dois faire ou ne pas faire, et décréter à ma place ce qui est bon ou mauvais pour moi. Ça me rend folle !

— Il est méchant ? Il vous frappe ?

La question de Peter la choqua tellement qu'elle ne put cacher sa stupéfaction.

— Bien sûr que non ! Il ne lèverait jamais la main sur moi.

— Alors, je ne vois pas où est le problème. Expliquez-lui ce qui ne va pas, c'est tout.

— J'ai essayé. Mais il ne veut rien entendre. Et il tient absolument à m'imposer une gouvernante. Je n'ai jamais eu besoin d'une gouvernante, et je n'en ai pas plus besoin aujourd'hui qu'avant.

Emily lui raconta comment elle s'était débarrassée des différentes gouvernantes qui s'étaient succédé ces derniers mois. Peter écoutait attentivement, mais à mesure qu'elle avançait dans son récit, Emily se surprit à éprouver une pointe de culpabilité. Peut-être était-elle allée un peu loin, se disait-elle en se rappelant par exemple le cri terrifié de Mme Petersham quand elle avait découvert une couleuvre dans son lit. Tristan avait sans doute de bonnes raisons d'être en colère après elle, mais Emily ne voyait pas comment faire autrement. Les seules fois où il daignait lui accorder un peu d'attention, c'est lorsqu'elle provoquait une catastrophe. Il était toujours tellement distant, impossible à approcher…

— Bref, pour résumer, mon frère est furieux contre moi, conclut-elle. Après l'incident avec Mme Petersham, il s'est emporté et m'a ordonné de rester dans ma chambre, comme une gamine. Il n'a même pas voulu entendre mes explications.

Contemplant ses mains, elle ajouta, désabusée :

— Je pensais qu'en quittant la maison, ne serait-ce que vingt-quatre heures, je lui prouverais que j'étais plus débrouillarde qu'il ne le croyait. Mais apparemment, tout ce dont j'ai été capable, c'est de me fourrer dans le pétrin. Et tout cela, peut-être pour rien. Si ça se trouve, Tristan est ravi que je sois partie. Mon absence ne doit pas lui peser beaucoup, puisque nous n'avons pas grandi ensemble. Je crois qu'il me considère surtout comme une charge.

— Vous lui en voulez de vous avoir abandonnée quand vous étiez petite.

La perspicacité de Peter réveilla subitement le vieux chagrin d'Emily. Elle se revoyait, le cœur chaviré de détresse, assister impuissante au départ de son frère.

Elle secoua pourtant la tête.

— Oui, je lui en ai voulu. Et je lui en veux peut-être encore. Mais c'est trop tard pour revenir en arrière. Je n'ai plus besoin de lui. De toute façon, s'il voyait où je suis en ce moment, il serait à nouveau furieux contre moi.

— Je n'en suis pas si sûr. Je trouve que vous vous êtes pas mal débrouillée. Pour une fille, s'entend.

Emily, ulcérée, était prête à riposter pour défendre l'honneur de son sexe. Mais la petite lueur qui brillait dans les prunelles de Peter lui apprit qu'il s'amusait à la taquiner.

— Comme je vous l'ai déjà expliqué, reprit-il, vous êtes la bienvenue ici aussi longtemps que vous le souhaiterez. Nous n'avions encore jamais eu de fille dans la bande.

Emily se força à lui sourire. Il était tellement gentil avec elle, depuis le début. Non seulement il l'avait protégée contre Flynt, mais en plus il avait écouté le récit de ses déboires familiaux sans formuler le moindre jugement. C'était d'autant plus remarquable que les soucis qu'elle lui avait confiés devaient peser, à ses yeux, peu de poids en comparaison des affres de la pauvreté qu'il affrontait tous les jours avec ses camarades.

— Et vous, Peter? demanda-t-elle.

— Quoi, moi?

— Vous ne m'avez pas beaucoup parlé de vous. Vous n'avez pas de maison ? De famille ?

Il fronça les sourcils.

— Ici, c'est ma maison. Et les Rag-Tag sont ma famille. Je n'ai besoin de rien d'autre.

Emily comprit qu'il n'avait aucune envie de parler de son passé. Elle décida de changer de sujet.

— Et comment avez-vous appris à…

— À faire les poches des gens ? Quand vous vous retrouvez à la rue, sans rien à manger, vous apprenez vite les moyens de survivre.

Ils étaient si près l'un de l'autre qu'Emily en ressentit un trouble étrange. Son cœur s'était mis à battre plus vite dans sa poitrine.

Peter approcha sa main. La jeune fille était si tendue qu'elle ne réalisa pas tout de suite qu'il tenait quelque chose dans sa paume.

Un ruban couleur lavande !

Médusée, elle fouilla dans sa poche, où elle avait rangé son ruban après avoir découvert qu'elle avait perdu son jumeau, hier soir, pendant la mêlée. Il avait disparu.

— Mon ruban ! s'exclama-t-elle. Comment avez-vous fait ? Je n'ai rien senti !

Il sourit.

— Heureusement. C'est primordial. Il ne suffit pas d'être rapide, il faut avoir des doigts plus légers qu'une plume. Les gens ne réalisent pas assez qu'être pickpocket, c'est un art.

Emily récupéra son ruban et l'enroula autour de son doigt en méditant ces paroles.

— Croyez-vous… commença-t-elle, hésitante. Croyez-vous que vous pourriez… m'apprendre ?

— Vous apprendre quoi ?

— Comment voler dans les poches.

Peter en resta confondu.

— Je ne pense pas que ce soit une bonne idée.
— Pourquoi ?
— Je ne voudrais pas corrompre votre pureté.
— Ma pureté ? répéta Emily, en s'esclaffant si bruyamment que les autres enfants regardèrent dans leur direction. Je ne suis pas aussi innocente que vous l'imaginez !
Et, posant une main sur son bras, elle ajouta :
— S'il vous plaît, Peter. Je voudrais gagner mon gîte et mon couvert. Je n'ai pas envie d'être un fardeau pour vous.
Il contemplait sa main posée sur son bras. Ses joues s'étaient empourprées.
— Vous n'êtes pas un fardeau, dit-il.
— Merci. Mais inutile de nier l'évidence : je représente une bouche de plus à nourrir. Et personne ne sait, pour l'instant, combien de temps je vais rester ici. Alors, montrez-moi comment vous aider.
Il la dévisagea un long moment sans un mot, avant de finalement hocher la tête.
— D'accord. Après tout, c'est peut-être mieux de vous trouver une occupation jusqu'à ce que... Enfin, bref, je vous emmènerai avec moi demain matin. Mais il faudra vous trouver d'autres vêtements. Vous avez à peu près la même taille que Nat. Il aura bien quelque chose à vous prêter.
— Vous voulez que je m'habille en garçon ?
— Ça vous pose un problème ?
Emily, piquée par son ton de défi, releva fièrement le menton.
— Pas du tout.
— Parfait. Maintenant, nous ferions mieux d'aller dormir. Il faudra se lever tôt, si nous voulons être à pied d'œuvre quand les rues s'animeront.
Emily se retint de crier de joie. Elle allait vraiment apprendre à voler dans les poches des gens ! Elle

avait beau savoir qu'elle aurait dû avoir honte, tout ce qu'elle ressentait pour l'heure, c'était une immense excitation. Peut-être était-ce la perspective de transgresser un interdit. Ou alors d'imaginer la tête de Tristan quand il le saurait. En tout cas, l'aventure la remplissait d'allégresse.

Peter se releva et, les mains calées sur les hanches, il s'adressa au groupe assemblé devant la cheminée :

— Allez, les gars. Tout le monde au lit.

Il y eut quelques protestations pour la forme. Les enfants quittèrent le cercle pour rejoindre leur paillasse.

Emily, enroulée dans son manteau, s'apprêtait, elle aussi, à s'allonger lorsque Benji s'approcha d'elle, un livre serré contre son torse.

— Mademoiselle Ange, vous voulez bien me lire une histoire ? Juste une, avant que j'aille au lit.

Le garçon l'implorait du regard. Emily tourna les yeux vers Peter, qui haussa les épaules, l'air de dire que c'était à elle de décider. Benji semblait tellement plein d'espoir qu'elle ne se sentit pas le cœur de refuser.

— Bien sûr, Benji. Donne-moi ton livre et viens t'asseoir à côté de moi.

Un sourire de pur bonheur illumina le visage du petit garçon, qui monta aussitôt sur le lit. Emily prit le livre et l'ouvrit à la première page. Nat s'approcha, une bougie à la main, pour l'éclairer, tandis que les autres enfants, abandonnant leur paillasse, s'installaient cercle sur le plancher.

Emily commença à lire, et elle se retrouva elle-même prise dans l'histoire, oubliant pour quelques minutes la bizarrerie de la situation.

12

La nuit avait à peine jeté son voile sur les toits de la ville quand la voiture de lady Rotherby s'élança à nouveau sur les pavés, en direction de Tothill Fields.

Assise près de la portière, Vanessa observait son compagnon à la dérobée. Depuis qu'ils avaient quitté la maison des McLean en fin de matinée, Tristan s'était montré distant et pensif. Sans doute s'inquiétait-il pour sa sœur. Ce ne devait pas être facile pour lui de savoir qu'elle était pourchassée par Barnaby Flynt.

La jeune femme avait dû déployer des trésors de persuasion pour le dissuader de faire appel à la police. Seule l'idée que, peut-être, il mettrait Emily encore plus en danger l'avait finalement retenu. Mais sa décision, de toute évidence, lui avait coûté. Et le pire, c'est qu'elle commençait elle-même à nourrir des doutes sur le plan de secours qu'elle lui avait laissé miroiter. Certes, Dodger Dan l'adorait, malgré ses airs bourrus. Mais rien n'assurait qu'il accepterait de l'aider dans cette affaire.

Elle avait passé une partie de l'après-midi à interroger, avec Tristan, d'autres habitants du quartier, mais cette fois pour savoir si c'était bien vrai que Barnaby Flynt recherchait une jeune fille blonde aux yeux bleus. Plusieurs étaient au courant de la récompense promise par Flynt, mais tous ignoraient pourquoi il voulait cette fille. Pas plus qu'ils ne savaient, bien sûr, où elle se trouvait.

À chaque nouvelle réponse négative, Tristan s'assombrissait un peu plus. Lorsqu'ils étaient finalement retournés chez Vanessa pour manger un morceau, il s'était enfermé dans un mutisme complet. Son humeur ne s'était évidemment pas améliorée quand le domestique envoyé à Berkeley Square était revenu annoncer qu'Emily n'avait pas réapparu à la maison.

Vanessa continuait de l'observer en silence. Le clair de lune qui filtrait par les vitres de la portière accentuait la rigidité de ses traits. Elle ne l'avait encore jamais vu avec le visage aussi fermé. Son cœur se serra de sympathie pour lui.

Il avait beau faire tout son possible pour s'abriter derrière un mur de froide indifférence, elle voyait bien que ce n'était qu'une façade. Sous sa carapace dure et cynique se cachait un homme capable de tendresse et d'attention. Vanessa s'en était rendu compte une première fois chez Lilah. Et ensuite quand il avait témoigné tant de gentillesse envers la petite Gracie McLean. Mais comment fallait-il s'y prendre pour qu'il se montre plus souvent sous son vrai jour ? C'était toute la question...

Le problème, c'est qu'elle ne l'avait pas beaucoup aidé dans ce sens. Elle se rappelait, un peu honteuse, la manière dont elle s'était conduite avec lui ce matin. Tout cela parce qu'il avait injustement attaqué les habitants de Tothill Fields. Malgré tout, elle avait été un peu loin. Elle l'avait même menacé de lui botter le derrière ! Ce genre de grossièretés ne lui ressemblait pas : elle n'en avait plus prononcé une seule depuis le jour où Nigel l'avait recueillie.

— Où nous rendons-nous ?

C'était la première phrase que Tristan prononçait depuis des heures, et Vanessa en fut si surprise qu'elle mit quelques secondes à répondre.

— Dodger Dan possède... une sorte de club dans le quartier. Il a commencé sa carrière comme boxeur, et il a voulu rester dans le milieu en organisant des matchs. Les combattants sont tous volontaires, bien sûr. Et le gagnant empoche une partie des enchères.

— Vous voulez dire que ce Dodger Dan prend les paris de ses clients ?

— Euh, oui, c'est ça.

— Pourriez-vous m'expliquer en quoi ce genre d'individu pourrait nous être d'une quelconque utilité ?

— Dodger Dan possède un réseau d'informateurs qui savent tout ce qui se passe dans le quartier. Ce serait bien le diable que l'un d'eux ne soit pas capable de nous dire pourquoi Flynt poursuit Emily. À condition, évidemment, d'encourager Dan comme il convient.

— Et combien cet « encouragement » va-t-il me coûter ?

Vanessa ne se laissa pas démonter par le ton sarcastique de son compagnon.

— Il me semble que ce ne doit pas être terrible de payer si cela peut vous aider à retrouver votre sœur, non ?

L'argument était imparable. Tristan ne répondit rien.

L'attelage se rapprochait de leur destination. Vanessa, le cœur lourd, regarda par la vitre. Si jamais Dan refusait de les aider, aucune promesse de récompense ne le ferait changer d'avis. Or, il risquait de refuser. Le salut de son petit commerce lui recommandait d'éviter tout conflit avec Barnaby

Flynt. Elle voulait tout de même espérer que leur longue relation jouerait en sa faveur.

Cullen arrêta ses chevaux devant un immeuble tout en longueur, coincé entre deux entrepôts à l'abandon. Puis il sauta de son siège pour ouvrir la portière. Tristan se levait déjà, mais Vanessa le retint par le bras.

— Je crois qu'il vaudrait mieux que vous m'attendiez ici.

Il se rassit, incrédule.

— J'ai peur d'avoir mal entendu.

— Dan est très méfiant avec les gens qu'il ne connaît pas. Si vous m'accompagnez, il ne voudra même pas nous écouter.

— Il est hors de question que je vous laisse y aller seule, répliqua-t-il d'une voix autoritaire.

— Je n'irai pas seule. Cullen sera à mes côtés. Dan l'a déjà vu plusieurs fois, il ne s'inquiétera pas de sa présence.

Aidée de son cocher, la jeune femme descendit à terre, avant de se retourner vers Tristan :

— S'il vous plaît, faites ce que je dis. Je n'en aurai pas pour longtemps. Et avec Cullen, je ne cours aucun danger.

Puis, sans lui donner la moindre chance de protester, elle s'éloigna vers l'entrée de l'immeuble.

Tristan, lâchant un juron, sauta à terre et referma la portière si violemment que les cheveux hennirent. Vanessa et Cullen venaient de disparaître à l'intérieur du club, et il n'en revenait toujours pas de la situation.

Bon sang ! C'était sa sœur qui avait disparu, mais on le reléguait dehors, à attendre, pendant que Vanessa faisait tout le travail ! Jamais de sa vie il ne s'était senti aussi impuissant.

Il se mit à faire les cent pas sur le pavé, ruminant sa frustration et sa colère, soucieux cependant de ne pas céder à ses impulsions. Il avait déjà perdu son sang-froid une fois aujourd'hui, avec Mouse, et il ne voulait pas recommencer. Il était inutile de rendre la tâche de Vanessa plus difficile. Malheureusement, son inquiétude quant au sort d'Emily l'empêchait d'attendre sereinement la suite des événements.

Il avait beau être habillé en domestique, il n'était pas question qu'il obéisse docilement comme un laquais. Vanessa avait sans doute raison de vouloir le tenir à distance mais, s'il n'agissait pas d'une manière ou d'une autre, il finirait par devenir fou.

De toute façon, songea-t-il en voyant un groupe d'individus patibulaires pénétrer dans l'établissement, Cullen ne suffirait pas à défendre lady Rotherby si jamais il y avait du grabuge dans un endroit pareil.

Sa décision prise, il marcha droit vers la porte du club.

À peine eut-elle pénétré dans le club bondé que Vanessa se demanda si elle n'avait pas commis une erreur en refusant à Tristan de l'accompagner.

Une odeur de sueur et de mauvais alcool assaillit ses narines. Et le bruit, autour du ring dressé au milieu de la salle, était assourdissant. Des dizaines de personnes se pressaient pour voir, occupant le moindre espace libre.

Comble de malchance, Vanessa arrivait au mauvais moment. Elle avait espéré que le match serait terminé et que Dan aurait réintégré son bureau. Malheureusement, les hostilités entre les deux combattants battaient leur plein.

Chaque coup de poing assené par l'un des boxeurs provoquait un rugissement de la foule surexcitée. Elle se tourna vers Cullen. Il lui décocha un bref sourire, mais tous ses sens étaient en alerte, comme s'il était à l'affût de la moindre menace qui pourrait affecter sa maîtresse.

Tout bien considéré, Vanessa se dit qu'elle aurait dû laisser Tristan l'accompagner. Les clients qui fréquentaient le club de Dan n'avaient, pour la plupart, rien à se reprocher. Mais, pris dans la frénésie d'un match, ils pouvaient devenir dangereux. Et Cullen, si fort soit-il, ne serait pas de taille à la défendre si une bagarre générale éclatait.

Mais bon, il était trop tard pour revenir en arrière. Vanessa décida donc de faire profil bas, jusqu'à ce que le match soit terminé et qu'elle puisse parler à Dan.

Se dressant sur la pointe des pieds, elle constata que les tables et les chaises près du bar, à l'autre bout de la salle, étaient pratiquement désertes, tous les clients s'étant assemblés autour du ring. Le mieux serait donc d'aller attendre sagement là-bas la fin des hostilités.

La jeune femme cacha ses cheveux sous la capuche de son manteau, fit signe à Cullen et commença de se frayer un chemin parmi les spectateurs, en prenant garde de ne bousculer personne et de ne pas attirer l'attention sur elle.

Un nouveau rugissement, encore plus formidable que les précédents, retentit sous la voûte juste au moment où elle atteignait sa destination. Puis la foule se mit à se disperser. Elle comprit que le match était terminé.

— J'aurais jamais dû parier contre le gars à Dodger, grommela un spectateur qui passait près d'elle avec un ami. Ce type est un sacré bagarreur.

Parfait, songea Vanessa. Le candidat de Dan avait gagné. Ce qui le mettrait de bonne humeur et l'inciterait plus facilement à lui rendre service.

Tout à coup, une main se posa lourdement sur son épaule.

— Tiens, tiens, tiens. Qui va là ?

Vanessa se retrouva face à un grand type au visage bovin. Il était ivre, à en juger par ses yeux injectés de sang. Deux comparses, aussi costauds que lui et dans le même état d'ébriété, l'entouraient.

Sans lâcher l'épaule de Vanessa, son assaillant lui arracha sa capuche de l'autre main. Un sourire satisfait éclaira son visage, puis il se tourna vers ses amis.

— T'avais raison, Morris. C'est une poupée. Et bien roulée, en plus.

Vanessa prit garde à ne pas montrer son appréhension. Elle avait grandi au milieu d'hommes comme ceux-là, et elle savait que manifester sa peur reviendrait à agiter un chiffon rouge devant un taureau furieux.

— Soyez gentil de me lâcher, monsieur, dit-elle simplement, assez fière de constater que sa voix ne tremblait pas.

L'autre s'esclaffa.

— Vous avez entendu ça, les gars ? « Soyez gentil de me lâcher, monsieur » ! Mais c'est une vraie lady, cette poule !

— Tu sais bien qu'il y a pas de ladies ici, Farley, répliqua l'un des deux autres.

— Ouais, t'as raison.

Farley se pencha vers Vanessa. Son haleine empestait l'alcool.

— Y a pas de ladies ici, chérie, reprit-il. Alors, laisse tomber tes manières de grande dame et dis-moi plutôt combien ça va me coûter pour te trousser les jupes.

Vanessa coula un regard vers Cullen. Son cocher semblait prêt à en découdre, mais le mieux serait encore de régler cette affaire calmement, pour ne pas attirer davantage l'attention sur eux.

— Je ne suis pas une prostituée, monsieur. Alors, si vous cherchez à prendre un peu de bon temps, je vous suggère de vous adresser à quelqu'un d'autre.

— Et si c'est toi que je veux ?

Vanessa s'obligea à contrôler sa respiration.

— Je crains que vous ne perdiez votre temps. Maintenant je vous demande, pour la deuxième fois, de me lâcher.

Farley semblait amusé de sa réaction.

— Et si je refuse ?

Bon. L'approche civilisée n'ayant pas marché, il ne restait plus qu'à recourir aux bonnes vieilles tactiques de rue.

Vanessa échangea un regard avec Cullen, puis donna un brusque coup de genou dans l'entrejambe de Farley. Celui-ci se plia en deux sous l'effet de la douleur. Au même instant, Cullen saisit Morris par le col et l'envoya valser sur une table, qui se brisa en deux sous son poids.

L'autre acolyte de Farley, furieux, se rua sur le cocher. Comme s'ils n'attendaient que ce signal, plusieurs autres clients, qui avaient observé la scène, se jetèrent à leur tour sur le malheureux Cullen.

Vanessa voulut se porter à son secours, mais une main la retint par les cheveux.

— Non, t'iras pas plus loin, toi.

C'était Farley. Le souffle court et le visage empourpré par la rage, il lui souffla dans l'oreille de sa voix avinée :

— Je vais te rendre la monnaie de ta pièce, garce.

Il tira violemment ses cheveux et Vanessa ne put retenir un cri de douleur. Mais, résolue à se défendre jusqu'au bout, elle le bourrela de coups de poing. Malheureusement, chaque fois que son poing s'abattait sur le torse de son assaillant, elle avait l'impression de frapper un mur. Elle visa plus haut, et réussit à lui toucher le nez.

— Arrête ça, garce, ou je te promets que tu vas…

Il ne termina pas sa phrase. Une main puissante l'avait saisi à la gorge, lui faisant lâcher prise sur la chevelure de Vanessa.

Tristan !

— Je pense que vous devriez apprendre à vous conduire avec une lady, dit-il à Farley.

— Une lady ? Une catin, oui…

Tristan lui décocha un coup de poing en pleine figure. Farley s'écroula comme une pierre.

— Ça va ? demanda-t-il à la jeune femme.

Elle hocha la tête. Dieu du Ciel ! Elle n'aurait jamais pensé être aussi heureuse de le voir…

— Moi, oui. Mais Cullen…

Tristan n'attendit pas la fin de sa réponse. Enjambant Farley, il vola à la rescousse du cocher, qui avait fort à faire contre une demi-douzaine d'agresseurs.

Vanessa alla s'adosser au bar pour suivre le reste de la bagarre. Elle vit, stupéfaite, Tristan prendre deux combattants chacun par le cou et leur cogner la tête l'un contre l'autre avant de les rejeter de côté. Il ne s'agitait pas, et se mouvait au contraire avec une remarquable économie de gestes.

Ainsi, elle l'avait trouvé. Le guerrier intrépide, le chevalier à la blanche armure dont elle avait si souvent rêvé…

Tout à coup, une détonation retentit.

Un silence de mort s'ensuivit. Tous les regards s'étaient tournés vers l'homme qui se tenait un peu à l'écart de la foule et contemplait le spectacle d'un œil furieux. Grand et noueux, les cheveux poivre et sel, le nez tordu comme s'il avait été cassé plusieurs fois, il était flanqué de deux gaillards imposants. Celui de gauche pointait un pistolet encore fumant vers le plafond.

Dodger Dan.

Tristan vint aussitôt se placer devant Vanessa. Émue par son attitude protectrice, elle s'agrippa au dos de sa chemise et se hissa sur la pointe des pieds pour voir la suite par-dessus son épaule.

— Personne ne se bat dans mon club sans mon autorisation, rappela Dan en pesant du regard sur les belligérants.

Et, se tournant vers ses gorilles, il ajouta :

— Foutez-les dehors, et que je ne les voie plus jamais ici.

Il tournait déjà les talons quand Vanessa écarta Tristan.

— Dodger ! cria-t-elle, se précipitant vers lui.

L'un des gorilles lui bloqua le chemin. Tristan intervint aussitôt.

— Si tu la touches, tu m'en répondras, lui dit-il d'une voix menaçante.

Vanessa, qui voulait absolument attirer l'attention de Dan avant qu'il ne disparaisse, courut de nouveau vers l'ancien boxeur.

— Dan, attends !

Sa voix avait dû couvrir le brouhaha, car il finit par se retourner. Il haussa les sourcils, incrédule.

— Mais… c'est la petite DeeDee ! fit-il, un sourire sur les lèvres, tandis qu'il se portait à sa rencontre. Que fais-tu ici, fifille ?

Vanessa saisit la main qu'il lui tendait.

— J'ai à te parler, Dan. C'est urgent.

— Bien sûr, bien sûr…

Il jeta un regard en direction du petit groupe formé par Cullen, Tristan et les deux gorilles, qui s'observaient en chiens de faïence.

— Ces types sont avec toi ?

Elle hocha la tête. Dan fit alors signe à ses hommes.

— C'est bon, les gars. Laissez ces deux-là tranquilles. Mais débarrassez-moi des autres.

Les gorilles obéirent. Tristan et Cullen en profitèrent pour rejoindre Vanessa. Dan dévisagea Tristan avec curiosité, avant de reporter son attention sur la jeune femme.

— Suis-moi, fifille.

Il reprit son chemin. Elle lui emboîta le pas et Tristan suivit.

— Je vous avais dit que c'était une erreur de venir ici sans moi, souffla-t-il à son oreille. Vous êtes douée pour provoquer du grabuge…

Ce ton autoritaire ulcéra la jeune femme.

— Vous n'aviez pas besoin de vous mêler de cela. Cullen et moi nous serions très bien tirés d'affaire sans vous.

C'était bien sûr un gros mensonge, mais ce coq arrogant n'avait pas besoin de le savoir. Dire qu'elle avait été à deux doigts de le remercier pour son intervention !

— Je n'en doute pas un seul instant. Ce n'est que la charité chrétienne qui vous a retenue de tous les exterminer.

Même l'impassible Cullen sourit de la plaisanterie.

— Oh, fermez-la ! s'emporta-t-elle.

L'aplomb de cet homme dépassait tout entendement. Elle n'avait encore jamais rencontré quelqu'un qui la mette aussi facilement hors d'elle.

Dan les conduisit jusqu'à une porte en chêne. Il l'ouvrit et s'effaça pour les laisser entrer dans son sanctuaire.

Vanessa n'avait encore jamais pénétré dans ce bureau. Les lieux contrastaient étrangement avec le reste du club. Les murs étaient lambrissés d'acajou et un magnifique tapis persan recouvrait le plancher. Le mobilier, luxueux, était jonché de bibelots qui avaient dû coûter une fortune.

Tristan contemplait le décor avec stupéfaction.

— Votre ami ne doit pas seulement gagner sa vie en organisant des matchs de boxe, murmura-t-il à Vanessa.

La jeune femme ne répliqua pas. Elle savait que ce club n'était qu'un des gagne-pain de Dan. L'essentiel de ses revenus provenait d'une autre activité – c'était d'ailleurs ce qui l'avait amenée ici.

Dan s'installa derrière son bureau en acajou massif, puis il désigna une paire de fauteuils qui lui faisaient face.

— Je vous en prie, asseyez-vous.

Tandis que Cullen restait en faction près de la porte, Vanessa prit l'un des fauteuils. Tristan, au lieu de l'imiter, se plaça derrière elle, les mains plaquées sur le dossier du siège.

— Je peux t'offrir quelque chose à boire, fifille ?

Elle secoua la tête.

— Non, merci, Dan. Je n'ai pas soif.

Il posa les coudes sur le bureau et la dévisagea d'un air impassible.

— Alors explique-moi ce que je peux faire pour toi, DeeDee ? Je ne t'ai plus revue depuis que tu as fait ce beau mariage. Avant, tu venais souvent me voir…

C'était la vérité. Vanessa se remémora toutes les fois où, jeune fille, elle s'était glissée dans ce club pour voir Dan triompher de ses adversaires. Avec son agilité et ses réflexes, il était pratiquement imbattable.

C'étaient ces mêmes réflexes et cette agilité qui l'avaient rendu célèbre parmi le petit monde des pickpockets. Dan avait été sans égal. Du reste, tout ce que savait Vanessa en la matière, c'est à lui qu'elle le devait.

— J'ai une faveur à te demander, dit-elle. (Fouillant dans son réticule, elle sortit le portrait d'Emily.) J'essaie de retrouver cette jeune fille. Elle s'est enfuie et sa famille se désespère sur son sort.

Dan étudia le portrait un moment, avant de lever les yeux :

— Elle se désespère jusqu'à quel point ?

Vanessa sentit Tristan se raidir, mais elle ignora sa réaction.

— Ils sont prêts à payer cher pour la récupérer.

— Et pourquoi penses-tu que je pourrais t'aider à...

— Elle est quelque part dans le quartier.

— Tu es sûre de cela ?

— Sûre et certaine. Et il y a autre chose : Barnaby Flynt la cherche, lui aussi.

Dan changea de couleur.

— Flynt ?

— Oui. J'ignore pourquoi, mais il a promis une récompense à toute personne qui pourrait la lui amener. La famille de la jeune fille est décidée à doubler cette somme.

Dan rendit la miniature.

— Je suis navré, DeeDee, mais tu connais ma position à l'égard de Flynt. Je n'ai aucune envie d'attirer son attention.

— Mais combien de temps penses-tu pouvoir continuer à l'éviter ? rétorqua Vanessa. Tu n'es quand même pas assez naïf pour t'imaginer qu'il ne finira pas un jour par frapper à ta porte pour te racketter ?

Il voulut protester, mais elle n'en avait pas terminé :

— Tu me dois un service, Dan, ne l'oublie pas…

L'ancien boxeur s'agita sur son siège, mal à l'aise.

— Tu as raison, lâcha-t-il finalement. Bon, je vais mettre quelques-uns de mes hommes sur cette affaire. Mais après, on efface l'ardoise, d'accord ?

Elle rangea le portrait dans son réticule.

— D'accord. Ce que j'attends surtout de toi, c'est que tu me dises pourquoi Barnaby la veut. Toute information à ce sujet sera la bienvenue. De mon côté, je vais continuer les recherches. À nous deux, nous devrions arriver rapidement à un résultat.

Dan se leva et contourna son bureau.

— Si j'apprends quoi que ce soit, je ferai porter un message à ton domicile. Ce serait préférable que tu ne t'aventures plus ici. C'est trop risqué.

— Mais quelle assurance avons-nous de pouvoir vous faire confiance ? intervint Tristan.

Dan lui jeta un regard noir.

— Je connais DeeDee depuis le berceau. J'étais un ami de sa mère. Elle sait qu'elle peut compter sur moi.

— Excusez mes réticences mais, en ce qui me concerne, je ne vous connais pas depuis aussi longtemps, insista Tristan qui avait croisé les bras sur sa poitrine, dans une attitude de défiance. Comment puis-je être sûr que vous n'allez pas nous trahir et donner ma… la fille à Flynt ?

Dan avait tout à coup l'air d'un chat brossé dans le mauvais sens du poil.

— C'est qui, ce type ? demanda-t-il à Vanessa.

Elle posa une main apaisante sur le bras de Tristan. Il ne fallait surtout pas que ces deux-là en viennent aux mains. La situation était déjà assez tendue comme cela.

— C'est Tristan. Je l'ai embauché comme… euh, comme garde du corps.

Dan fronça les sourcils.

— Vous m'avez l'air un peu trop arrogant pour être un domestique, dit-il à Tristan. C'est égal, je vous promets que je ne trahirai jamais DeeDee. Flynt n'est pas vraiment de mes amis.

Et, reportant son attention sur la jeune femme, il ajouta :

— Maintenant, tu ferais mieux d'y aller, fifille. Il y a eu assez de grabuge comme ça chez moi ce soir.

Vanessa se leva.

— Excuse-moi, Dan. Je ne voulais pas causer de troubles…

Il l'escorta jusqu'à la porte, Tristan sur leurs talons.

— Ne t'inquiète pas, fifille. Des bagarres, ici, ce n'est pas ça qui manque. Et tu sais bien que je pardonne toujours tout à ma meilleure élève.

— Votre meilleure élève ? répéta Tristan, interloqué. Mais qu'avez-vous bien pu lui enseigner ?

Vanessa se figea. Bonté divine, c'était justement l'une des raisons pour lesquelles elle n'avait pas voulu qu'il la suive ici. Et maintenant, il était trop tard pour empêcher Dan de répondre.

— Eh bien, à faire les poches, pardi ! Notre petite DeeDee était l'une des meilleures pickpockets de Tothill Fields.

13

Le silence régnait à nouveau dans la voiture, mais cette fois il était encore plus étouffant que tout à l'heure, avant d'arriver au club. Tristan n'avait pas décroché un mot depuis que Dan lui avait révélé l'ancienne profession de Vanessa. Et la jeune femme ne se sentait pas le courage d'engager la conversation.

Que pouvait-il bien penser de tout cela ? se demandait-elle en l'observant du coin de l'œil. Et qu'allait-il faire, maintenant ? Allait-il lui tourner le dos et refuser qu'elle l'aide davantage ? Mon Dieu, cette tension était insupportable !

— Pourquoi ? lâcha-t-il finalement.

Ce seul mot suffit à la faire sursauter. D'autant qu'il la dévisageait d'un regard accusateur.

— Pourquoi ne m'avez-vous rien dit ? reprit-il d'une voix dure.

— Vous osez me poser la question, après la façon dont vous vous êtes conduit avec Mouse ce matin ? répliqua-t-elle, avant de hausser les épaules. De toute manière, c'est du passé. Et je ne tiens pas spécialement à revenir là-dessus.

— Vous avez volé des gens, Vanessa. J'estime que j'avais le droit d'être mis au courant.

— Il fallait que je survive, Tristan. Et je ne connaissais que ce moyen à l'époque. Je n'avais plus de parents pour s'occuper de moi, alors je n'avais pas d'autre choix que de me débrouiller par moi-même. S'il vous plaît, ne me jugez pas hâtivement. Si je n'avais pas volé, je serais morte de faim. J'ai choisi de ne pas mourir de faim.

— Mais il existe des hospices, des orphelinats pour les pauvres, qui…

— De toute évidence, vous n'en avez jamais visité un seul, sinon vous ne feriez pas semblable suggestion. Ce sont des endroits épouvantables, où les enfants sont exploités de l'aube jusqu'au soir. J'aurais préféré mourir que d'être traitée comme un animal. N'essayez pas de me culpabiliser, Tristan. Mon passé est mon passé. Mais j'essaie d'être une meilleure personne, aujourd'hui et à l'avenir.

— Vous auriez quand même dû m'en parler.

— Peut-être. Mais qu'est-ce que cela aurait changé ? Si vous vous êtes adressé à moi, c'est précisément parce que vous saviez que je connaissais Tothill Fields.

Il ne répondit rien à cela et détourna la tête pour regarder par la vitre de la portière.

Nom d'un chien, qu'il était obtus ! Après la gentillesse qu'il avait manifestée ce matin chez les McLean, Vanessa avait pensé qu'il nuancerait son jugement sur la population de Tothill Fields. Mais il n'en avait rien été.

Comment lui faire comprendre ?

Tout à coup, la jeune femme eut une idée. Elle ouvrit la trappe qui communiquait avec le cocher, murmura quelques mots à Cullen, puis se rencogna dans sa banquette.

Tristan la regardait d'un œil suspicieux.

— Que faites-vous ?

— J'ai modifié notre destination.

— Et où allons-nous, désormais ?

— Vous allez bien voir.

Vanessa, évitant de croiser son regard, se lissa les jupes d'une main mal assurée. Elle était consciente de prendre un risque en lui révélant un aspect supplémentaire de son passé, mais le jeu en valait la chandelle si elle réussissait à regagner un peu de sa confiance.

— Je veux vous montrer quelque chose, ajouta-t-elle.

La petite masure était à l'abandon depuis plusieurs années. Les vitres des fenêtres étaient toutes brisées, des toiles d'araignée encadraient la porte et un mur s'était même en partie écroulé.

Tristan, debout à côté de la voiture, contemplait la scène avec effarement. En comparaison, la bicoque des McLean aurait pu passer pour un château.

Il se tourna vers Vanessa. L'obscurité l'empêchait de lire l'expression de son visage, mais sa tension se devinait. Tristan comprit qu'il l'avait mise sur la défensive. Ce n'était certes pas son intention, mais d'un autre côté il avait de bonnes raisons de lui en vouloir. Elle n'avait pas été honnête avec lui. Même si elle lui avait plus menti par omission que délibérément, le résultat était identique. Après avoir appris ce qui était arrivé à sa mère, elle avait sciemment omis de lui révéler son passé de voleuse. Du coup, Tristan pouvait légitimement se demander si elle ne lui cachait pas d'autres choses.

Et puis, pour être tout à fait honnête, il avait été blessé qu'elle ne lui fasse pas assez confiance pour partager avec lui ses secrets, alors que lui-même n'avait pas hésité à lui confier l'épisode le plus traumatisant de son existence.

— Où sommes-nous ? demanda-t-il. Et pourquoi m'avez-vous amené ici ?

Elle ne répondit pas tout de suite. Quand elle parla enfin, sa voix était à peine plus audible qu'un murmure.

— Je voulais que vous découvriez d'où je viens. Je suis née ici.

Tristan en resta sans voix. Dieu du Ciel ! Elle avait vécu dans ce taudis ?

La jeune femme était déjà partie vers l'entrée. Il jeta un regard à Cullen, qui était descendu de son siège pour flatter les chevaux. Le cocher lui tourna le dos, comme s'il voulait lui signifier qu'il devait se débrouiller seul.

Tristan carra les épaules et rejoignit Vanessa au moment où elle franchissait le seuil de la masure.

L'intérieur était encore plus délabré que l'extérieur, si cela était possible. Le clair de lune pénétrait par les trous de la toiture, éclairant un plancher recouvert de poussière. Les rares meubles qui restaient étaient démantibulés.

— Ma mère est morte quand j'avais trois ans, expliqua Vanessa, dont les paroles résonnaient dans ce décor vide. Elle est tombée malade au début de l'hiver et ne s'est jamais rétablie. Je ne me souviens pas beaucoup d'elle, sinon qu'elle aimait me chanter des berceuses, le soir, pour m'endormir.

Elle s'interrompit quelques instants, les yeux pleins de larmes, avant de poursuivre :

— J'ai toujours pensé que j'avais survécu par miracle à mon enfance. Mon père était un ivrogne qui passait le plus clair de son temps dans les tavernes, avec des bons à rien dans son genre. Combien de fois me suis-je couchée l'estomac vide, parce qu'il avait dépensé le peu d'argent qu'il avait gagné pour s'acheter à boire…

Tristan écoutait, le cœur serré. Il se représentait la fillette malheureuse, sans personne pour prendre soin d'elle. Son propre père n'avait pas valu guère mieux mais, au moins, il avait toujours eu un toit sur la tête et de quoi manger dans son assiette. Il n'avait pas vécu ce qu'elle avait enduré.

Elle s'approcha d'une fenêtre et regarda par les vitres brisées, l'esprit ailleurs.

— S'il n'y avait pas eu les amis de ma mère, Harry, Lilah, Dan et quelques autres, je ne serais plus là aujourd'hui. Ils m'ont prise en charge après sa mort, veillant à ce que je manque le moins possible du nécessaire. Dan, surtout, fut formidable.

— Vraiment ? ne put s'empêcher de répliquer Tristan. Pourtant, c'est lui qui vous a appris à voler.

Elle esquissa un sourire.

— Oh, je sais bien que ses intentions n'étaient pas totalement altruistes. Il se servait de moi, c'est sûr. Mais il m'aimait vraiment, à sa façon. Il avait grandi avec maman et je pense qu'il avait été un peu amoureux d'elle. Quoi qu'il en soit, je lui dois beaucoup. Et c'est lui, en effet, qui m'a appris l'« art de la soulève », comme il aimait dire.

Elle traçait, d'un doigt, le contour de la fenêtre.

— Au début, j'ai pris cela comme un jeu. Un défi. Je m'amusais à dérober n'importe quoi dans les poches des gens : un mouchoir, une paire de gants... Ce n'est que petit à petit que j'ai réalisé qu'il fallait savoir choisir ses cibles, si on voulait gagner son repas à ce métier-là.

— Et votre père ?

Elle haussa les épaules.

— Plus je grandissais, plus la situation empirait. Parfois, il disparaissait pendant des jours. Je ne savais jamais où il était, ni avec qui. Et quand il revenait à la maison, il était en général d'une humeur massacrante. Parfois, il ramenait même des hommes. Qui me regardaient avec concupiscence dès qu'il avait le dos tourné.

Leurs yeux se croisèrent et Tristan, bouleversé, lut dans ceux de la jeune femme toutes ses souffrances passées.

— Ces types, chez Dan, n'étaient pas les premiers à vouloir s'en prendre à moi...

Il se souvint de la colère qui l'avait pris à la gorge quand il avait vu Vanessa assaillie par les gredins tout à l'heure.

— J'espère qu'aucun ne vous a jamais...

— Non. J'arrivais toujours à m'esquiver à temps. Mais, plusieurs fois, je l'ai échappé belle.

Elle revint vers le centre de la pièce.

— Un matin, alors que j'avais environ neuf ans, j'ai constaté à mon réveil que papa n'était pas rentré de la nuit. Comme cela n'avait rien d'extraordinaire, sur le coup je n'y ai pas prêté attention. Mais les jours ont passé, puis une semaine, et une autre, et il ne donnait toujours pas signe de vie. J'ai fini par réaliser qu'il ne reviendrait jamais et que j'étais désormais seule au monde.

Tristan était indigné.

— Il vous avait abandonnée !

— Ce qui est certain, c'est que j'étais bien contente de tout ce que m'avait appris Dan. C'est grâce à cela que j'ai pu éviter de mourir de faim. Oh, bien sûr, Harry et Lilah ont fait tout ce qu'ils ont pu. Mais ils avaient presque autant de mal que moi à survivre.

— Et Dan ?

Elle baissa les yeux.

— Quand j'ai compris que papa était parti pour toujours, je suis allée le trouver, évidemment. Je pensais qu'il me prendrait chez lui. Il m'avait si souvent répété qu'il me considérait comme sa fille. Mais...

Le reste de sa phrase mourut dans sa gorge. Tristan comprit la fin de l'histoire.

— Ce bâtard vous a tourné le dos.

— Il venait juste de se retirer de la boxe pour ouvrir son club. Il estimait que ce n'était pas un endroit pour une fillette de mon âge. Il avait sans doute raison, mais son refus m'a blessée. J'ai mis longtemps à m'en remettre.

— Qu'avez-vous fait ?

— J'ai volé dans les poches des gens ! C'est tout ce que je savais faire.

Quelque chose, dans son ton, laissa deviner qu'elle ne lui avait pas dit toute la vérité. Mais il préféra ne pas insister.

— Si je vous ai amené ici, reprit-elle en venant se planter devant lui, c'est pour que vous compreniez d'où je viens, et la misère qui fut la mienne. J'ai dû me débrouiller toute seule, Tristan. Mais je n'étais pas la seule dans ce cas. Loin de là. Des enfants comme Jenna et Gracie McLean, et bien d'autres encore, vont tous les soirs au lit en ayant faim et froid. Leur seul crime est d'être né du mauvais côté de la barrière.

Tristan y voyait plus clair, à présent.

— Et c'est pour cela que vous passez votre temps à aider ces gens.

Elle hocha la tête.

— Je sais ce que c'est qu'être seul et sans ressources. Et je sais aussi combien c'est important d'avoir quelqu'un qui veille sur vous et qui vous aime.

— Le vicomte ?

— Oui, Nigel.

Elle avait évoqué son défunt mari d'une voix si affectueuse que Tristan éprouva un pincement au cœur. Allons donc ! Il ne pouvait quand même pas être…

Jaloux.

— Comment l'avez-vous rencontré ? s'empressa-t-il de demander pour penser à autre chose.

— Croyez-le ou non, tout simplement en lui faisant les poches !

Elle avait dit cela avec un tel sourire que Tristan aurait voulu être celui qui lui inspirait ce sourire.

— Il m'a prise sur le fait, ajouta-t-elle. Mais au lieu de me livrer à la police, il m'a offert un toit. C'était l'homme le plus bon et le plus généreux que j'aie jamais rencontré.

— Et c'est pour cela que vous l'avez épousé ? Par reconnaissance ?

Elle se raidit.

— Je l'ai épousé parce que je tenais énormément à lui. Mais ce n'est pas la question. Je vous ai conduit ici pour que vous compreniez qu'on peut être prêt à tout quand il s'agit de survivre. Et le vol n'est certainement pas la pire des extrémités. J'ai eu de la chance que Nigel me trouve à temps.

Tristan s'imagina le vicomte la serrant dans ses bras, lui ôtant sa robe et la caressant… la caressant exactement comme lui-même avait envie de le faire.

— De la chance ? Il vous a épousée alors que vous auriez pu être sa petite-fille. Si vous voulez mon avis, il a plutôt profité de la situation.

Tristan n'eut même pas le temps de voir arriver la gifle que Vanessa lui assena en plein visage. Loin de le calmer, ce geste ne fit que lui échauffer davantage les sangs.

Incapable de se contenir, il attira la jeune femme à lui et s'empara sauvagement de ses lèvres.

Toute pensée rationnelle semblait avoir déserté son esprit. Il ne vivait plus que pour ce baiser, dont le goût l'enivrait comme une drogue. Les lèvres de Vanessa étaient aussi douces qu'il l'avait imaginé.

Et elles s'ouvraient à lui…

Tristan fut surpris de voir qu'elle ne cherchait pas à se débattre. Au contraire, elle avait même noué les bras à son cou.

Tandis qu'il continuait d'explorer sa bouche, il aventura une main dans son dos, puis plus bas, pour la serrer davantage contre lui. La cuisse de la jeune femme entra en contact avec son membre érigé qui tendait l'étoffe de son pantalon, et il ne put réprimer un gémissement de plaisir.

Malheureusement, c'est aussi cela qui ramena Vanessa à la réalité. Elle interrompit leur baiser et leur étreinte, reculant de quelques pas, le regard incrédule, comme si elle doutait de la réalité de ce qui s'était passé.

Tristan lui tendit la main, dans un geste de supplication, mais elle secoua la tête.

— Non, murmura-t-elle. Je vous en prie, pas ça.

Et sur ces mots, elle s'enfuit dehors.

14

Vanessa soupira de soulagement quand la voiture s'arrêta enfin devant chez clle.

Le trajet de retour, depuis la maison de son enfance, avait été d'autant plus tendu qu'elle avait tout fait pour éviter le regard de Tristan. Elle avait honte de ce qui s'était passé. Comment avait-elle pu se conduire comme une catin ?

Le problème, c'est qu'elle ne parvenait même pas à comprendre comment tout cela était arrivé. Elle avait été folle de rage que Tristan se moque de Nigel, au point qu'elle l'avait giflé. Et la seconde d'après, elle s'était retrouvée dans ses bras, à l'embrasser !

Cela ne devait pas se reproduire. Vanessa ne pouvait pas laisser Tristan pénétrer ainsi dans son intimité, quelque attirance qu'elle éprouvât pour lui. Si elle lui abandonnait son cœur et s'il découvrait le rôle qu'elle avait joué dans la mort de sa mère… Elle préférait ne pas y penser.

Elle ramassa son réticule et se tourna vers son compagnon.

— J'ai quelques idées quant aux gens à voir pour nous renseigner sur Emily, annonça-t-elle. Nous repartirons en chasse demain matin, dès la première heure.

Et sans attendre de réponse, elle ouvrit la portière de son côté et descendit.

Consciente que Tristan la suivait, elle se dépêcha de gravir le perron, impatiente de se réfugier derrière l'épais battant de chêne.

— Si vous voulez, je peux demander à Cullen de vous raccompagner chez vous, lança-t-elle tandis qu'elle sortait déjà sa clé de son réticule.

Elle ouvrit prestement la porte et s'engouffra à l'intérieur.

— Et si vous me dites à quelle heure vous serez réveillé, ajouta-t-elle, nous pourrions aller vous chercher demain…

Il repoussa la porte de la main, empêchant Vanessa de refermer le battant.

— Je n'ai aucune intention d'aller nulle part pour l'instant, dit-il d'une voix cinglante comme l'acier.

Elle ressentit un frisson qui lui vrilla l'échine et, impuissante, le laissa entrer à sa suite.

— Que voulez-vous dire ? demanda-t-elle, la gorge sèche.

— Il me semble que c'est clair : je reste ici. Si Dodger Dan vous envoie un messager dans la nuit, je veux pouvoir réagir immédiatement.

Il voulait rester ici ? Dans cette maison ? Avec elle ? En pleine nuit ?

— Mais… mais c'est impossible !

Il croisa les bras sur sa poitrine, d'un air soudain nonchalant.

— Bien sûr que si, c'est possible. Vous avez forcément une chambre d'amis, non ?

— Oui. Mais ma réputation souffrirait…

— Allons donc ! Vous m'avez vous-même avoué que vous n'aviez plus aucune réputation à défendre dans le grand monde. L'auriez-vous oublié ? Quoi qu'il en soit, je vous promets de me montrer discret.

Si vous ne voulez pas me donner de chambre, je peux dormir en boule sur le tapis du salon…

Il marqua un temps avant d'ajouter, d'une voix triste :

— De toute façon, ça m'étonnerait que je dorme beaucoup cette nuit. Tant que je ne saurai pas où se trouve Emily…

Vanessa ne put s'empêcher de compatir. Il semblait si vulnérable, dès qu'il s'agissait de sa sœur !

— Bon, d'accord, soupira-t-elle en refermant la porte. Je vais demander à Mme Godfrey de vous préparer la chambre d'amis.

C'était sans doute une erreur, mais tant pis.

— Sachez que j'apprécie votre hospitalité, dit-il avec un sourire qui la fit fondre. Et je vous jure que je ne vous toucherai pas.

Elle piqua un fard.

— Oui, euh… eh bien…

Mme Godfrey surgit de l'office sur ces entrefaites. Soulagée par cette interruption, Vanessa se porta au-devant de sa gouvernante.

— Vous tombez bien, madame Godfrey. Seriez-vous assez aimable de demander à une servante de préparer la chambre d'amis pour lord Ellington ? Il va dormir ici cette nuit.

La gouvernante ne put cacher sa stupéfaction.

— Il va dormir ici, milady ? répéta-t-elle.

— Oui, c'est ce que je viens de vous dire.

— Mais…

— Madame Godfrey, s'il vous plaît.

La gouvernante inclina la tête.

— Bien, milady.

Elle tourna les talons, non sans avoir jeté un regard noir à Tristan, et s'éloigna d'une démarche raidie par l'indignation.

Vanessa commençait à se sentir elle-même très mal à l'aise. Elle alla pendre son manteau à une patère.

— Installez-vous dans le salon en attendant, milord. Dès que votre chambre sera prête, Mme Godfrey vous montrera le chemin.

— D'accord. Et si vous me permettez d'user d'un de vos valets, j'aimerais envoyer un message à mon majordome pour l'avertir que je passe la nuit ici, au cas où il me chercherait de son côté.

— Bien sûr. Je vous envoie quelqu'un tout de suite. Maintenant, si vous voulez bien m'excuser, je vais me retirer…

Vanessa partait déjà vers l'escalier, mais Tristan l'arrêta net :

— Un instant, milady.

La jeune femme se retourna, la main sur la rampe.

— Oui, milord ?

Il la rejoignit en trois enjambées.

— Je vous dois des excuses, murmura-t-il d'une voix qui ressemblait à une caresse. Je me suis très mal conduit, mais j'espère que vous saurez me pardonner.

Il s'excusait de l'avoir embrassée ? Contre toute attente, Vanessa trouvait cela encore plus terrible que la tension qui régnait entre eux depuis tout à l'heure.

— Ce n'est pas si grave, milord. Ce n'était pas la première fois de ma vie qu'un homme m'embrassait.

— Vous m'avez mal compris, Vanessa. Je m'excusais de mes commentaires déplacés sur votre défunt mari. Je n'ai aucun droit de critiquer un homme que je n'ai même pas connu.

Il s'approcha encore, jusqu'à ce que leurs lèvres se frôlent presque, avant d'ajouter d'une voix atrocement sensuelle :

— Pourquoi devrais-je m'excuser d'un baiser que j'ai si fort apprécié ?

Vanessa resta un moment figée sur place, comme hypnotisée par l'intensité de son regard. Puis, dans un sursaut, elle trouva l'énergie de se détourner pour gravir l'escalier.

Une heure plus tard, la jeune femme n'était toujours pas couchée. Elle faisait les cent pas dans sa chambre, incapable de trouver le sommeil.

Comment ai-je fait pour me mettre dans un pétrin pareil ? se demanda-t-elle en s'arrêtant devant la psyché pour observer son reflet. Elle avait seulement voulu faire comprendre à Tristan les circonstances qui l'avaient obligée à se retrouver dans la rue.

Et il l'avait embrassée...

Cet homme est décidément impossible ! conclut-elle en allant s'asseoir sur son lit. D'abord, il s'invitait tout seul pour passer la nuit ici. Et ensuite, il flirtait avec elle sans vergogne au pied de l'escalier. Le pire, c'est que s'il attendait que Dan donne de ses nouvelles, il risquait de rester à la maison plusieurs jours !

La perspective que Tristan vive sous le même toit qu'elle, dormant dans cette maison nuit après nuit, lui donnait des frissons. Elle voulut se persuader que c'était à cause du danger que représentait une telle situation : plus il passerait de temps auprès d'elle, plus il aurait de chances de découvrir le secret qu'elle lui cachait. Cependant, si elle voulait être honnête avec elle-même, elle ne pouvait nier le désir qui les attirait l'un vers l'autre. Un désir qui grandissait d'heure en heure, et qui la rendait d'autant plus mal à l'aise qu'elle savait pertinemment que ce serait une monumentale erreur d'y céder.

Malheureusement, Tristan ne semblait pas raisonner pareillement. Ils s'étaient croisés à nouveau tout à l'heure, dans le couloir de l'étage, quand Mme Godfrey l'avait escorté jusqu'à sa chambre. Le regard de braise qu'il lui avait décoché avait obligé Vanessa à baisser les yeux en lui souhaitant bonne nuit.

Je n'aurais jamais dû proposer de l'aider, se disait-elle, désolée. Mais ce qui était fait était fait, et s'il devait rester plusieurs jours dans cette maison, il faudrait imposer certaines règles. D'abord, pour commencer, plus de regards ardents. Et, bien sûr, plus de baisers. Elle veillerait à ce qu'il se comporte en gentleman. Ce n'était pas parce qu'elle était née dans le peuple qu'il devait la traiter comme une vulgaire catin.

Elle se tourna vers le mur séparant sa chambre de la chambre d'amis. Des bruits provenaient de l'autre côté – bruits de pas, de fauteuils que l'on bougeait –, prouvant que Tristan non plus ne dormait pas. Vanessa en conclut que c'était l'occasion rêvée pour lui expliquer la conduite à tenir.

Résolue à ne pas faiblir dans sa détermination, elle se releva, marcha droit vers la porte, l'ouvrit et sortit dans le couloir.

Tout était silencieux. Elle gagna la porte de l'autre chambre, frappa un coup péremptoire contre le battant et, sans attendre de réponse, entra.

La chambre était plongée dans une pénombre à peine troublée par la maigre lueur du feu qui achevait de se consumer dans l'âtre. D'abord, Vanessa ne put rien distinguer. Puis une silhouette se dressa d'un des fauteuils placés devant la cheminée.

La jeune femme retint son souffle en voyant Tristan venir à sa rencontre, entièrement nu, à l'exception d'un caleçon qui tombait très bas sur ses hanches.

Dieu, qu'il était beau ! Malgré le manque de lumière, elle pouvait distinguer le modelé parfait de son torse musclé. Et son caleçon moulant ne laissait pas beaucoup de place à l'imagination. La forme de sa virilité se devinait parfaitement sous le tissu…

Elle préféra détourner le regard de ce spectacle diablement tentant.

— Que se passe-t-il ? demanda-t-il d'une voix inquiète. Vous avez reçu des nouvelles d'Emily ?

Elle fut incapable de répondre. L'indignation qui l'avait conduite jusqu'ici l'avait brusquement désertée.

— Vanessa ?

— Non, non, il n'y a toujours rien de ce côté-là, répliqua-t-elle finalement, malgré sa gorge tellement sèche qu'elle la brûlait.

Il se détendit aussitôt.

— Alors, qu'y a-t-il ?

Elle s'humecta les lèvres.

— Euh, rien, rien du tout. Je voulais juste…

Elle s'interrompit.

Il la dévisagea un long moment, puis un sourire éclaira son visage. Il fit un pas vers elle.

— Attendriez-vous quelque chose… de moi, Vanessa ?

Il s'était lavé et sentait l'eau de Cologne. La jeune femme crut qu'elle allait chavirer sous l'effet de ce parfum. D'autant que son regard, qui ne quittait pas le sien, commençait d'avoir sur elle un effet hypnotique…

— Ne… Non, réussit-elle à articuler.

— Pourtant, vous deviez bien désirer quelque chose d'urgent, sinon vous ne seriez pas venue dans ma chambre à une heure aussi tardive, insista-t-il en tendant la main pour jouer avec la bretelle de sa robe.

Et, plongeant son regard dans le sien, il ajouta :

— Vous pouvez tout me dire.

Que voulait-elle au juste ? Vanessa avait de plus en plus de mal à s'en souvenir. Surtout avec Tristan qui lui effleurait l'épaule.

— Je... je voulais juste m'assurer que vous ne manquiez de rien.

Son maudit sourire, si ravageur, s'élargit.

— Je ne verrais aucun inconvénient à ce que vous veniez me border.

Vanessa recula d'un pas.

— Je pense que vous êtes parfaitement capable de vous border tout seul.

— Je n'ai pas dit que je n'en étais pas capable. Mais ce serait beaucoup plus agréable si vous vous en chargiez.

— Eh bien, désolée de vous décevoir, mais je n'ai aucune intention de vous border, milord. Je voulais simplement vérifier que vous aviez tout ce que vous désiriez, avant que je n'aille moi-même au lit.

— Hmm...

Contournant la jeune femme, il s'adossa d'un air nonchalant au battant de la porte, lui bloquant toute retraite.

— Voilà une question intéressante, poursuivit-il. Tenez-vous vraiment à ce que j'y réponde ?

La comédie allait un peu trop loin au goût de Vanessa. Elle avait commis une erreur en venant dans cette chambre.

Elle respira à fond pour se donner du courage.

— Si ça ne vous dérange pas de vous écarter, milord, j'aimerais retourner dans ma propre chambre, à présent.

— Tss tss, fit-il. On me redonne du « milord », maintenant ? (Il prit le menton de la jeune femme dans sa paume.) Qu'est donc devenu Tristan ?

— Et qu'est devenue votre promesse de ne pas me toucher ?

— Vous êtes bien sûre que c'est ce que vous voulez ?

Avec Tristan si près d'elle, au point que leurs lèvres n'étaient distantes que de quelques centimètres, Vanessa ne savait plus ce qu'elle voulait exactement. D'un côté, elle brûlait d'envie de se jeter à son cou pour s'enivrer d'un nouveau baiser. De l'autre, sa raison lui intimait de garder ses distances.

— Tristan, s'il vous plaît...

Sa supplique parut le désarçonner. Il se raidit, et ses traits se durcirent en un masque indéchiffrable. Puis, après un long silence, il laissa retomber sa main et s'écarta de la porte.

Vanessa n'hésita pas un instant. Elle s'enfuit de la pièce.

Dès que la porte se fut refermée sur la jeune femme, Tristan retourna s'affaler dans le fauteuil.

Bon sang, quelle mouche l'avait donc piqué ? Dire qu'il s'était répété que ce serait une très mauvaise idée d'avoir une liaison avec la vicomtesse ! Mais, depuis qu'il l'avait embrassée, il était obsédé par le souvenir de ses lèvres, plus douces que le nectar. Elle lui avait rendu son baiser avec tant d'innocence qu'il avait eu du mal à croire qu'elle était une veuve expérimentée.

La vérité, se dit-il, c'est qu'il était fatigué. Le manque de sommeil et son inquiétude au sujet d'Emily avaient eu raison de ses défenses et l'avaient rendu plus sensible au charme de Vanessa.

Tout à l'heure, lorsqu'elle avait poussé la porte de sa chambre, il avait d'abord cru qu'il rêvait. Elle avait l'air d'une apparition.

Mais quand il s'était aperçu que ce n'était pas un rêve, il n'avait eu qu'une envie : soulever la jeune femme dans ses bras et la porter jusqu'au lit à baldaquin. Heureusement, il avait recouvré la raison avant qu'il ne soit trop tard.

C'était une erreur d'avoir tenu à dormir ici, sous le même toit qu'elle, conclut-il en contemplant d'un œil distrait les braises rougeoyantes de la cheminée. Certes, c'était plus pratique de se trouver sur place, au cas où Dan enverrait un messager. Mais sa présence permanente n'était pas absolument nécessaire. Tristan n'arrivait pas à comprendre pourquoi il avait autant insisté – en réalité il n'avait pas voulu quitter la jeune femme.

Après ce qu'elle lui avait confessé ce soir, il commençait à deviner quel genre de femme était Vanessa. Volontaire, mais généreuse. Et pas du tout égoïste : elle aidait volontiers les autres sans rien attendre en retour. Il l'admirait d'avoir réussi à sortir de son milieu d'origine, sans rien renier de ses relations d'autrefois.

Par beaucoup de côtés, elle lui rappelait sa mère.

Malheureusement, elle avait beau être devenue une lady, les rumeurs qui couraient sur son compte, fondées ou non, rendaient impossible toute fréquentation soutenue avec elle. Même la prendre comme maîtresse serait risqué. S'il voulait rester le tuteur d'Emily, il devait absolument se tenir éloigné de tout scandale dont tante Rue pourrait se repaître.

Or, lady Rotherby était une femme scandaleuse...

Quand tout serait terminé et qu'ils auraient retrouvé Emily, il remercierait la vicomtesse de son aide, puis la quitterait pour toujours. Peut-être continuerait-il, de temps en temps, à penser à elle, mais elle l'ignorerait.

La question était de savoir comment, d'ici là, parvenir à ne plus avoir envie de la caresser et de l'embrasser…

15

Le lendemain matin, Vanessa décida de se rendre dans la tanière des Rag-Tag. Tristan l'accompagna, sans exiger d'explications sur leur destination.

En chemin, la jeune femme se demanda, pour la centième fois, comment elle avait pu imaginer laisser entrer le comte dans sa vie sans mettre en danger son cœur et sa tranquillité d'esprit.

Probablement avait-elle cédé à un moment d'égarement… dont elle payait aujourd'hui les conséquences.

Après une nuit passée à s'agiter dans son lit, elle s'était réveillée encore plus fatiguée qu'avant de se coucher. Sa dernière entrevue avec son « invité » l'avait laissée étrangement insatisfaite, et plus vulnérable que jamais. En se levant, elle avait été horrifiée de découvrir des cernes sous ses yeux.

Tristan, cependant, semblait ne s'être aperçu de rien. Du reste, il n'avait pas desserré les dents de tout le trajet. Et maintenant qu'ils étaient arrivés à bon port, il contemplait l'immeuble abandonné où vivaient les Rag-Tag sans rien laisser deviner de ses pensées. La passion qui se lisait dans ses prunelles hier soir semblait s'être évanouie. Une fois de plus, il s'était enfermé derrière sa muraille protectrice.

— Qui habite ici ?

La question tira la jeune femme de ses pensées.

— Des amis à moi. Je me suis dit qu'ils pourraient peut-être nous aider.

C'était un demi-mensonge. Certes, les Rag-Tag pouvaient se révéler aussi habiles que les hommes de Dodger Dan pour collecter des informations. Mais c'était surtout l'inquiétude qui avait conduit Vanessa ici. Après ce qui s'était passé dans le quartier ces deux derniers jours, elle voulait vérifier que tout allait bien pour les garçons. Si, en plus, ils contribuaient à retrouver Emily, ce serait encore mieux.

— Je veux, reprit-elle, que vous me promettiez de vous tenir le plus tranquille possible. J'ai déjà peur que votre simple présence ne les rende nerveux. Les Rag-Tag n'admettent jamais aucun étranger dans leur tanière. Et ils ont pour règle d'or de ne pas faire confiance aux gens qu'ils ne connaissent pas. Alors, plus vous serez discret, mieux cela vaudra.

Il haussa les sourcils, intrigué.

— Les Rag-Tag ?

Vanessa ne voulait pas perdre de temps en vaines explications. D'ailleurs, elle ignorait d'où la bande de Peter tirait son nom. En revanche, elle tenait à arracher une promesse à Tristan.

— Donc, vous me jurez de vous conduire en gentleman ?

Il crispa les mâchoires, et quelques longs instants s'écoulèrent avant qu'il ne se décide à hocher la tête en signe d'assentiment.

Satisfaite, Vanessa se tourna vers Cullen, resté près des chevaux.

— Attends-nous ici. Nous n'en aurons pas pour longtemps.

Puis elle contourna l'immeuble, empruntant la ruelle qui longeait le côté de la façade.

Tristan lui emboîta le pas.

— Vous êtes sûre que quelqu'un vit ici ? Ça m'a l'air désert.

— C'est fait exprès, expliqua Vanessa.

Elle frappa deux coups secs à la porte, qui s'ouvrit aussitôt. À peine se montra-t-elle sur le seuil que, de tous les coins de la pièce, de jeunes garçons se précipitèrent pour la saluer. Elle sourit de leur enthousiasme. Cela lui réchauffait le cœur de savoir qu'ils étaient toujours aussi contents de la voir. Leur affection lui était devenue essentielle.

— Qu'est-ce que vous nous avez apporté aujourd'hui, milady ?

— Est-ce que… ?

Le brouhaha cessa à l'instant où Tristan apparut à son tour. Tous les yeux se tournèrent avec appréhension vers cet étranger à la carrure impressionnante.

Miles siffla entre ses dents.

— Purée ! Il est sacrément baraqué, celui-là !

Vanessa s'amusa de voir Tristan dérouté par un accueil aussi peu protocolaire. Tout à coup, Benji vint tirer sur ses jupes.

— Qui c'est, milady ? Qui c'est, le monsieur ?

— Ne t'inquiète pas, Benji. C'est un ami.

Il étudia Tristan avec intérêt.

— C'est un géant, milady ? Comme dans l'histoire que vous nous avez racontée de David et Goliath ?

— Mais non, mon chéri ! répliqua la jeune femme, amusée.

Cela dit, aux yeux d'un enfant, Tristan devait faire l'effet d'un géant. Il avait dû se pencher pour passer la porte, et le magnétisme de sa présence semblait emplir la pièce.

Vanessa s'éclaircit la voix.

— Les enfants, voici Tristan, mon nouveau… valet. Tristan, je vous présente les Rag-Tag, la plus talentueuse bande de pickpockets que Tothill Fields ait jamais connue.

Au grand étonnement de la jeune femme, Benji lâcha ses jupes pour s'approcher du visiteur. Il ne semblait plus du tout effrayé par sa carrure.

— Bonjour, monsieur Tristan, dit-il. Je m'appelle Benji.

Vanessa, n'écoutant que son instinct maternel, implora Tristan du regard. Mais elle avait tort de s'inquiéter. Il se pencha vers le garçon, tout sourire.

— Bonjour, Benji. Ravi de te rencontrer.

— Vous êtes un ami de milady ?

— On peut dire ça, répliqua Tristan en lançant un regard appuyé à Vanessa.

La jeune femme piqua un fard au souvenir de leur baiser d'hier soir.

Pendant que Benji continuait de papoter avec le visiteur, les autres garçons retournèrent s'asseoir à table.

— Nous allions prendre notre petit déjeuner, milady, expliqua Nat. Voulez-vous vous joindre à nous ?

— Très bonne idée, Nat.

En fait, Vanessa et Tristan avaient pris une collation avant de partir. Mais ni l'un ni l'autre n'avait eu d'appétit.

Tandis que les garçons leur faisaient une place autour de la table, elle chercha des yeux Peter. Il semblait absent.

— Où est Peter ? s'enquit-elle.

L'atmosphère, dans la pièce, se tendit brutalement. Nat échangea un regard ennuyé avec son voisin de table.

— Il... il est dehors, milady.

— Quand va-t-il revenir ?

— Je n'en sais rien, milady. Dans un moment, sans doute.

Sa réponse évasive intrigua Vanessa.

— Très bien. Je vais attendre son retour, si ça ne vous fait rien.

Nat parut tout à coup angoissé. Il secoua la tête.

— Ce n'est pas une bonne idée, milady. Il ne reviendra peut-être pas avant ce soir.

Vanessa était de plus en plus intriguée. Il s'était passé quelque chose. Peter n'avait pas pour habitude de laisser les enfants seuls toute une journée.

En parcourant à nouveau la pièce du regard, elle s'aperçut que Jack aussi manquait à l'appel. En soi, c'était plutôt une bonne nouvelle. Sauf si l'absence des deux garçons était liée et que les autres ne pouvaient pas, ou n'osaient pas en parler.

— Qui est Peter ? demanda Tristan, qui se tenait derrière la jeune femme.

Les garçons semblaient toujours le considérer avec une certaine défiance. Sauf Benji, qui se cramponnait fermement à sa main.

Vanessa était d'ailleurs frappée de ce spectacle. Elle n'aurait jamais pensé que Tristan puisse avoir un aussi bon contact avec les enfants. Mais il possédait visiblement un don pour gagner leur confiance : elle en avait eu deux fois la démonstration en moins de vingt-quatre heures, d'abord avec Gracie McLean, et maintenant avec Benji.

— Qui est Peter ? insista-t-il.

C'est Benji qui se chargea de répondre.

— C'est notre chef. Mais il est pas là, ce matin. Il est sorti avec…

— Benji ! le coupa Nat. Va aider Davey à préparer le café.

— O.K., fit le garçon en lâchant la main de Tristan.

Vanessa le regarda s'éloigner, de plus en plus intriguée. Qu'allait-il dire ? Avec qui était sorti Peter ? Avec Jack ? Mais pour quoi faire ? Reprendre les vols ?

Non. Peter lui avait promis qu'ils ne voleraient plus pendant quelque temps et il tenait toujours ses promesses. Malgré sa « profession », il était plus intègre que beaucoup de gens de la bonne société qu'elle connaissait.

Tristan posa une main sur son épaule pour attirer son attention. Il la questionnait du regard.

Vanessa comprit qu'il était trop fin observateur pour ne pas avoir deviné son anxiété. Cependant, elle préféra ne pas s'en ouvrir à lui maintenant. Sa curiosité attendrait.

Elle lui fit signe de prendre place à côté d'elle.

Quand il fut assis, elle se tourna vers Nat en affichant délibérément un air détaché. Elle ne voulait surtout pas l'alarmer en lui laissant deviner ses soupçons. Mais elle avait bien l'intention d'en savoir plus.

— C'est drôle, ça ne ressemble pas à Peter de s'absenter aussi longtemps. J'espère qu'il n'est rien arrivé ?

Nat lui offrit son plus beau sourire innocent, mais elle ne fut pas dupe.

— Non, rien du tout, milady. C'est juste qu'on ne s'attendait pas à ce que vous débarquiez ce matin. Mais on est toujours bien contents de vous voir, n'est-ce pas, les gars ?

Tous les enfants clamèrent en chœur leur assentiment. Mais bizarrement, à l'exception de Benji, Vanessa eut l'impression que, pour une fois, ils n'étaient pas vraiment sincères.

— Bon, dit-elle en balayant la tablée du regard, s'arrêtant sur chaque visage, j'espère que vous savez tous que si jamais il arrivait quelque chose, vous pourriez m'en parler, quel que soit l'événement en question ?

— Oh oui, milady, nous le savons bien, répliqua Nat avec une assurance qui la soulagea quelque peu.

Nat était aussi digne de confiance que Peter. Si la bande était menacée par quelque danger, il n'hésiterait pas à l'en avertir.

La jeune femme décida donc de se satisfaire de cette réponse. Pour l'instant, du moins. Car elle n'avait pas l'intention de renoncer à percer le mystère. Avant de partir, elle essaierait de prendre Benji à part. Peut-être se faisait-elle du souci pour rien, mais elle voulait en avoir le cœur net.

Cette affaire, toutefois, ne devait pas la détourner de son but principal : retrouver Emily.

— En fait, reprit-elle, j'avais une bonne raison de venir vous voir de si bonne heure. Je me suis dit que vous pourriez peut-être me rendre un service.

Nat parut soulagé de ce changement de sujet.

— Nous serions ravis de vous aider, milady. Après tout ce que vous avez fait pour nous, ce serait bien le moins.

— Je cherche quelqu'un. Une jeune fille qui s'est enfuie de chez elle et qui semble avoir trouvé refuge dans le quartier.

Ces paroles provoquèrent une réaction surprenante autour de la table. Tous se figèrent et Miles, qui venait juste de mordre dans sa tartine, faillit s'étrangler.

Nat cligna des yeux.

— Une... une jeune fille ?

Vanessa le dévisagea avec curiosité. Que se passait-il donc, ici ? Les Rag-Tag savaient-ils quelque chose au sujet d'Emily ?

— Oui. C'est la petite sœur d'un de mes amis. Nous nous inquiétons beaucoup pour elle. Il semblerait que Barnaby Flynt l'ait prise en chasse.

Benji sauta sur sa chaise.

— Flynt cherche aussi notre copine ! Et...

— Benji ! le coupa encore Nat. Puisque tu as fini de manger, va donc t'occuper ailleurs.

— O.K., fit le garçon, qui ne parut pas le moins du monde offensé par cette rebuffade. Monsieur Tristan, vous savez lire ?

Tristan, qui avait suivi la conversation avec intérêt, baissa les yeux sur lui.

— Bien sûr, Benji.

— Vous voulez bien me faire un peu de lecture ?

Tristan échangea un regard avec Vanessa. La jeune femme faillit éclater de rire devant son air ahuri. Mais la proposition de Benji tombait à pic. Les autres garçons se montreraient peut-être plus diserts sans la présence intimidante de Tristan. Mieux valait qu'il s'éloigne quelque temps de la table.

— Cela me semble une très bonne idée, Tristan, lui dit-elle. Si vous alliez un peu lire à l'écart, avec Benji, pendant que nous continuons de bavarder ?

Il hocha la tête.

— Très bien, milady, fit-il avec un sourire crispé.

De toute évidence, il était furieux d'être ainsi exclu de la conversation. Cependant, il eut la bonne grâce de le cacher à Benji.

— Viens me montrer ce que tu as envie que je te lise, dit-il en se levant de table.

Le garçon, aux anges, l'entraîna vers sa couchette.

Vanessa les regarda un moment. Tristan avait pris le livre de Benji et il s'appliquait dans sa lecture, comme s'il avait compris combien l'exercice avait d'importance pour l'enfant. Celui-ci l'écoutait avec une telle adoration qu'elle se demanda si Tristan manifesterait un jour la même tendresse avec ses propres enfants.

Comprenant que ses pensées s'égaraient dangereusement, elle détourna les yeux. Quelle idée l'avait prise de s'intéresser à la future progéniture de Tristan ? La question ne la regardait pas.

Cependant, des images la hantaient insidieusement. Des images de chérubins aux yeux bleus, presque violets…

Vanessa s'obligea à les chasser de son esprit pour reporter son attention sur les Rag-Tag. Ce n'était pas le moment de négliger sa mission, alors que chaque minute qui passait devenait plus cruciale pour le sort d'Emily.

— Je me demandais si vous n'aviez pas entendu quelque chose, reprit-elle en dévisageant les garçons. Quelqu'un aurait pu apercevoir cette jeune fille et vous en parler. Ou vous dire la raison pour laquelle Flynt la recherche.

Tous les garçons secouèrent la tête avec un bel ensemble, en signe de dénégation. Mais Vanessa ne se laissa pas abuser. Ils semblaient mal à l'aise, et plusieurs n'osaient pas soutenir son regard.

Elle ne comprenait pas. S'ils avaient entendu quelque chose, pourquoi ne se confiaient-ils pas ? Était-ce l'implication de Flynt dans l'affaire qui leur liait la langue ? Ou autre chose ?

Elle lâcha un soupir théâtral.

— Dommage. J'espérais vraiment que vous pourriez m'aider. Je m'inquiète tellement pour elle. Lady Emily n'a pas l'habitude de fréquenter un tel quartier.

Nat haussa les sourcils.

— *Lady* Emily ?

— Oui. Son frère est un comte, comme l'était son père avant lui. Alors, je vous laisse imaginer quelle existence dorée elle a connue. Les rues de Tothill Fields ne sont pas un endroit pour une jeune fille comme elle. J'ai peur qu'il ne lui arrive quelque chose de grave si nous ne la retrouvons pas rapidement.

Les garçons échangèrent des regards, mais le motif qui les dissuadait de parler était visiblement plus fort que leur embarras, car aucun ne desserra les lèvres.

Vanessa comprit qu'elle n'arriverait à rien en s'entêtant à les questionner. Peut-être, d'ailleurs, que la bande ne savait rien et qu'elle se méprenait totalement sur leur réaction. Ou bien c'était la présence de Tristan qui les incitait au silence.

— Bon, eh bien je vais poursuivre mes recherches, reprit-elle. Mais promettez-moi de m'avertir si vous entendez quoi que ce soit au sujet de cette jeune fille. Je me fais tellement de souci pour elle… conclut-elle avec un regard appuyé sur Nat.

Pauvre Nat. Ses joues avaient pris une couleur tomate. Et il se dandinait sur son siège, comme quelqu'un qui souhaite désespérément confier quelque chose, mais n'ose pas se jeter à l'eau.

Soudain, il ferma les yeux et respira un grand coup. Mais juste au moment où il semblait disposé à parler, la porte s'ouvrit à la volée et le battant alla frapper le mur avec un bruit sinistre.

Jack apparut sur le seuil. Il dévisagea la tablée avec son insolence ordinaire, avant de se décider à entrer et refermer la porte derrière lui.

Bon, pensa Vanessa avec résignation. Elle n'échapperait pas à Jack. Mais, au moins, c'était la preuve que Peter ne se trouvait pas avec lui.

Il s'approcha.

— Tiens, tiens, milady est de retour, lança-t-il, sarcastique. Vous êtes encore venue nous offrir la charité, c'est ça ?

— La ferme, Jack ! fit Nat en le fusillant du regard.

— C'est toi qui vas la fermer, répliqua Jack. J'étais en train de dire bonjour à la charmante dame.

Vanessa refusa de tomber dans la provocation.

— Bonjour, Jack.

— « Bonjour, Jack », répéta l'intéressé en singeant sa voix.

Et, plaquant une main sur son entrejambe dans un geste obscène, il ajouta :

— Si vous voulez vraiment m'être agréable, je sais, moi, ce que vous pourriez faire avec votre bouche.

Il y eut un bruit sourd à l'autre bout de la pièce, et tout à coup Tristan apparut, rouge de fureur.

Vanessa se leva aussitôt de table pour s'interposer. Nom d'un chien ! Il s'était tenu si tranquille, depuis tout à l'heure, qu'elle en avait presque oublié sa présence. Mais Jack avait réveillé le lion qui dormait...

Elle posa une main sur son torse.

— Tout va bien, Tristan, dit-elle du ton le plus calme possible.

Il secoua la tête.

— Je ne suis pas de cet avis.

Jack avait été momentanément surpris par l'irruption de Tristan. Mais il avait déjà repris sa contenance dédaigneuse.

— Qui c'est, ce type ? Votre joli cœur ?

Ce fut Benji qui répondit :

— Il s'appelle Tristan. C'est le valet de milady.

— Un valet, hein ? Je parierais qu'il est plus que ça. Vous les aimez baraqués, on dirait, milady.

Tristan écarta Vanessa, mais elle le retint par le bras.

— Tristan, calmez-vous. Ce n'est qu'un enfant.

— Ça n'empêche pas qu'il a besoin qu'on lui apprenne les bonnes manières.

Jack s'esclaffa.

— Vous seriez pas le premier à essayer !

Tristan fit un pas vers lui, entraînant Vanessa qui restait agrippée à son bras.

— Je vais t'apprendre à respecter une lady.

— Je ne vois aucune lady à l'horizon. Et il gèlera en enfer avant que je respecte les femmes dans son genre.

— Écoute, gamin, tu vas...

— Tristan ! intervint Vanessa en lui étreignant plus fort le bras. Je me moque éperdument de ce qu'il peut penser de moi. Laissez tomber. Il est temps d'y aller.

Et, s'approchant, elle chuchota à son oreille :

— N'oubliez pas Emily.

Ces quelques mots suffirent à le calmer, même s'il continuait de regarder Jack d'un air menaçant.

Soulagée, elle se tourna vers la tablée.

— Merci pour le petit déjeuner, les garçons, mais nous devons repartir. N'oubliez pas de m'avertir si vous apprenez quoi que ce soit.

Nat rougit derechef, mais hocha la tête. S'il avait été près de se confier tout à l'heure, le moment était visiblement passé.

— Oui, milady.

La jeune femme étreignit l'épaule de Benji en guise d'au revoir, puis pivota vers Tristan.

— Allons-y.

Il partit vers la porte. Vanessa adressa un dernier salut de la main à la petite bande, avant de le suivre. Elle aurait aimé pouvoir rester davantage et tenter d'en apprendre plus, mais avec l'arrivée de Jack la situation était devenue trop explosive.

Les garçons savaient quelque chose. Elle en était sûre. Mais elle était sûre aussi qu'elle n'obtiendrait rien d'eux tant que Tristan serait à ses côtés.

En fait, songeait-elle alors qu'ils rejoignaient la voiture, c'était une erreur de l'avoir amené ici. La présence d'un étranger dans leur repaire n'avait fait qu'ajouter à la nervosité des Rag-Tag.

D'une manière ou d'une autre, il faudrait qu'elle trouve un moment pour s'échapper et revenir ici sans que Tristan soit au courant. Maintenant qu'il avait décidé de s'installer sous son toit, la manœuvre ne serait hélas pas facile. Et il serait furieux s'il apprenait qu'elle avait cherché à l'exclure.

Mais elle devait tenter le coup.

16

Tandis qu'ils roulaient vers une nouvelle destination, Tristan, assis en face de Vanessa, l'observait du coin de l'œil.

Elle semblait perturbée. Et elle avait sans doute de bonnes raisons de l'être, après avoir tellement insisté pour qu'il se comporte sagement. Mais ce n'était pas dans sa nature de rester sans réagir quand une lady se faisait insulter.

Or, malgré ses origines, Vanessa était bel et bien une lady. Tristan se sentait honteux d'en avoir douté. Mais c'était avant de la connaître.

L'attitude belliqueuse de ce sale gamin avait failli le mettre hors de lui. Sans doute devait-il des excuses à la jeune femme. Bon sang ! Il passait son temps à s'excuser auprès d'elle…

Mais c'est elle qui rompit la première le silence. Une fois de plus, elle le prit de court.

— Je suis désolée… murmura-t-elle. Jack s'est très mal conduit.

Tristan refusait qu'elle endosse la responsabilité du comportement du gamin. Il se pencha vers elle.

— Ce n'est pas votre faute. Et ce gredin aurait bien besoin de discipline.

— Non, justement. Je crois que c'est tout son problème. Il a pâti d'avoir été élevé trop sévèrement et battu comme plâtre. Et maintenant, je ne sais pas comment faire avec lui. (Elle secoua la tête d'un air dépité.) Je comprends qu'il ait pu vous paraître désagréable. Mais les autres sont adorables. Ils méritent largement tout le temps que je leur consacre.

— « Adorables » ? Une bande de pickpockets ?

— Ils n'ont plus de parents, Tristan. Et aucun autre moyen de subsistance. Je fais ce que je peux pour les soulager en leur apportant de la nourriture, des couvertures... mais leur existence est encore plus rude que ne le fut la mienne.

Croisant son regard, elle ajouta avec un sourire :

— Et je crois que vous aimez déjà Benji.

C'était vrai. Tristan eut un pincement au cœur en se remémorant la confiance que lui avait tout de suite manifestée le garçon. Son amour des livres lui avait rappelé les longues heures qu'il avait autrefois passées à faire la lecture à Emily, quand elle avait son âge.

— Il m'a paru plutôt bien supporter son sort.

— Les autres le protègent autant qu'ils peuvent des duretés de l'existence. Mais ils ne pourront pas éternellement l'enfermer dans un cocon. Apparemment, Peter l'a trouvé dans la rue, il y a quelques années. Il avait été abandonné. D'après ce qu'ils m'ont raconté, il ne devait pas avoir plus de deux ou trois ans à l'époque. C'est pratiquement eux qui l'ont élevé. S'ils ne l'avaient pas recueilli, il n'aurait pas survécu.

Elle avait les yeux humides et elle détourna le regard vers la vitre.

— Parfois, reprit-elle, j'ai envie de tous les prendre sous mon aile et de les sortir de cette pauvreté.

— Je suis presque surpris que vous ne l'ayez pas fait.

— En vérité, j'ai essayé, quand je les ai rencontrés. Mais les grands n'ont pas voulu renoncer à leur indépendance. Et les petits, comme Benji, refusaient d'abandonner Peter. (Elle haussa les épaules.) Mme Godfrey me répète toujours que je ne peux pas porter sur mes épaules toute la misère du monde. Ils sont des milliers, comme eux, à vivre d'expédients dans les rues de Londres.

Désireux de la réconforter, Tristan lui étreignit la main.

— Vous faites déjà beaucoup pour eux. Ils savent qu'ils peuvent compter sur vous.

— Je voudrais les aider comme Nigel m'a aidée, expliqua-t-elle. Leur donner l'espoir que l'avenir sera peut-être meilleur que ce qu'ils ont connu jusqu'ici.

Et, croisant le regard de Tristan, elle ajouta :

— Vous savez, je caresse depuis un moment le rêve d'ouvrir une sorte d'orphelinat. Mais pas une de ces horribles maisons qui existent déjà et qui sont souvent sordides. Non, un vrai toit, chaud et accueillant, pour tous ces enfants déracinés. Ils y seraient traités avec tendresse et respect.

— C'est une noble ambition.

— Malheureusement difficile à réaliser, j'en ai peur. D'abord, il faudrait dénicher une maison assez grande pour héberger des dizaines d'enfants. Et le gros problème, c'est de trouver dans un quartier aisé des gens qui accepteraient le voisinage d'un orphelinat pour enfants des rues.

Elle n'avait pas tort, songea Tristan. Mais il était vrai, aussi, que l'actuelle tanière des Rag-Tag n'était pas vraiment une maison digne de ces enfants. Il frissonnait à l'idée que Benji puisse continuer à grandir dans ce décor.

— Tous les enfants du monde méritent d'avoir un bon lit où se coucher le soir et de ne pas avoir à se soucier du lendemain, reprit-elle. Hélas, la vie est mal faite. J'ai souvent l'impression de me battre contre une mer d'indifférence. Parfois, j'en arrive à me demander si ce que je fais sert vraiment à quelque chose.

Tristan était bouleversé de la voir soudain si désemparée. Elle ne ressemblait plus du tout à la femme obstinée et sûre d'elle-même qu'il connaissait.

— Comment pouvez-vous dire une sottise pareille ? Bien sûr, que ça sert à quelque chose. N'avez-vous pas vu la joie de ces enfants quand vous êtes entrée chez eux ? Leurs visages se sont éclairés d'un coup. Vous leur apportez du bonheur, Vanessa.

Elle détourna la tête, comme si elle ne savait pas quoi répondre. Tristan mourait d'envie de la serrer dans ses bras et de l'embrasser pour la réconforter. Il se contenta d'étreindre un peu plus fort sa main.

— Vous savez, dit-il d'une voix caressante, ma mère pensait que chaque fois qu'elle faisait le bien envers autrui, cette personne, à son tour, aiderait quelqu'un d'autre. Elle croyait à une chaîne de la générosité. Même si les résultats ne sautent pas tout de suite aux yeux, vous ne pouvez pas savoir combien de ces enfants, plus tard, tendront les bras à leurs semblables. Simplement parce que vous leur avez été secourable lorsqu'ils en avaient besoin.

La jeune femme croisa de nouveau son regard et Tristan lut dans ses prunelles une lueur qui l'intrigua. Mais il n'eut pas le temps de s'interroger davantage : l'attelage fit une embardée et stoppa si brutalement que Vanessa, assise dans le sens de la marche, se trouva précipitée sur lui.

Une grande agitation semblait régner au-dehors : on entendait le hennissement des chevaux et des cris. Mais, dans l'habitacle, tout était parfaitement silencieux. Tristan avait refermé les bras sur Vanessa et il sentait battre le cœur de la jeune femme contre son torse.

Une boule de pure émotion se forma dans sa gorge. Il fut obligé de déglutir avant de pouvoir demander :

— Ça va ?

Elle posa une main sur son épaule, afin de se redresser.

— Je… je crois, dit-elle en évitant de croiser son regard.

Au même moment, Cullen montra son visage par la vitre de la portière. S'il fut surpris de voir sa maîtresse dans les bras de Tristan, il n'en montra rien. Son visage était aussi impassible qu'à l'ordinaire.

— Que se passe-t-il, Cullen ? demanda-t-il.

Le cocher haussa les épaules, signifiant qu'il ne savait pas, avant de retourner vers ses chevaux pour les calmer.

Vanessa remit de l'ordre dans sa toilette et sortit de voiture sans demander l'aide de Tristan, ni lui adresser un regard.

Celui-ci attendit, pour la suivre, d'avoir recouvré son sang-froid. Le simple fait de l'avoir tenue quelques secondes dans ses bras lui avait littéralement embrasé les sens.

Quand il descendit à son tour, la jeune femme et Cullen avaient calmé les chevaux et ils observaient la foule qui s'était massée à l'entrée d'une ruelle, juste devant eux.

— Alors, que se passe-t-il ? demanda Tristan.

— Nous n'en savons toujours rien, répondit Vanessa. Mais ça doit être sérieux, pour provoquer un tel attroupement. Il en faut beaucoup pour remuer les gens d'un quartier comme celui-ci.

Au même instant, Tristan reconnut parmi la foule un visage familier. Vanessa le vit en même temps que lui.

— Lilah ! s'exclama-t-elle en agitant le bras. Lilah, hé oh ! Par ici !

La prostituée se détacha de la foule et courut vers eux. Elle pleurait.

— Mon Dieu ! s'écria Vanessa en accueillant son amie dans ses bras. Qu'est-il arrivé, Lilah ?

— Oh, Vanessa, c'est affreux... Mouse...

Tristan avait deviné la suite. Mais il n'eut pas le temps de retenir Vanessa. Elle avait écarté Lilah et se précipitait vers la ruelle.

Non, non, non, non...

C'était comme une litanie qui résonnait dans la tête de Vanessa tandis qu'elle approchait de l'entrée de la ruelle. Mouse. Ce n'était pas possible...

Écartant les gens sur son passage, la jeune femme avait presque traversé l'attroupement. C'est alors qu'elle aperçut une petite silhouette qui gisait sur le trottoir.

— Non !

Au même instant, deux bras puissants la tirèrent en arrière, pour la plaquer contre un torse dur comme l'acier.

— N'avancez pas plus loin, Vanessa, lui murmura Tristan à l'oreille. Vous n'aimerez pas garder cette dernière image de lui.

— Si, il le faut, insista la jeune femme, des sanglots dans la voix. Laissez-moi y aller.

Mais tandis qu'elle disait cela, ses yeux s'égarèrent sur le mur de brique de la ruelle. Elle remarqua une tache rouge. C'était du sang frais.

Le sang de Mouse.

Elle ne put retenir un cri étouffé. Pauvre Mouse. Pauvre, pauvre Mouse…

Autour d'eux, les gens commentaient l'événement sans prendre de gants. À Tothill Fields, les morts violentes faisaient partie du quotidien.

— Il a été proprement charcuté, disait une voix.

— Ça ! On en a fait de la chair à pâté…

Vanessa, tout à coup, sentit que la tête lui tournait. Elle ferma les yeux pour reprendre le dessus. Elle ne s'était jamais évanouie de sa vie, ce n'était pas maintenant qu'elle allait commencer. Cependant, elle était bien heureuse que les bras de Tristan soient là pour la soutenir.

Il l'entraîna à l'écart de la foule.

— Je pense qu'il serait dommage que je tourne de l'œil devant tous ces gens, dit-elle en s'obligeant à sourire.

Tristan lui écarta une mèche de cheveux qui retombait sur son front.

— Je suis navré, Vanessa. Vraiment navré.

— Soyez surtout navré pour Mouse, répliqua-t-elle en jetant un regard vers l'entrée de la ruelle, où les badauds continuaient de faire cercle. Comment a-t-on pu le tuer ? Il n'aurait pas fait de mal à une mouche.

— Pensez-vous que Flynt puisse avoir un rapport avec sa mort ?

— Rien n'est impossible. Mais quelle raison aurait-il eue de s'en prendre à lui ?

— La même raison qui nous a conduits à interroger Mouse hier.

Évidemment. Emily ! Flynt avait dû comprendre que Mouse savait quelque chose au sujet de la jeune fille.

Vanessa frissonna.

— J'aurais dû m'en douter, dit-elle. J'aurais dû deviner que si Flynt cherchait Emily, tôt ou tard il tomberait sur Mouse.

— Mais qu'auriez-vous pu faire, même si vous l'aviez deviné à temps ? Mouse nous avait échappé, ne l'oubliez pas. Ce fut d'ailleurs ma faute.

— Cependant...

Il posa un index sur ses lèvres.

— Non, dit-il. Je ne vous laisserai pas vous accuser de ce drame. Vous n'avez pas à vous sentir responsable de quoi que ce soit.

Elle baissa les yeux.

— Il n'a rien pu leur dire. Il ne savait rien.

Mais peut-être que si, en fait...

Vanessa se souvint tout à coup de la conversation avec Mouse hier. Il lui avait raconté des choses étranges, qu'elle avait enregistrées dans un coin de sa tête, avant de les oublier lors de l'altercation qui avait suivi avec Tristan. Et maintenant, les paroles de Mouse lui revenaient...

Le démon veut l'ange parce qu'elle a vu[...] son péché. Moi aussi, je l'ai vu. Mais le démon ne le sait pas. Heureusement, sinon il me précipiterait en enfer...

Mon Dieu, était-il possible que...

Cullen et Lilah arrivaient vers eux. Le cocher avait posé un bras protecteur sur l'épaule de la prostituée, qui sanglotait toujours.

Vanessa alla à leur rencontre.

— Lilah, j'ai une question importante à te poser.

La prostituée s'essuya les yeux d'un revers de main.

— Oui ?

— Tu te souviens, hier, quand tu m'as parlé de ce M. Baldwin, le commerçant qui a été assassiné ?

— Oui.

— Où a-t-on retrouvé son corps ?

Lilah réfléchit une seconde.

— Pas très loin d'ici. Dans la ruelle derrière sa boutique.

Autrement dit, à quelques centaines de mètres de la tanière de Mouse. Était-il possible que Mouse et Emily aient pu assister au meurtre de Baldwin ?

Tristan, qui s'était approché derrière Vanessa, avait manifestement suivi le même raisonnement, car il lui demanda :

— Pensez-vous qu'Emily et Mouse aient pu être témoins du meurtre ?

Vanessa se retourna.

— Cela me paraît hélas probable. Mais en même temps, c'est très important. Réalisez-vous ce que cela veut dire ? Si Emily a vraiment vu Flynt tuer un homme, et si elle accepte de témoigner devant la police, cette fois la justice ne pourra plus ignorer ses crimes. Il sera arrêté et Tothill Fields sera enfin débarrassé de ce monstre.

Il serra les dents.

— Mais nous devons la retrouver les premiers.

— Nous la retrouverons. Elle ne peut pas être bien loin. Je le sens. Et au moins, tant que Flynt la cherche, c'est la preuve qu'il n'a toujours pas mis la main dessus.

— D'accord. Mais où est-elle ? Et avec qui ?

Vanessa ne savait quoi répondre. À chaque heure qui passait, elle s'inquiétait un peu plus pour la jeune fille. Le sort réservé à Mouse était la preuve que Flynt était prêt à tout. Si Emily tombait entre ses griffes...

Elle s'écarta des autres, pour tenter de réfléchir plus à son aise. Ce faisant, elle fut alertée par un gémissement plaintif qui s'échappait de derrière une pile de cageots adossée au mur de la ruelle.

La seconde d'après, un chien apparut et s'approcha de la jeune femme. Il marchait sur trois pattes, n'arrivant pas à poser la quatrième sur le sol.

— Sally ! s'exclama Vanessa en se baissant pour prendre le petit terrier dans ses bras, sans se soucier de salir sa robe de mousseline. Tristan, c'est Sally ! Elle est blessée !

Il la rejoignit, caressa la chienne et examina sa blessure.

— Ça ne m'a pas l'air bien grave, dit-il alors que Sally lui léchait le visage. Une petite coupure, rien de méchant.

— Dieu soit loué, murmura Vanessa qui avait plongé son visage dans le pelage de la chienne. Ma pauvre chérie. Je suis tellement désolée pour ton maître.

Un sifflement strident retentit tout à coup, et la foule se dispersa aussitôt.

— C'est la police, avertit Lilah. Nous ferions mieux de déguerpir, nous aussi.

— Tu as raison, approuva Vanessa.

Elle jeta un dernier regard en direction du cadavre de Mouse, puis serra le terrier un peu plus fort dans ses bras. Sa résolution était prise.

— Tout ira bien, ma chérie, chuchota-t-elle à l'oreille de la chienne. Dorénavant, c'est moi qui vais m'occuper de toi. Et je te promets que nous retrouverons ceux qui ont tué ton maître.

Elle s'interrompit un instant pour ravaler les larmes qui montaient dans sa gorge, avant d'ajouter :

— Et nous le leur ferons payer.

17

— J'ai réussi !

Peter ne put s'empêcher de sourire en voyant Emily brandir fièrement un mouchoir qu'elle venait de lui soutirer de la poche arrière de son pantalon.

Elle semblait si heureuse de son exploit qu'il n'eut pas le cœur de lui avouer qu'il avait senti ses doigts s'immiscer dans sa poche.

— Bien joué, dit-il. Encore quelques efforts et vous serez un vrai pickpocket.

Malgré le rose qui colorait ses joues, Emily ne se laissa pas griser par le compliment.

— Merci, mais je pense que je ne serai jamais aussi bonne que vous.

— Oh, ce n'est pas sûr. Avec assez de pratique, vous pourriez faire les poches de Barnaby Flynt en personne.

Emily baissa les yeux. Elle avait pâli.

— Peut... peut-être, murmura-t-elle.

Zut de zut ! pesta Peter. C'était vraiment idiot de lui avoir rappelé sa situation, alors que depuis ce matin elle paraissait avoir oublié ses soucis. Elle avait pris comme un jeu le fait d'enfiler les vêtements de garçon que lui avait fournis Nat, et elle l'avait suivi dans les rues le cœur léger.

Certes, son déguisement n'aurait pas abusé quelqu'un qui aurait voulu y regarder de plus près. Car avec ses formes naissantes cachées sous une blouse et un pantalon, et ses boucles blondes à l'abri d'une casquette, on ne pouvait pas longtemps se méprendre sur son sexe véritable. Ses longs cils, ses lèvres délicieuses et son teint clair la trahissaient.

C'était d'ailleurs la raison pour laquelle Peter n'avait pas voulu trop s'éloigner de leur repaire. La première leçon d'Emily se déroulait donc dans les ruelles du voisinage. Moins il y aurait de gens pour l'apercevoir, mieux cela vaudrait. Surtout avec la récompense qu'offrait Flynt pour sa capture.

Il remit le mouchoir dans sa poche.

— Si on rentrait ? proposa-t-il.

La jeune fille croisa son regard. Peter lut dans ses prunelles une petite lueur obstinée, qu'il commençait à bien connaître.

— Si vous n'y voyez pas d'inconvénient, j'aimerais encore essayer de vous voler votre mouchoir.

Peter consulta le ciel. Il n'était pas loin de midi et ils étaient déjà restés dehors plus longtemps qu'il ne l'avait prévu. Mais si le jeu pouvait distraire Emily de ses angoisses, il n'avait pas le cœur de lui refuser ce plaisir.

— D'accord, dit-il avec un clin d'œil. Allez-y.

Elle sourit, aux anges, et passa aussitôt derrière lui. Peter en profita pour fermer les yeux et laisser divaguer ses pensées.

Pour être tout à fait honnête, il avait adoré cette matinée avec Emily. Elle n'était pas du tout la gamine arrogante et gâtée qu'on aurait pu attendre en raison de ses origines. Après avoir écouté son récit, hier soir, Peter s'était même trouvé beaucoup de points communs avec elle. D'accord, il n'était ni riche ni privilégié. Et il ne le serait probablement jamais. Il n'avait pas eu non plus de gouvernante. Mais il savait ce que c'était que de se sentir mal aimé et ignoré. Sa mère, pour autant qu'il s'en souvenait, ne lui avait jamais prêté beaucoup d'attention. Cela pouvait se comprendre, du reste. Sa mère avait été une prostituée, et elle ignorait totalement qui était le père de son enfant.

— J'ai encore réussi !

L'exclamation triomphale d'Emily le fit sursauter. La jeune fille brandissait à nouveau le mouchoir sous son nez. Et elle arborait un sourire jusqu'aux oreilles.

Nom d'un chien ! Cette fois, Peter n'avait rien senti… Bon, d'accord, il pensait à autre chose, mais quand même.

— Bravo ! Bien joué !

— Tous les remerciements sont pour vous. J'ai un très bon professeur, dit-elle avec un regard appuyé.

Peter n'en revenait pas. N'était-elle pas en train de flirter ? Tout à coup, il sentit son pouls s'accélérer…

— Peter !

La voix de Miles le tira de ses pensées. Son ami courait à leur rencontre. Il semblait soucieux.

— Oui, Miles, qu'y a-t-il ?

Miles reprit son souffle.

— C'est Nat qui m'envoie. Il est arrivé quelque chose et il voudrait que tu rentres tout de suite.

Peter n'hésita pas une seconde.

— D'accord. Allons-y.

Et prenant la main d'Emily, il partit au trot vers leur repaire. Miles, qui ne s'était pas encore complètement remis de sa course, suivait tant bien que mal.

Le temps qu'ils arrivent à destination, Peter commençait à vraiment s'inquiéter. Il n'avait pas pu tirer grand-chose de Miles, qui marmonnait des paroles bizarres au sujet de lady Rotherby et d'un géant.

C'est Nat qui leur ouvrit. Il les entraîna dans un coin à l'écart des autres garçons.

— Lady Rotherby est venue, annonça-t-il.

— Oui ?

— Elle cherchait Emily.

Peter, médusé, se tourna vers la jeune fille :

— Vous la connaissez ?

— Non. Je n'ai même jamais entendu parler d'elle.

— Eh bien, elle, elle semble vous connaître, fit valoir Nat. Elle dit que vous êtes la petite sœur d'un de ses amis.

— C'est possible qu'elle connaisse mon frère, mais il ne m'a jamais parlé d'elle. (Elle haussa les épaules.) De toute façon, pour le peu qu'il me parle...

— Que lui as-tu répondu ? demanda Peter à Nat.

— J'ai fait de mon mieux pour lui cacher la vérité. Les autres aussi. Mais j'ai l'impression qu'elle se doute de quelque chose. Et je parierai qu'elle ne va pas tarder à revenir.

Emily se mordit la lèvre.

— Je vais partir tout de suite, dans ce cas. Si elle me soupçonne d'être ici...

— Attendez une minute, dit Peter en lui prenant la main. Elle ne va pas revenir ce soir. Et même si c'était le cas, lady Rotherby est quelqu'un de très bien. Elle ne va pas vous dénoncer comme ça. Si vous lui racontez toute la vérité, je pense même qu'elle pourrait nous aider.

— Mais je ne veux pas vous causer davantage d'ennuis...

— Vous ne nous en causez aucun.

— Parle pour toi, intervint Jack qui s'était soudain matérialisé devant eux. Moi, je trouve qu'elle nous a déjà assez gênés comme ça.

— Personne ne t'a demandé ton avis, Jack, rétorqua Nat.

Jack l'ignora. Il toisait Peter d'un air supérieur.

— Je parie qu'elle ne s'est même pas donné la peine de te dire qu'elle est la fille d'un comte.

— Un comte ? répéta Peter en dévisageant Emily, qui baissa la tête.

— Oui, la fille d'un comte, confirma Jack. La donzelle est une vraie lady.

Et, faisant un pas vers la jeune fille, il précisa en appuyant sur les mots :

— *Lady Emily*.

Peter se mit en travers de son chemin.

— Je t'ai déjà dit de la laisser tranquille, Jack.

— Sais-tu seulement la somme que son frère offre pour la récupérer ? Mais nous pourrions aussi la vendre à Flynt. Je suis sûr qu'il serait disposé à doubler la récompense qu'il a promise pour sa capture.

Peter sentit Emily frissonner dans son dos. Sa terreur était palpable. Fou de rage, il repoussa violemment Jack de côté.

— Nous ne la vendrons à personne ! C'est bien compris ?

Jack, pour toute réponse, se contenta de redresser le menton d'un air de défi. Perdant patience, Peter le saisit au collet et le secoua comme un prunier.

— C'est compris, Jack ?

Un silence de plomb s'était abattu dans la pièce. Les autres garçons avaient tourné la tête dans leur direction.

Jack leur jeta un regard de dédain. Puis, comme Peter l'avait relâché, il porta la main à son front, dans une parodie de salut militaire.

— Oui, cap'taine, se moqua-t-il avant de repartir près de la cheminée.

Le diable l'emporte! pesta Peter qui tentait de recouvrer son sang-froid. Mais il commençait à vraiment perdre patience avec Jack. S'il continuait de tourmenter Emily…

— Bien parlé, Peter! fit Miles.

Peter s'aperçut que les autres garçons continuaient de l'observer.

— Bon, les gars, la récréation est terminée. Retournez à vos occupations.

Ils obéirent aussitôt. Peter se tourna alors vers Emily.

Elle se tenait raide comme une statue, le regard apeuré. Il lui prit les mains pour la réconforter.

— Tout ira bien, Emily. Personne ne vous livrera à Flynt. Je vous le promets.

— Je m'excuse, Peter.

— De quoi?

— De n'avoir pas été totalement honnête avec vous, en n'avouant pas que mon frère est comte. Je sais que j'aurais dû, mais… j'avais peur que vous ne me traitiez différemment si vous appreniez la vérité. Et que vous ne me tolériez plus ici. S'il vous plaît, ne m'en veuillez pas…

Elle semblait désemparée, et il eut le cœur serré.

— Je ne vous en veux pas. Et je me moque bien de savoir qui est votre frère. Il pourrait être le roi d'Angleterre en personne, ça ne changerait rien. Vous êtes mon amie et je ne trahis jamais mes amis.

Elle le remercia d'un sourire si chaleureux que le souffle lui manqua. Il resta un moment interdit, à la regarder dans les yeux.

Puis quelqu'un, dans son dos, s'éclaircit la voix.

Il lâcha la main d'Emily et se retourna. Il en avait oublié la présence de Nat.

— Je suis désolé, Peter, mais il y a encore autre chose.

— Quoi ?

— Lady Rotherby est venue avec un étranger.

Peter fronça les sourcils.

— Un étranger ? répéta-t-il, surpris.

Lady Rotherby n'avait jamais amené personne dans leur repaire, à part Cullen et Lilah. Qu'est-ce que cela voulait dire ?

— Oui. Elle a prétendu que c'était son nouveau valet, mais j'ai des doutes. J'ai trouvé qu'il était trop...

— À quoi ressemblait-il ?

— Un grand type aux cheveux bruns. Répondant au nom de Tristan.

Emily laissa échapper un hoquet de surprise.

— Vous avez bien dit Tristan ? demanda-t-elle, toute pâle.

— Oui. En tout cas, c'est comme ça qu'elle l'appelait.

Elle déglutit péniblement.

— C'est mon frère, Peter. Mon frère est venu ici !

Tristan la cherchait.

Assise sur sa paillasse, les genoux repliés sous son menton, Emily méditait la nouvelle, abasourdie.

Tristan était venu la chercher jusqu'ici, dans la tanière des Rag-Tag ! C'était à peine imaginable. Elle n'aurait jamais pensé qu'il se lancerait à sa poursuite. Tout au plus aurait-il pu avertir la police de sa disparition. Mais savoir qu'il arpentait lui-même les rues de Tothill Fields pour la retrouver lui réchauffait le cœur. En même temps, c'était une catastrophe.

Quand Nat lui avait annoncé cela, tout à l'heure, elle avait cru que le sol s'effondrait sous ses pieds. Tôt ou tard, Tristan et cette mystérieuse lady

Rotherby reviendraient ici pour l'emmener de force.
Certes, Peter avait essayé de la raisonner.

— Nat est persuadé qu'ils ne savent pas que vous êtes ici, avait-il souligné. Et s'ils reviennent, nous serons prêts pour les accueillir. Je vais mettre un des garçons en sentinelle pour nous avertir. Comme ça, vous aurez le temps de vous cacher. Tout se passera bien, vous verrez.

Emily avait renoncé à discuter, et elle s'était réfugiée dans son coin pour réfléchir. Peter avait eu la bonne idée de tendre un drap autour de son lit, afin de lui prodiguer un peu d'intimité. Elle avait besoin de solitude et de paix pour prendre une décision. Elle n'était pas certaine que rester ici soit la bonne solution. Mais avait-elle le choix ? Elle ne connaissait pas d'autre endroit où aller.

À moins de revenir à la maison. Chez son frère.

Elle soupira, incapable de se décider. D'un côté, elle aurait voulu échapper à la menace que Barnaby Flynt faisait peser sur sa tête. Et puis, elle devait bien s'avouer qu'elle commençait à avoir la nostalgie de son petit univers. Sa chambre lui manquait. Mary, la soubrette si bavarde, lui manquait aussi. Le plus surprenant, c'est que même Tristan, malgré sa froideur et sa réserve, lui manquait.

Mais si elle décidait de rentrer et si Flynt la suivait ? Elle ne se pardonnerait jamais d'avoir mis en danger l'existence des gens qu'elle aimait. Et les Rag-Tag ? Ils lui avaient offert plus qu'un toit : ils la traitaient comme leur égale, se souciant de ses opinions. Ici, elle était quelqu'un qui comptait. Elle n'avait pas envie de les abandonner tout de suite.

— Alors, on se croit en sécurité, à l'abri de sa cloison de tissu ?

Emily sursauta. Elle n'avait pas vu Jack se glisser près de sa paillasse. Il la toisait, bras croisés sur la poitrine, d'un air belliqueux. Elle ne comprenait pas pourquoi ce garçon la terrifiait autant. Il ne devait avoir qu'un ou deux ans de plus qu'elle, et elle n'était pas seule face à lui. Les autres garçons dormaient de l'autre côté du drap.

Et pourtant elle avait peur.

— Allez-vous-en, Jack, dit-elle d'une voix qui heureusement ne tremblait pas.

Il s'esclaffa méchamment.

— Allez-vous-en, qu'elle dit. Savourez-moi ça ! On jurerait qu'elle se prend pour mon chef.

Et, faisant un pas vers elle, il ajouta, menaçant :

— Écoutez-moi bien, milady. J'ai peut-être reculé devant Peter, mais ça ne veut pas dire que vous êtes quitte pour autant. Croyez-moi, je vous tiens à l'œil. Et à la première occasion...

— Laisse-la tranquille ! clama soudain Benji, surgi de nulle part.

Il défiait Jack du regard, en serrant contre lui son livre fétiche comme un bouclier.

Jack ricana.

— Dégage, minus.

— Non ! C'est toi qui dégages, sinon je le dis à Peter.

— Espèce de sale petit...

Jack s'était jeté sur lui. Emily, horrifiée, allait intervenir quand le garçon, renversant la tête en arrière, émit un cri strident.

Le résultat fut immédiat. Peter apparut, soulevant le coin du drap. Il fronça les sourcils en découvrant Jack.

— Que se passe-t-il, ici ?

Jack haussa les épaules.

— Je discutais avec lady Emily.

Il s'apprêtait à partir, mais Peter lui bloqua le passage.

— C'est la dernière fois que je t'ordonne de la laisser tranquille.

— D'accord, patron, répliqua Jack d'une voix sarcastique, avant de s'éloigner d'un pas nonchalant.

L'air, tout à coup, semblait plus respirable. Comme si Jack avait emmené avec lui la tension qui avait alourdi l'atmosphère.

— Tout va bien ? demanda Peter dont le regard allait alternativement de Benji à Emily.

La jeune fille lui sourit, reconnaissante.

— Maintenant, oui. Merci.

Il la dévisagea un long moment, avant de hocher la tête et de laisser retomber le drap.

— C'est sûr, que ça va bien ? insista Benji, qui était resté près du lit et semblait inquiet.

Emily le prit dans ses bras.

— Oui, j'en suis sûre. Mais fais bien attention à Jack, Benji. Promets-moi de te méfier de lui.

Le garçon bomba le torse.

— Il me fait pas peur.

Elle était loin de partager son insouciance.

— Je n'en doute pas une seconde, mon chéri. Mais promets-moi quand même.

Il soupira.

— Bon, d'accord. Je promets, lâcha-t-il.

Puis, levant les yeux vers elle, il demanda, plein d'espoir :

— Vous voulez bien me faire un peu de lecture maintenant, s'il vous plaît ?

Emily s'exécuta en riant. Mais pendant qu'elle aussi se laissait emporter par l'histoire des deux enfants et de leur ange gardien, une petite voix, dans sa tête, lui chuchotait que le danger rôdait autour d'eux.

18

Tristan voyait bien qu'il devait faire quelque chose pour Vanessa.

La jeune femme, assise face à lui dans la voiture, regardait par la vitre de la portière, le visage fermé.

Depuis qu'ils avaient laissé l'attroupement autour du cadavre de Mouse, Tristan s'inquiétait de plus en plus pour elle. Extérieurement, elle semblait se dominer. Elle avait même réussi à réconforter Lilah avant qu'ils ne la quittent, en lui assurant que la mort de Mouse serait vengée.

Mais les apparences étaient souvent trompeuses, et il devinait que sous son masque impassible la jeune femme cachait une émotion très vive.

Il était convaincu qu'elle ne pouvait rester dans cet état. Il fallait qu'elle crie, qu'elle pleure. Qu'elle laisse parler sa douleur. Si elle continuait à se retenir, son chagrin finirait par exploser de lui-même. Et pas forcément au bon moment.

Elle devait le faire maintenant, pendant qu'il était à ses côtés pour la réconforter et l'aider à traverser cette épreuve. Comme elle-même ne ménageait pas ses efforts pour l'aider à retrouver Emily, c'était bien le moins qu'il pouvait faire pour elle.

Après avoir confié Sally, tout heureuse d'avoir trouvé de nouveaux maîtres, à Mme Godfrey, ils repartirent aussitôt pour l'hôtel particulier des Ellington. Tristan voulait savoir si Archer n'avait pas, par hasard, reçu des nouvelles de sa sœur. Son intention secrète était d'en profiter pour forcer Vanessa dans ses derniers retranchements. Son propre domicile était l'endroit idéal, pensait-il, pour l'inciter à laisser parler son cœur.

Quand l'attelage s'arrêta à l'arrière de la maison, il se tourna vers la jeune femme.

— Voulez-vous entrer cinq minutes ?

Elle se mordit les lèvres, indécise.

— Je ne suis pas sûre que ce soit une bonne idée. Si vos voisins me voient entrer ou sortir de chez vous… (Elle secoua la tête.) Je vais attendre ici. C'est préférable.

Quelques jours plus tôt, Tristan aurait été de son avis. Mais il avait trop envie de réconforter la jeune femme pour se soucier du qu'en-dira-t-on. Du reste, il avait eu le souci d'une certaine discrétion en demandant à Cullen d'approcher la maison par l'arrière.

— Il y a peu de chances qu'on vous repère si nous entrons par le jardin. Et vous avez l'air épuisée. Un peu de repos ne vous fera pas de mal.

— Mais si votre tante apprend par les domestiques que je suis venue chez vous, elle pourrait en profiter pour réclamer…

— J'aviserai le cas échéant. Pour l'instant, nous n'en sommes pas là. Il serait ridicule que vous attendiez dehors, alors que vous pourriez être à votre aise à l'intérieur.

Vanessa semblait toujours hésiter, mais elle finit par hocher la tête et laissa Tristan l'aider à descendre.

Il ouvrit la porte du jardin et, pendant qu'elle passait devant lui, jeta un regard à Cullen. Le cocher les observait avec un étrange sourire approbateur. Incroyable ! D'ordinaire, il était toujours difficile de savoir ce qu'il pensait, tellement son visage restait indéchiffrable.

Tristan n'en revenait pas d'avoir enfin gagné la confiance du serviteur taciturne. Il ignorait pour quelle raison, mais c'était assurément une excellente nouvelle. Il avait le sentiment de s'être fait un allié.

Guidant la jeune femme par le coude, il lui fit traverser le jardin, orné en son centre d'une fontaine qui chantonnait. Ils entrèrent, par l'une des portes-fenêtres, dans un petit salon accueillant, avec son feu qui crépitait dans la cheminée de marbre, mais ne s'y attardèrent pas. Gagnant le couloir, Tristan appela son majordome.

Archer les rejoignit dans le hall.

— Milord ! s'exclama-t-il, surpris. Vous voilà donc de retour...

— Oui, mais pas pour longtemps. Je suis simplement venu voir si vous aviez des nouvelles d'Emily.

— Hélas non, milord.

Tristan s'obligea à cacher sa déception. De toute façon, il n'avait pas nourri beaucoup d'espoirs.

— Pas de visites en mon absence ?

Le majordome fit la grimace.

— Une seule, milord. Lady Maplethorpe.

Zut ! pesta Tristan. Il ne manquait plus que cela...

— Et que voulait cette vieille sorcière ?

— Elle a été mise au courant du départ... euh, précipité, de Mme Petersham. Et elle voulait en discuter avec vous.

Tristan n'avait pas de mal à imaginer pourquoi.

— Qu'y a-t-il ? s'inquiéta Vanessa, s'apercevant de son air soucieux.

— Lady Maplethorpe est une amie de ma tante. C'est elle, par ailleurs, qui nous avait recommandé la dernière gouvernante en date d'Emily. Si elle est informée de la démission de Mme Petersham, ma tante ne va pas non plus tarder à l'apprendre.

La bouche de Vanessa esquissa une moue compatissante.

Tristan hocha la tête.

— Oui, c'est une catastrophe. Quand tante Rue va savoir ça, elle va débarquer ici pour exiger des explications.

— Qu'allez-vous faire ?

— En l'état actuel des choses, il n'y a rien que je puisse faire, répondit Tristan. Sinon retrouver Emily. De préférence avant que lady Maplethorpe n'ait le temps d'écrire à ma tante... Archer, nous allons nous retirer dans le salon. Demandez à la cuisinière de nous préparer du thé et des petits-fours. À part cela, je ne veux recevoir aucune visite.

Le majordome s'inclina respectueusement.

— Bien, milord. Je suis sûr que nous allons bientôt retrouver lady Emily, milord. Au nom de tout le personnel, sachez que nous serons tous très heureux de la revoir parmi nous.

— Merci, Archer. Je serai très content moi aussi.

Après une dernière courbette, le majordome tourna les talons.

Dès qu'il fut hors de portée de voix, Vanessa esquissa un sourire.

— J'aime beaucoup votre majordome. Impossible de faire plus stylé.

— J'y suis moi-même très attaché. Il était déjà au service de la famille quand j'étais petit.

— Il a l'air de tenir énormément à vous et à Emily.

— Il aura été plus paternel avec nous que notre vrai père... Brave Archer. Quand je pense à tout le mal qu'il s'est donné, ces dernières années, pour prendre soin d'Emily et pallier les absences du comte qui ne s'occupait même plus de sa maisonnée...

Vanessa lui étreignit la main. Comme à chaque fois qu'elle le touchait, Tristan sentit son sang s'embraser dans ses veines. Il dut faire appel à toute sa volonté pour se concentrer sur ce qu'elle disait.

— Mais c'est du passé, désormais. Vous êtes revenu pour vous occuper de votre sœur et remettre en ordre les affaires familiales.

Tristan n'était pas sûr de partager son optimisme. Il avait plutôt l'impression que, depuis son retour, les choses n'avaient fait qu'empirer, au contraire.

Mais il se soucierait de tout cela plus tard. Le plus urgent, pour l'instant, était de continuer les recherches.

Il indiqua, du bras, la direction du salon.

— Si nous y allions ?

La jeune femme le précéda dans la pièce. Elle s'assit sur le sofa tendu de brocart, face à la cheminée, tandis qu'il servait un verre de brandy.

— Buvez ceci, ordonna-t-il en plaçant le verre dans sa main. Vous m'avez l'air d'avoir besoin d'un remontant.

Elle secoua la tête.

— Je ne bois jamais d'alcool.

— S'il vous plaît, Vanessa. Je n'ai même pas rempli la moitié du verre. Vous verrez, ça va vous apaiser. Vous avez eu une rude journée.

Elle accepta, à contrecœur, de boire le brandy, non sans faire la grimace.

— Merci, dit-elle en lui rendant le verre vide.

Tristan reposa le verre sur le manteau de la cheminée. Puis il se retourna vers elle et attaqua en douceur.

— Je suis désolé pour Mouse, Vanessa... dit-il en la regardant droit dans les yeux.

Elle détourna la tête.

— Ce genre de choses arrive très souvent, dans Tothill Fields.

— Mais pas forcément à quelqu'un que vous connaissez.

— C'est malheureux, bien sûr, mais...

— Non, Vanessa.

Il l'avait coupée d'une voix tendre, mais ses paroles eurent sur la jeune femme un effet immédiat. Elle baissa les yeux et contempla ses mains. Ses épaules s'étaient raidies.

Tristan vint s'agenouiller devant elle et lui prit le menton, pour l'obliger à croiser son regard.

— N'essayez pas de me faire croire que tout cela ne vous affecte pas et que la mort de Mouse vous est indifférente. N'oubliez pas que je vous ai vue vous comporter avec ces gens. Je sais combien vous tenez à eux. Ce crime ne peut que vous dévaster.

Elle ferma les yeux. Tristan, se penchant un peu plus vers elle, appuya son front contre le sien. Il la sentit plus tendue que jamais.

— Vanessa, s'il vous plaît, ne vous croyez pas obligée d'être forte. Pas ce soir. Pas avec moi. Laissez couler vos larmes, si vous en avez envie.

— Non, c'est impossible, répondit-elle d'une voix altérée. Si je commence à pleurer maintenant, je ne pourrai plus m'arrêter. Il faut que je sois courageuse, si je veux pouvoir continuer d'avancer pour eux.

— Mais ils ne sont pas là, pour l'instant. Il n'y a que vous et moi dans cette pièce. Et je vous promets que je n'en dirai rien à personne.

Elle eut un hoquet de détresse et s'agrippa aux épaules de Tristan. Puis il sentit quelque chose de mouillé sur sa chemise.

Vanessa pleurait en silence.

Il prit délicatement son visage entre ses mains. Les larmes muettes de la jeune femme le bouleversaient.

— C'est de ma faute, murmura-t-elle entre deux sanglots silencieux.

— Non, ne dis pas ça.

Incapable de se retenir, Tristan embrassa ses joues, posant ses lèvres partout où roulait une larme pour la sécher. Mais chaque larme qu'il faisait disparaître était remplacée par une autre.

Il avait obtenu ce qu'il voulait. Elle se vidait de son chagrin. Mais il se demandait maintenant si cette libération n'était pas cher payée.

— Ce n'est pas ta faute, insista-t-il en lui caressant les joues avec ses pouces.

— J'étais supposée les protéger. Prendre soin d'eux.

— Et toi, qui te protège ? Qui prend soin de toi ? Tu ne peux pas être responsable de toute la misère humaine.

Elle ne répondit rien. Ses épaules, à présent, étaient secouées au rythme de ses sanglots.

Tristan s'assit sur le sofa à côté d'elle et l'attira dans ses bras.

— Tout va bien, chérie, chuchota-t-il. Je suis là et je ne te quitterai pas tant que tu auras besoin de moi.

Il la berçait dans ses bras, et quand Archer se présenta à la porte quelques minutes plus tard, avec le thé et les petits-fours, il lui fit signe, de la main, de repartir. Le majordome s'exécuta aussitôt, refermant la porte derrière lui avec la plus parfaite discrétion.

Vanessa s'étira langoureusement. Elle se sentait environnée par une agréable sensation de chaleur, comme si un cocon protecteur avait été tissé autour d'elle. Cela faisait longtemps qu'elle ne s'était pas sentie aussi bien – depuis la mort de Nigel, en fait – et elle savoura ce réconfort quelques minutes encore, avant de se décider à ouvrir les paupières.

Dès que les contours de la pièce plongée dans la pénombre commencèrent à se dessiner devant ses yeux, la mémoire lui revint d'un coup et elle ne put s'empêcher de piquer un fard. Bonté divine ! Elle était dans les bras de Tristan. Sur ses genoux…

Ils étaient toujours sur le sofa et sa tête était appuyée contre le torse de son compagnon, l'oreille collée là où battait son cœur. Le rythme paisible de son pouls avait dû bercer son sommeil.

Vanessa se souvenait d'avoir longuement pleuré. Savoir que Tristan avait été témoin de ses larmes la mortifiait. Qu'allait-il penser d'elle, désormais ?

— Tu es réveillée ?

Son ton amusé la fit se redresser. Leurs regards se croisèrent.

— Ou… oui.

— Tant mieux. Je commençais à ne plus sentir ma jambe droite.

— Ô, mon Dieu, je suis désolée !

— Mais non, je plaisante ! la rassura Tristan. En fait, c'était plutôt très agréable.

— À part que j'ai trempé ta chemise avec mes larmes.

Il redevint sérieux.

— Tu en avais besoin, Vanessa. Ne t'excuse pas pour ma chemise, ça n'a aucune importance. Il ne faut jamais garder ses larmes pour soi. De toute façon, ça finit toujours par sortir.

Il avait raison. Depuis le décès de Nigel, elle avait tout fait pour rester forte, allant jusqu'à nier son chagrin. Mais la mort de Mouse avait été le choc de trop. Tout son fragile édifice avait volé en éclats.

Après avoir craqué, elle devait reconnaître qu'elle se sentait plus légère. C'était comme si un fardeau écrasant s'était tout à coup retiré de ses épaules. Mais cela ne l'empêchait pas d'éprouver de l'embarras d'avoir ainsi perdu le contrôle d'elle-même.

Abandonnant ses bras, elle se releva et défroissa ses jupes.

— Eh bien, merci... murmura-t-elle sans oser croiser son regard.

— C'est toujours un plaisir de secourir une dame en détresse, ironisa-t-il pour la détendre.

Elle regarda par la fenêtre et s'aperçut que la nuit était tombée.

— J'ai dormi combien de temps ?

Il haussa les épaules.

— Je n'en sais rien au juste. Deux heures, sans doute.

Elle se retourna brusquement.

— Deux heures ? répéta-t-elle, affolée. Mais pourquoi m'as-tu laissée dormir aussi longtemps ? Cullen doit se demander...

— Calme-toi, Vanessa. Tout va bien. Cullen est à l'office, avec les autres domestiques. La cuisinière lui a servi du thé et des tartelettes aux framboises. Et, pour tout t'avouer, je me suis moi-même assoupi un peu. Je devais être... trop bien.

Son regard bouleversa la jeune femme, qui préféra détourner la tête pour ne pas risquer de s'y noyer. Son attention se retrouva du même coup attirée par un portrait accroché au mur.

Elle s'approcha pour l'examiner plus en détail.

— C'est ton père ?

Tristan, qui entre-temps avait allumé une lampe, se figea.

— Oui, dit-il d'une voix qui trahissait son malaise.

La question était inutile. Bien que lord Ellington possédât des yeux marron, alors que ceux de Tristan étaient du bleu-violet de sa mère, la ressemblance entre les deux hommes était flagrante. Même stature, même visage aristocratique, même assurance innée… Toutefois, le regard de lord Ellington exprimait une sévérité – et même une dureté – qui ne se retrouvait pas dans celui de son fils.

Il la rejoignit.

— Tu m'as dit que vous ne vous êtes jamais très bien entendus ? s'enquit-elle.

Tristan secoua la tête.

— Il ne s'entendait avec personne. Sauf avec ma mère. C'était la seule personne au monde qu'il était capable d'aimer. Moi, je ne faisais jamais rien comme il l'aurait souhaité. Il me considérait comme un échec. (Il haussa les épaules.) La suite lui a donné raison.

— Ne dis pas ça ! Tu es revenu ici, tu as endossé tes nouvelles responsabilités de chef de famille et je suis sûre que tu as fait de ton mieux pour les remplir. Arrête de penser que c'est de ta faute si Emily s'est enfuie.

— Mais je n'en ai sans doute pas fait assez pour elle, répliqua Tristan, avant de se planter à nouveau devant la cheminée. Mon père trouvait toujours que je n'en faisais jamais assez.

Il resta un moment à méditer en silence, puis se retourna soudain vers la jeune femme :

— Tu m'as demandé, hier, ce que j'avais fait après avoir quitté la maison. La vérité, c'est que j'ai perdu mon temps, exactement comme mon père me le reprochait. J'allais d'un coin à l'autre de l'Angleterre, incapable de rester au même endroit plus de quelques semaines. Et j'essayais de noyer le chagrin d'avoir perdu ma mère dans le jeu et la boisson.

Il se massa le cou.

— Et puis un jour, il y a environ quatre ans, j'ai croisé un ancien ami d'enfance dans une taverne de Brighton. Nous avons bu quelques verres en devisant. Et pendant que nous parlions, j'ai brutalement réalisé le vide de mon existence. Lui était déjà marié, il attendait un enfant et avait accru la fortune familiale en investissant dans des placements judicieux. De ce jour, j'ai décidé que je voulais faire quelque chose de ma vie. J'avais envie de prouver à mon père qu'il se trompait à mon sujet. Que je n'étais pas un bon à rien.

Vanessa sentait un tel chagrin dans sa voix qu'elle avait envie de le prendre dans ses bras. Mais ne sachant pas comment il réagirait, elle se contenta de demander :

— Qu'as-tu fait, alors ?

— Il me restait un peu d'argent de l'héritage de ma mère. Sur les conseils de mon ami, je l'ai investi dans le commerce maritime. Le résultat dépassa mes espérances, et j'ai continué. Je dois posséder le sens des affaires car j'ai réussi, en quatre ans, à amasser un joli pécule.

Il crispa les mâchoires, avant de reprendre :

— Je rêvais du jour où je reviendrais à Londres pour montrer à mon père ce que j'étais devenu. Mais je n'en ai pas eu l'occasion. Quand le notaire de la famille m'a contacté pour m'annoncer sa mort, d'abord je n'y ai pas cru. Mon père m'avait toujours semblé tellement solide, tellement invincible… J'ai raté ma chance de lui prouver qu'il s'était trompé sur mon compte.

Vanessa comprenait mieux, à présent, son sentiment d'échec. Elle en avait le cœur serré.

— Et Emily ?

Il détourna le regard.

— J'ai souvent pensé à elle, pendant toutes ces années. Combien de fois ai-je même sorti une feuille de papier et une plume dans l'intention de lui écrire, pour finir par tout jeter à la corbeille ! Je n'arrivais pas à trouver les mots. Qu'aurais-je pu lui raconter ? Que j'étais navré de l'avoir laissée derrière moi ? Que je regrettais de ne pas avoir pu protéger notre mère ? Rien de ce que j'essayais de lui écrire ne sonnait juste. Alors j'ai préféré renoncer. C'était sans doute mieux ainsi.

— Et que s'est-il passé, lorsque tu es rentré ?

Il se tourna pour contempler le feu, une main agrippée au manteau de la cheminée.

— J'ai essayé de tout faire au mieux pour elle, mais ce que j'entreprenais se retournait à chaque fois contre moi.

Il se passa une main dans les cheveux.

— Je lui offrais ce qu'il y avait de plus beau. J'ai recruté les meilleures gouvernantes pour qu'elle reçoive une éducation irréprochable, mais elle les a fait s'enfuir l'une après l'autre. Je ne sais vraiment plus quoi faire.

Vanessa s'humecta les lèvres. Peut-être se mêlait-elle de ce qui ne la regardait pas, mais…

— Tristan, as-tu seulement essayé de parler avec Emily de tout cela ? Lui as-tu demandé ce qu'elle ressentait ? Et ce qu'elle attendait de toi ?

Il se retourna : son expression ahurie était une réponse éloquente.

— As-tu seulement passé un moment en tête à tête avec elle depuis ton retour ? insista Vanessa. Je ne sais pas, moi, vous auriez pu partir tous les deux en pique-nique. Ou faire une promenade dans Hyde Park. Ou dîner dehors…

Il détourna de nouveau le regard.

— J'étais très occupé. Il me fallait remettre en ordre les affaires familiales, qui avaient pâti d'années de négligence paternelle. Je... je n'ai pas eu le temps.

— Dis plutôt que tu n'as pas fait l'effort de trouver le temps.

Il y eut un silence. Puis il finit par hocher la tête.

— Tu as raison. Je n'ai pas fait l'effort.

Vanessa vint vers lui et prit sa main.

— Oh, Tristan... Je pense qu'Emily essayait de te dire quelque chose. Qu'elle n'avait pas besoin de cadeaux de prix, ni d'une gouvernante exceptionnelle, mais qu'elle avait juste besoin de toi. Elle essayait d'attirer ton attention, mais tu n'as rien voulu entendre. Et sa fuite est encore un signal qui t'était adressé.

Il quitta la cheminée pour se laisser tomber sur le sofa.

— J'ai entendu, mais j'ai refusé d'écouter, avoua-t-il. C'était trop douloureux.

— Je ne comprends pas.

— De la voir, de lui parler. Elle ressemble tellement à ma mère ! Chaque fois que je l'ai devant les yeux, elle me rappelle que c'est à cause de moi que maman est morte.

Vanessa vint s'asseoir à son côté.

— Non, dit-elle. Tu ne voulais pas, tout à l'heure, que je me sente responsable de la mort de Mouse. Je te retourne l'argument. Tu n'as pas à te sentir coupable de ce qui est arrivé à ta mère.

— Si, objecta Tristan en soutenant son regard. Nos situations ne sont pas comparables, Vanessa. J'étais présent, quand ma mère a été agressée. Je n'ai pas pu la sauver. Et maintenant, à cause de ma négligence, j'ai aussi perdu ma sœur. Tout est ma faute. Qui d'autre voudrais-tu blâmer ?

Vanessa ne savait pas quoi répondre à cela. Mais elle ne voulait pas qu'il garde cet air de désolation.

— Tristan, tu as commis des erreurs avec Emily, c'est vrai. Mais tu peux encore les réparer. Il faut que tu saches qu'il n'est pas trop tard. Quand elle te sera revenue...

— Je ne mérite peut-être pas qu'elle me revienne.

Vanessa était effondrée de le voir à ce point se déprécier.

— Pourquoi dis-tu cela ?

— Parce que c'est la vérité. Je n'ai pas réussi à l'élever correctement. Alors autant la confier à tante Rue. Cette vieille pie n'attend que cela. Elle n'avait sans doute pas tort de clamer que j'étais incapable de m'occuper de quelqu'un, à plus forte raison d'une jeune fille. La preuve : Emily a préféré s'enfuir.

Il avait l'air de vraiment croire aux absurdités qu'il énonçait ! Vanessa n'en revenait pas qu'il puisse se persuader qu'Emily serait mieux auprès d'une vieille tante acariâtre qu'avec son frère.

— Tristan, s'il te plaît. Ne prends pas de décisions hâtives. Attends d'abord d'avoir retrouvé Emily. Tu réfléchiras ensuite à ce qui est le mieux pour elle. Mais, si tu veux mon avis, je doute qu'elle puisse se sentir bien auprès de quelqu'un d'autre que toi. Tu es son seul parent proche. Elle a besoin de toi.

Il secoua la tête.

— Il faut arrêter de s'imaginer qu'on a besoin de moi. C'est une mauvaise idée. Je ne sais pas faire autre chose qu'abandonner les gens auxquels je tiens le plus.

— Mais...

— Non, ça suffit pour ce soir, la coupa-t-il, le visage soudain fermé. Tu ne vois pas les choses de la même façon que moi, mais c'est parce que tu ne me connais pas encore assez, Vanessa. Tu ne connais pas le véritable Tristan. Sinon tu penserais, comme moi, que plus Emily sera éloignée de moi, mieux cela vaudra pour elle.

Là-dessus, il se releva et gagna la porte d'un pas décidé, tout en continuant :

— Comme tu l'as dit toi-même, le plus urgent, c'est de la retrouver. Je vais prévenir Cullen que nous sommes prêts à repartir.

Il quitta la pièce, laissant derrière lui une Vanessa qui avait le cœur brisé pour lui.

19

Plus tard ce soir-là, Vanessa, assise à sa coiffeuse, récapitulait mentalement les événements de la journée, pendant qu'elle se brossait les cheveux devant la glace.

La mort de Mouse et l'incertitude de ce qui se passait chez les Rag-Tag avaient de quoi l'inquiéter, bien sûr. Mais ce qui la tracassait le plus, c'était le refus de Tristan de la laisser l'aider.

Après avoir mis brusquement un terme à leur conversation, il avait retrouvé sa réserve habituelle, traitant la jeune femme avec une politesse formelle qui lui avait donné envie de hurler. Durant le trajet de retour chez elle, toutes ses tentatives pour rouvrir le débat sur Emily s'étaient soldées par un échec. De guerre lasse, elle avait fini par le laisser ruminer ses idées noires.

Que faire ? se demanda-t-elle en reposant sa brosse avec un soupir. Comment lui faire comprendre qu'il se trompait ? Depuis la mort de sa mère, il s'ingéniait à tenir les autres à distance, convaincu de ne pas mériter l'amour d'autrui, parce qu'il se sentait incapable de le rendre.

Quelle tristesse... Le pire, c'est qu'il s'enfonçait dans l'erreur. Confier Emily à sa tante le rendrait encore un peu plus malheureux. Et pourtant, c'était ce qu'il était prêt à faire...

La peste soit de son obstination ! C'était bien l'homme le plus entêté que Vanessa ait jamais rencontré.

Elle se leva pour aller se planter devant la fenêtre et contempler les étoiles. Tout à coup, elle se sentait perdue. Il n'avait jamais été dans sa nature de rester sans rien faire à côté de quelqu'un qui souffrait. Mais tant que Tristan continuerait de la repousser, elle n'aurait pas le choix.

Que le diable l'emporte ! Et que le diable emporte aussi Barnaby Flynt !

La pendule du hall, en bas, sonna minuit. Les douze coups résonnèrent dans la maison endormie. Vanessa contempla son lit. Si seulement elle pouvait s'abandonner quelques heures à l'oubli du sommeil ! Mais elle était persuadée que, si elle se couchait, elle resterait des heures à tourner et se retourner entre les draps.

La jeune femme caressa un moment l'idée de mettre à profit son insomnie pour retourner dans la tanière des Rag-Tag et tenter de tirer au clair ce qui se passait là-bas. Mais un coup de tonnerre, dans le lointain, la fit renoncer. Les orages de septembre étaient souvent redoutables, à Londres. Elle n'avait aucune envie de rentrer trempée jusqu'aux os et frigorifiée.

Alors elle resta devant la fenêtre, à regarder le paysage d'un œil vague, jusqu'à ce que les premières gouttes de pluie viennent s'écraser contre la vitre. C'est alors qu'elle prit conscience d'un bruit provenant de derrière le mur.

Le mur qui séparait sa chambre de la chambre d'amis.

Au début, ce n'était qu'une sorte de gémissement plaintif. Mais, très vite, le bruit s'amplifia, couvrant sans peine le crépitement de la pluie. C'était un hurlement, à présent. Comme en poussent ceux qui sont assaillis par d'horribles cauchemars.

Puis il y eut un bruit sourd, inquiétant.

Mon Dieu ! Tristan !

Vanessa ne réfléchit pas. Elle se rua dans le couloir et ne prit pas la peine de frapper à la porte de l'autre chambre : elle l'ouvrit à la volée.

Il lui fallut quelques secondes pour accommoder ses yeux à la pénombre. Le feu, dans la cheminée, était quasiment éteint et aucune chandelle ne brûlait dans la pièce. Mais peu à peu elle distingua la silhouette qui s'agitait dans le grand lit à baldaquin.

En s'approchant, elle comprit ce qui avait causé le fracas de tout à l'heure. Le broc de la table de nuit gisait à terre, victime d'un mouvement désordonné de Tristan dans son sommeil.

Le bruit, cependant, n'avait pas suffi à le réveiller. Il était prisonnier de son cauchemar, marmonnant dans son sommeil des paroles incompréhensibles. Soudain, sa voix se fit plus forte et un cri s'échappa de ses lèvres :

— Non ! Pitié, non ! Emily !

Vanessa en eut les larmes aux yeux. Même au cœur de la nuit, Tristan subissait encore les tourments qui l'agitaient dans la journée.

Elle ne pouvait pas rester à le regarder sans agir. Elle devait l'aider. Mais comment ? En le réveillant ?

La jeune femme hésita un moment, se demandant si elle ne ferait pas mieux d'aller chercher sa gouvernante. C'était d'ailleurs surprenant qu'aucun des domestiques n'ait été réveillé par le bruit et ne se soit manifesté pour en connaître la cause.

Mais Tristan poussa un gémissement plaintif et Vanessa, n'y tenant plus, courut à la tête du lit.

Il était étendu sur le dos, les draps de soie bleue repoussés jusqu'à sa taille. Des gouttes de sueur brillaient sur son ventre plat, et il avait les traits déformés par le combat qui l'opposait à ses démons.

Bonté divine ! N'avait-il pas déjà assez souffert comme cela ? Elle ne supportait pas de le voir dans cet état.

Après une courte hésitation, elle se risqua à poser une main sur son épaule.

— Tristan, dit-elle d'une voix douce. Tristan, tu m'entends ? C'est Vanessa. Réveille-toi. Tu fais un cauchemar.

Tristan avait l'impression d'être happé par l'enfer. Il plongeait depuis une éternité dans un puits sans fin, plus noir et plus sinistre que la nuit. Tout à coup, une main le prit à l'épaule et une voix lui murmura des paroles incompréhensibles. Dans un réflexe de défense, il se saisit violemment de la main qui l'étreignait et fit basculer son agresseur.

— Tristan ! Non, Tristan ! C'est moi, Vanessa !

Les cris de la jeune femme percèrent le brouillard qui lui embrumait l'esprit. Il rouvrit les yeux et s'aperçut qu'il avait renversé Vanessa sur le lit.

Il la relâcha aussitôt.

— Mon Dieu ! Ça va, Vanessa ?

— Euh… oui, je crois.

Il eut honte de sa brutalité.

— Je te jure que je ne savais pas que c'était toi, dit-il en s'asseyant au bord du lit. J'étais…

— Tu faisais un cauchemar, je sais, assura-t-elle en lui caressant le dos, ce qui lui donna la chair de poule. Je t'ai entendu crier. C'est pour ça que je suis venue.

Il fit la grimace.

— Désolé d'avoir troublé ton repos.

— Tu n'as pas à t'excuser. Je n'étais pas encore couchée.

Il y eut un silence, puis elle ajouta :

— Tu as prononcé le nom d'Emily. Tu rêvais d'elle ?

Tristan n'avait aucune envie de revivre les images de son cauchemar. Pourtant, la voix caressante de Vanessa l'invitait à se confier et à soulager sa peine.

— Je me suis revu dans le décor où ma mère a été tuée, expliqua-t-il. Son assassin la menaçait d'un couteau sur la gorge et il me mettait, en riant, au défi de venir la sauver. Je voulais intervenir, bien sûr, mais j'étais paralysé, incapable du moindre mouvement. Dans la scène suivante, je me retrouvais agenouillé auprès de son cadavre... (Il plongea son visage dans ses mains.) Et tout à coup, son visage est devenu celui d'Emily.

— Ô, mon Dieu, Tristan...

Comme par réflexe, elle l'enlaça par-derrière, posant sa joue contre son dos.

— Je suis tellement désolée pour toi...

C'était si bon de la sentir ainsi contre lui, songeait Tristan, bouleversé. Il prit l'une des mains de la jeune femme plaquées sur son torse et la posa sur son cœur.

— Depuis qu'elle s'est enfuie, je n'ai pas connu une vraie nuit de sommeil, avoua-t-il. Dès que je m'allonge et que j'essaie de dormir, je pense à elle. A-t-elle faim ? Froid ou peur ? Barnaby Flynt l'a-t-il attrapée ? (Il ferma les yeux.) Je ne sais pas ce que je vais devenir si je la perds, Vanessa.

— Tu vas la retrouver, promit-elle.

Le souffle de sa voix dans son dos et ses mains sur son torse produisaient sur Tristan un effet qui se communiqua à son anatomie. Heureusement, les draps masquaient son entrejambe…

— Tu n'es pas tout seul, Tristan, poursuivait-elle. Nous allons retrouver Emily ensemble. Je le sens.

Il exhala un long soupir, qui le détendit un peu. La jeune femme semblait tellement sûre d'elle qu'il commençait à la croire. Mais pourquoi n'arrivait-il pas à la tenir à distance ? Chaque fois qu'il croyait avoir triomphé d'elle, c'est elle qui avait raison de ses défenses. Et le pire, c'est qu'elle y réussissait sans grand effort.

Après ce qu'il lui avait confié un peu plus tôt sur son sentiment d'échec, il se sentait vulnérable devant elle. Jamais il ne s'était ouvert à quelqu'un de ses pensées les plus intimes. D'ailleurs il l'avait regretté et, dès qu'ils étaient revenus ici, chez elle, il s'était enfermé dans sa chambre pour broyer du noir, seul dans son coin.

Et voilà qu'une fois de plus il était incapable de se contrôler en sa présence…

Il se tourna pour la regarder. Mais comprit, immédiatement, que c'était une erreur. Elle était trop belle, trop séduisante. Elle incarnait la tentation.

Tristan enroula le drap sur sa taille et serra les dents pour lutter contre le désir qui embrasait ses sens. Il fallait absolument qu'il trouve un moyen de congédier gentiment sa visiteuse.

— J'apprécie ta sollicitude, Vanessa, mais tout va bien à présent. Je pense qu'il est temps que tu retournes dans ta chambre.

Elle avait dû sentir que son ton n'était pas naturel, car elle se raidit.

— Quoi ? Quelque chose ne va pas ?

— Non, rien. Rien du tout.

— Je ne te crois pas, Tristan. Sinon, tu ne me renverrais pas comme ça. Que t'arrive-t-il ?

Bon. Puisqu'elle insistait…

Tristan se leva d'un bond et fit face à la jeune femme. Le drap tendu sur ses hanches ne cachait plus rien de son érection.

— Très bien. Tu veux savoir ce qui m'arrive ? Mais c'est plutôt à toi qu'il va arriver quelque chose. Si tu restes une seconde de plus dans cette chambre, je vais t'embrasser. Et, cette fois, je ne me contenterai pas d'un baiser.

La jeune femme contemplait, bouche bée, l'évidence de son désir. Elle semblait hypnotisée. Et stupéfaite.

Il y eut un silence, qui sembla durer une éternité. Puis elle lâcha d'une voix étranglée :

— Peut-être que je n'ai pas envie de partir…

Tristan avait bien entendu. Mais il ne voulait pas y croire. Il *n'osait* pas y croire, malgré son envie brûlante de se perdre dans les bras de la jeune femme pour oublier, un temps, ses angoisses au sujet d'Emily. Oui, il la désirait. Mais il voulait être certain qu'elle le désirait aussi.

Il prit son menton dans sa main, pour l'obliger à croiser son regard.

— Est-ce vraiment ce que tu souhaites, Vanessa ? Sois bien sûre de toi.

Elle exhala un soupir. Puis hocha la tête.

— Je n'ai jamais été aussi sûre de quelque chose.

Tristan la désirait trop pour lui laisser le temps de changer d'avis : il s'empara de ses lèvres.

Et, à son grand ravissement, elle lui rendit son baiser sans une once d'hésitation.

Il en venait tout à coup à se demander pourquoi il avait combattu le désir qu'elle lui inspirait. Tous les arguments qui avaient pu le retenir lui semblaient à présent totalement dénués d'importance. Au diable, la bonne société et le qu'en-dira-t-on ! Au diable tante Rue ! Et au diable le défunt mari de la jeune femme !

Vanessa n'avait jamais connu de telles sensations. Les lèvres de Tristan, qui s'aventuraient maintenant dans son cou et jusque sur le lobe de son oreille, lui parcouraient le corps de frissons délicieux. C'était au point qu'elle en oubliait toutes les bonnes raisons qui auraient dû la dissuader de s'abandonner ainsi.

Pourtant, Tristan la haïrait si jamais il apprenait les secrets qu'elle lui cachait – et le moins grave n'était pas celui concernant la vraie nature de son mariage avec Nigel. Mais elle était prête à tout risquer pour le plaisir de passer une nuit dans ses bras. Au moins une fois dans sa vie, elle voulait savoir ce que l'on ressentait en faisant l'amour à un homme que l'on...

Elle préféra ne pas formuler complètement sa pensée.

Tristan, cependant, l'avait relâchée. Elle ne put retenir un gémissement de protestation. Avait-il soudain changé d'avis ? Ne la désirait-il plus ?

Elle n'eut pas le loisir de formuler ses interrogations à haute voix : il avait posé un doigt sur ses lèvres, pour lui intimer le silence.

Puis, sans un mot, il laissa glisser le drap enroulé autour de sa taille.

Vanessa contempla, émerveillée, sa nudité qui s'offrait à son regard. Il était parfait. On aurait dit la statue d'un dieu grec. Et le spectacle de sa virilité lui coupait le souffle.

Il semblait ravi de sa réaction, car un petit sourire s'esquissait au coin de ses lèvres. Puis, se penchant de nouveau vers elle, il l'enlaça et la souleva pour la serrer dans ses bras.

Vanessa se laissait faire, médusée de voir à quel point leurs deux corps étaient en harmonie. C'était comme s'ils avaient été faits l'un pour l'autre. Ou mieux : c'était comme si chacun était la moitié d'un tout.

— Mon Dieu, Vanessa... murmura-t-il. J'ai tellement rêvé de ce moment...

Elle était trop émue pour articuler un son. Perdue dans le déluge de sensations qu'il faisait naître, elle ne s'aperçut même pas qu'il avait commencé de déboutonner sa robe.

Mais quelques secondes plus tard, le vêtement glissait sur ses épaules. Tristan le fit rouler jusqu'à ses chevilles, puis l'en débarrassa complètement, la laissant en camisole. La jeune femme, alors, eut un mouvement de recul. Mais avant qu'elle ait pu protester, il s'était à nouveau emparé de ses lèvres, et ce baiser fut si dévastateur qu'elle ne songea plus à lui demander d'arrêter.

En même temps qu'il l'embrassait, Tristan avait posé les mains sur les rondeurs de ses fesses, et il la serrait si fort contre lui qu'elle pouvait difficilement ignorer l'ardeur de son désir. Le contact de son membre érigé contre son bas-ventre lui donnait des frissons.

— Tu sens, Vanessa ? Tu sens comme j'ai envie de toi ? murmura-t-il à son oreille.

Elle n'eut pas le loisir de répondre. Il s'était penché pour lui embrasser les seins à travers la fine étoffe. La jeune femme laissa échapper un gémissement de pur plaisir. Quand il entreprit de la débarrasser aussi de cette camisole, elle ne fit rien pour l'en dissuader.

La camisole glissa jusqu'à sa taille. Tristan la contemplait sans rien dire, le regard fixe. Elle commença à s'inquiéter. Quelque chose n'allait pas ? Elle ne lui plaisait pas ?

Mais juste au moment où, mortifiée, elle allait se couvrir les seins de ses mains, il dit :

— Dieu, je me doutais que tu étais belle, mais pas à ce point !

Et, se penchant de nouveau, il prit un téton entre ses lèvres.

— Oh… fit Vanessa, chavirée de plaisir.

Et tandis qu'elle plongeait les mains dans son épaisse chevelure noire, il allait d'un sein à l'autre, lui procurant, du bout de la langue, des sensations qu'elle découvrait pour la première fois.

Puis il l'aida à ôter complètement sa camisole. Elle était maintenant entièrement nue devant lui. C'était la première fois qu'elle se retrouvait ainsi exposée face à un homme.

Au-dehors, l'orage se rapprochait. Un éclair zébra le ciel juste devant la fenêtre, illuminant la pièce un court instant. Mais ce fut assez pour que Tristan s'aperçoive de l'appréhension qui se lisait dans les prunelles émeraude de la jeune femme.

Il n'avait aucune envie de la brusquer. Cependant, il ne comprenait pas ses soudaines réserves. Elle était veuve, non ? Donc, expérimentée. De quoi pouvait-elle avoir peur ?

— Ça ne va pas, chérie ? s'enquit-il. Veux-tu que j'arrête ?

Elle posa une main sur son torse.

— Non, s'il te plaît, continue. Tout va bien.

Ouf, songea Tristan.

Il s'attarda encore à contempler le corps offert à son regard. Elle n'était pas seulement belle, mais aussi gracieuse et sensuelle. Ses seins avaient juste la taille pour remplir ses mains. Et ses adorables tétons lui mettaient l'eau à la bouche.

Il ne put résister à l'envie de les lécher, arrachant à Vanessa quelques nouveaux gémissements de plaisir.

Puis c'est le triangle duveteux de son bas-ventre qui attira son attention. Il commença par le caresser doucement. La jeune femme se raidit, comme si elle retenait son souffle. Poursuivant son investigation avec les doigts, Tristan sut qu'elle était prête à le recevoir.

Mais il avait besoin de savoir autre chose. Malgré tous ses efforts, il n'avait pu totalement bannir de son esprit les images de Vanessa nue dans les bras du défunt vicomte, le laissant la posséder comme il s'apprêtait lui-même à le faire. Même s'il était conscient de n'avoir aucun droit à la jalousie, cette dernière était bien là.

— Dis-moi que ton mari ne t'a jamais fait ressentir autant de plaisir, murmura-t-il tandis qu'il continuait de la caresser entre les cuisses. Dis-le-moi.

Vanessa avait le souffle coupé par ses caresses.

— Non, Tristan. Personne ne m'a jamais fait ressentir autant de plaisir. Il n'y a que toi.

La réponse suffit à satisfaire son orgueil de mâle. S'allongeant sur la jeune femme, il approcha son membre de sa féminité. Et la pénétra d'une seule poussée.

Mais il fut instantanément ralenti par une barrière qui n'aurait pas dû se trouver là.

Au même instant, Vanessa laissa échapper un cri de douleur.

Abasourdi, Tristan se figea.

Elle était vierge !

Vanessa ne bougeait pas. Son corps se remettait lentement du choc de l'invasion et elle s'habituait, peu à peu, à le sentir en elle. La douleur avait déjà reflué, du reste. Mais elle s'alarma en le voyant se figer.

Non, il n'allait pas se retirer ! Pas maintenant ! Elle l'agrippa aux épaules et noua les jambes à sa taille, pour l'obliger au contraire à s'enfoncer plus profondément.

— Ne t'arrête pas ! implora-t-elle, plantant ses ongles dans la musculature puissante de son dos. S'il te plaît, ne t'arrête pas !

Il ne disait rien, et elle avait de plus en plus peur qu'il refuse de céder à ses supplications. Mais quand elle s'arqua instinctivement sous lui, il ferma les yeux. Un gémissement guttural s'échappa de ses lèvres. Puis il commença à onduler lentement des reins.

Vanessa se coula à son rythme. C'était une sensation merveilleuse, inédite, l'impression de ne plus former qu'un seul corps. Plus Tristan accélérait ses mouvements et plus elle sentait monter, du tréfonds de ses reins, une lame de fond qui la portait toujours plus haut dans le plaisir.

Soudain, sa jouissance explosa dans un cri. Au même instant Tristan se raidit, hurla son nom, et retomba sur elle dans un dernier spasme.

Vanessa comprit qu'elle ne serait plus jamais la même, désormais.

Et, à quoi bon le nier ? Elle devait admettre l'évidence : elle était tombée amoureuse.

20

Ils restèrent longuement enlacés après avoir fait l'amour, laissant leurs respirations s'apaiser. Au-dehors, l'orage poursuivait sa course.

Tristan reprit ses sens le premier. Il roula sur le côté pour s'allonger sur le dos, une main glissée sous la taille de la jeune femme, les yeux tournés vers le plafond.

— Pourquoi ?

Sa question fit sursauter Vanessa.

— Pourquoi quoi ?

— Pourquoi ne m'as-tu rien dit ?

Sa voix n'exprimait aucune colère. Et il continuait d'observer tranquillement le plafond. La jeune femme, cependant, redoutait cet instant de vérité.

Elle déglutit péniblement.

— Tu veux dire, pourquoi je ne t'ai pas avoué que je ne l'avais encore jamais fait ?

Il hocha la tête.

Vanessa haussa les épaules.

— Je ne sais pas. J'ai sans doute d'abord pensé que tu ne me croirais pas. Et ensuite...

— Ensuite ?

— J'avais peur que, si tu savais, tu ne veuilles plus de moi.

— C'était complètement idiot de ta part.

Elle se redressa, calant un oreiller derrière son dos.

— Vraiment ? Pourtant, si je ne m'abuse, tu as bien failli te retirer quand tu as compris. Vrai ou faux ?

— Ce n'était pas parce que je ne voulais plus de toi. Au contraire, je te désirais comme je n'ai jamais désiré aucune femme.

Il lui caressa la cuisse, avant d'ajouter :

— Comprends ma surprise, Vanessa. Tu as été mariée. Je ne pouvais pas m'imaginer que tu étais vierge. Mon hésitation était excusable, vu les circonstances.

Elle détourna le regard.

— Peut-être…

Il se redressa à son tour.

— Je t'avouerai que cette découverte m'a plutôt rendu heureux. Mais cela reste incompréhensible. Comment Rotherby a-t-il pu être ton mari et ne pas te faire l'amour ? Il était impuissant ?

Il la regardait, attendant une explication. Le drap avait glissé sur ses hanches, couvrant à peine la partie de son anatomie qui venait de lui donner tellement de plaisir. Vanessa sentit ses joues s'empourprer. Elle reporta son attention sur son visage.

— Non. Enfin, pas que je sache. À son âge, ce n'était pas impossible, bien sûr, mais il ne l'a jamais mentionné. Ce n'est d'ailleurs pas un sujet qu'un gentleman…

— Vanessa, tu tournes autour du pot.

Elle en était bien consciente, mais cette conversation la mettait mal à l'aise. L'idée qu'elle aurait pu partager avec Nigel la même intimité charnelle qu'avec Tristan lui paraissait impensable.

Elle ferma les yeux pour se donner du courage.

— Nigel et moi n'avions pas ce genre de relation. C'était un père, pour moi. Et je me sentais comme sa fille.

— Mais alors, pourquoi vous êtes-vous mariés ? À cause des rumeurs ?

— En partie, oui. Nigel savait ce qu'on rapportait sur mon compte. Il voulait me protéger et il a pensé que le mariage était la meilleure des solutions. J'étais très jeune – à peine dix-sept ans –, mais dès lors que j'étais sa femme, les gens étaient bien obligés de me témoigner un minimum de respect. Au moins pour les apparences.

Ses doigts trituraient nerveusement les draps pendant qu'elle parlait.

— Et puis, reprit-elle, il y avait la question de l'héritage. La première épouse de Nigel était morte, avec leur fille, dans un naufrage, quelques années avant qu'il ne me recueille. Il était le dernier de sa lignée et aucun héritier mâle, parmi ses parents plus ou moins proches, n'était susceptible de reprendre le titre. Une enfant adoptée n'a pas les mêmes droits, devant les tribunaux anglais, qu'une enfant légitime. Tout aurait été perdu après sa mort.

— Alors, il t'a épousée pour assurer ton avenir.

— Oui.

Tristan demeura silencieux un long moment.

— Ce devait être quelqu'un de très bien, lâcha-t-il finalement, une note de respect dans la voix.

— Oui, c'était un homme remarquable, acquiesça Vanessa, émue. Pourtant, je ne lui ai pas rendu la vie facile, les premiers temps. J'étais un peu rebelle, mais il n'a jamais baissé les bras. C'était la première fois que quelqu'un s'intéressait à moi et me donnait de l'affection. Je lui en serai éternellement reconnaissante.

Ses yeux s'étaient embués de larmes. Elle n'avait pas été préparée à devenir veuve à dix-neuf ans, et l'année qui venait de s'écouler avait été pénible sans Nigel. C'était uniquement son action auprès des habitants de Tothill Fields qui l'avait empêchée de sombrer.

Puis elle avait rencontré Tristan, et tout avait changé. En l'espace d'à peine quelques jours, il s'était imposé dans sa vie comme jamais personne avant lui. Pas même le vicomte.

Au point qu'elle était tombée amoureuse de lui.

Vanessa n'aurait pas su dire à quel moment cela s'était produit. Peut-être lorsqu'elle l'avait vu se montrer aimable avec Lilah. Ou quand il avait témoigné de la tendresse et de la patience envers Gracie et Benji. À moins que ce ne fût lorsqu'il s'était porté à son secours, dans le club de Dodger Dan.

Ou hier soir, quand il l'avait serrée dans ses bras pendant qu'elle pleurait…

Au fond, peu importaient les circonstances : elle avait donné son cœur à l'homme aimant et attentionné qu'il cachait sous sa façade impassible. Et elle craignait qu'il n'emporte son cœur avec lui.

Car il s'en irait, elle en était certaine. Ce n'était qu'une question d'heures, ou de jours. Dès qu'ils auraient retrouvé Emily. Vanessa n'était pas assez naïve pour s'imaginer que ce qui s'était passé entre eux cette nuit avait eu autant d'importance pour Tristan que pour elle. Il avait prouvé qu'il était un amant expérimenté, qui avait sans doute connu beaucoup de femmes dans sa vie. Leur étreinte n'avait probablement été, à ses yeux, qu'un aimable interlude, destiné à le distraire des fantômes qui le tourmentaient.

Mais, après tout, c'était peut-être aussi bien ainsi. Même si, par miracle, Tristan partageait les sentiments qu'elle nourrissait pour lui, ils ne pourraient jamais vivre ensemble. Vanessa passerait son temps à craindre qu'il ne découvre le secret qu'elle lui cachait.

— Tu aurais quand même dû me le dire, reprit-il.

— Pourquoi ?

— J'avais le droit de savoir que tu étais vierge, Vanessa. J'aurais pu... J'aurais pris mon temps, je me serais montré plus doux, pour que tout se passe mieux pour toi.

Elle eut un petit rire.

— Parce que ça aurait pu se passer mieux ? Dans ce cas, je crois que je n'aurais pas survécu !

Comme il paraissait sceptique, elle lui caressa la joue. C'était incroyable de voir à quel point cet homme si fort et si puissant pouvait douter de tout, y compris de ses facultés à satisfaire une femme.

— Tristan, je te jure que c'était parfait, assura-t-elle. Plus merveilleux que tout ce que j'avais pu imaginer.

Cette fois, il sembla réellement soulagé. Et un sourire taquin illumina son visage.

— Si tu me donnais la possibilité d'améliorer encore la performance ?

Un délicieux frisson vrilla l'échine de la jeune femme.

Profite de chaque instant, lui murmura une petite voix. *Car demain, il sera peut-être parti.*

— Ça me paraît une très bonne idée, dit-elle en posant un baiser sur sa joue.

Puis elle aventura une main sous les draps et put constater qu'il était déjà prêt à la contenter. Son membre était incroyablement rigide et, en même temps, doux à caresser. On aurait dit de l'acier emprisonné dans du velours.

— J'allais justement te le suggérer, ajouta-t-elle.

Les caresses de Vanessa lui arrachèrent un gémissement de plaisir. Mais il ne la laissa pas continuer : la saisissant aux hanches, il l'attira sur lui.

— À ton service, milady, dit-il avant de s'enfoncer à nouveau en elle.

Longtemps après que Vanessa se fut endormie dans ses bras, Tristan resta éveillé, les yeux rivés au plafond, à méditer sur le nouveau cours qu'avait pris sa vie.

La situation lui paraissait incroyable. D'un côté, le sort d'Emily le rongeait d'angoisse et, de l'autre, il ne cessait de penser à Vanessa. C'était une chance qu'il ne soit pas encore devenu fou.

S'agissant de Vanessa, il ne pouvait nier qu'elle le touchait au cœur. Même s'il n'avait pas prémédité ce qui s'était passé ce soir, il ne le regrettait absolument pas. Cela avait été l'expérience sensuelle la plus délicieuse de sa vie. Il avait pourtant connu beaucoup de femmes, mais aucune ne lui avait procuré autant de plaisir.

Et dire qu'elle était vierge… La surprise avait été de taille, mais, bien sûr, il ne songeait pas à s'en plaindre. Savoir qu'il était le premier l'emplissait de fierté mais lui donnait en même temps un sentiment de possession qui le troublait quelque peu. Jamais, en effet, il ne s'était montré possessif envers une femme.

Vanessa faisait donc exception à la règle.

Ce n'était, du reste, vraiment pas une femme ordinaire. Si elle avait été cette aventurière qu'il s'était imaginée avant de la connaître, les choses auraient été plus simples. Il l'aurait payée pour l'aider à retrouver Emily et ils auraient été quittes.

Au lieu de quoi, avec sa gentillesse et son attention aux autres, elle sapait chaque jour un peu plus les défenses qu'il avait patiemment construites pour se protéger. La voir se comporter avec les habitants de Tothill Fields avait été une révélation. Grâce à elle, il avait compris qu'il ne pouvait juger tous ces gens en bloc, simplement parce que quelques-uns d'entre eux avaient tué sa mère. En fait, il le savait intuitivement depuis toujours, mais la rencontre de Lilah, des McLean et même des Rag-Tag lui avait ouvert les yeux. La générosité de Vanessa lui avait également fait comprendre le sentiment de plénitude que l'on pouvait éprouver en aidant les plus défavorisés.

D'ailleurs, s'il devait lui trouver un défaut, c'était sans doute de ne pas être assez égoïste.

Il la serra plus fort dans ses bras et enfouit son visage dans sa chevelure. Elle avait besoin de quelqu'un pour veiller sur elle, sinon elle continuerait de se donner aux autres comme une chandelle qui brûle en permanence, jusqu'à ce qu'il ne reste plus rien à consumer. Elle prenait trop à cœur ses missions charitables. La meilleure preuve, c'est qu'elle s'investissait totalement pour Emily, qu'elle ne connaissait même pas : la retrouver était devenu aussi vital pour elle que pour lui.

Emily.

L'autre dilemme de Tristan. Vanessa avait eu raison, tout à l'heure. Depuis qu'il était rentré à Londres, il avait passé son temps à éviter sa sœur. En y repensant, il comprenait qu'Emily avait plusieurs fois tenté d'attirer son attention, mais il n'avait rien voulu voir ni entendre. Au bout du compte, sa fuite s'expliquait aisément : il ne l'avait pas mieux traitée que leur père.

Dieu du Ciel… Il détestait l'idée qu'Emily aurait pu se trouver mieux chez sa tante. Et pourtant… À cause de lui, sa sœur errait maintenant seule dans les rues, pourchassée par un homme qui semblait être l'incarnation du démon.

Quoi qu'ait pu dire Vanessa sur ce point, il savait que tout était de sa faute.

La jeune femme s'étira contre lui. Il posa une main sur son épaule, songeant qu'il ferait bien de dormir un peu, lui aussi. Sinon, demain il serait épuisé et ne serait d'aucune aide à personne.

Le problème, c'est que le sommeil ne se commandait pas aussi facilement.

Tristan savait qu'il devrait vite prendre des décisions importantes. Pas seulement au sujet d'Emily, mais aussi de la jeune femme endormie dans ses bras. En très peu de temps, Vanessa avait pris une importance capitale dans sa vie. Et même s'il n'aurait su définir exactement les sentiments qu'il éprouvait pour elle, l'idée de la perdre lui était insupportable.

21

Quelqu'un pleurait dans la pièce.

Allongée sur sa paillasse, derrière son drap qui la protégeait des garçons, Emily tendait l'oreille pour tenter de savoir d'où provenaient exactement les pleurs.

Elle n'aurait su dire quand cela avait commencé. Sans doute le bruit des sanglots parvenait-il depuis longtemps à son oreille, mais elle avait été trop absorbée par ses pensées pour y prêter attention. Après tous les événements de la journée, elle avait passé des heures à tourner et se retourner sur sa couche, sans réussir à trouver le sommeil.

Et puis, finalement, elle avait entendu les pleurs.

La jeune fille se redressa et souleva un coin du drap pour inspecter la pièce du regard. Une chandelle achevait de se consumer sur la table, mais elle ne dispensait pas assez de lumière pour révéler qui sanglotait ainsi.

Incapable de résister à la curiosité, Emily abandonna sa paillasse et alla se saisir de la chandelle, qu'elle brandit à bout de bras dans l'espoir d'y mieux voir. D'abord, elle n'entendit plus rien, à part la respiration des garçons qui dormaient. Elle commençait à se demander si elle n'avait pas rêvé, quand un nouveau sanglot étouffé lui parvint.

Cela venait de l'autre bout de la pièce. Emily marcha dans cette direction. Et soudain elle le vit.

C'était Benji.

Assis sur sa paillasse, les genoux repliés sous le menton, il pleurait presque silencieusement, mais avec une telle violence que ses épaules tressautaient.

Emily s'alarma aussitôt. Posant la chandelle par terre, elle s'agenouilla.

— Benji, mon chéri, qu'y a-t-il ? demanda-t-elle en l'attirant dans ses bras. Pourquoi pleures-tu ?

Il ne répondit rien, mais noua ses petits bras à son cou.

— S'il te plaît, Benji. Je ne pourrai pas t'aider si tu ne me dis pas ce qui ne va pas.

Le garçon la regarda avec des yeux rougis par les larmes.

— C'est mon livre, mademoiselle Ange. Quelqu'un a déchiré les pages.

Emily tourna la tête et faillit pousser une exclamation de rage en découvrant le désastre sur le lit. La couverture du précieux livre avait été déchiquetée, et les pages intérieures étaient pratiquement réduites à l'état de confettis. Emily pouvait comprendre le chagrin du garçon. Ce livre représentait tellement pour lui…

Qui avait bien pu faire une chose pareille ?

Jack.

Un regard à la paillasse où dormait habituellement l'aîné de la bande lui apprit que celui-ci était absent. Son lit, du reste, était en ordre, ce qui laissait supposer qu'il n'était même pas venu s'étendre un moment. Il devait encore traîner dans les environs, espérant pouvoir se livrer à quelque larcin.

— Je l'ai découvert comme ça en me réveillant dans la nuit, sanglotait Benji en s'essuyant les yeux avec ses poings. Je retrouverai jamais un aussi beau livre.

— Dès que je serai rentrée chez moi, je promets de t'acheter des dizaines et des dizaines de livres, tout aussi beaux que celui-ci. Tu en auras autant que tu voudras.

Le garçon la regardait avec des yeux ronds comme des soucoupes.

— C'est vrai ?

— Vrai de vrai, confirma Emily en se relevant. Ne t'inquiète pas. Je veillerai à ce que cela ne se reproduise plus.

Sans attendre de réponse, la jeune fille tourna les talons et partit vers la porte. Elle pensait savoir où se cachait ce gredin de Jack, et elle était résolue à lui donner une leçon.

Elle ouvrit doucement la porte, pour ne pas réveiller les autres, et se glissa dans la ruelle. L'orage qui avait éclaté dans la soirée avait cessé, mais les pavés étaient encore trempés de pluie et on apercevait toujours des éclairs dans le lointain. Les bras serrés sur sa poitrine pour se protéger de la brise un peu fraîche, Emily regarda de droite et de gauche, essayant de distinguer un mouvement dans la pénombre.

— Vous me cherchez, princesse ? lança soudain une voix reconnaissable entre toutes à son insolence.

C'était bien Jack. Emily pouvait l'apercevoir adossé à un mur, les mains enfoncées dans les poches. Il la regardait fixement, mais à cause de l'obscurité son expression était indéchiffrable.

Le malaise qu'elle éprouvait toujours en présence de ce garçon lui serrait la gorge. Mais elle refusait de se laisser intimider. Elle respira à fond pour se donner du courage.

— Oui, je vous cherchais, c'est vrai, lâcha-t-elle, fière de constater que sa voix ne tremblait pas.

Et, s'avançant vers lui, les mains plaquées sur les hanches, elle ajouta d'un ton glacial :

— Comment avez-vous pu ?

— J'ai pu quoi, princesse ?

— Vous montrer si cruel, répliqua Emily, qui sentait la colère l'envahir en repensant aux larmes de Benji. Vous saviez pertinemment l'importance que Benji accordait à ce livre. Et vous l'avez réduit en morceaux.

— Je ne sais pas de quoi vous parlez.

C'était faux, bien sûr. Emily voyait, à son regard et au pli méprisant de ses lèvres, qu'il mentait effrontément.

— Je ne vous crois pas, dit-elle, pointant sur lui un index accusateur. Benji n'est encore qu'un enfant. Êtes-vous donc si lâche pour vous en prendre à un petit garçon sans défense ?

Il se raidit. Emily n'était plus si sûre, tout à coup, d'avoir bien fait de venir l'affronter. Elle lisait une telle haine dans ses yeux que toute sa belle assurance était en train de vaciller.

Mais il était trop tard pour reculer.

— Si je comprends bien, je devrais plutôt m'en prendre à quelqu'un de mon âge, hein ? répliqua-t-il. (Il s'empara soudain du poignet de la jeune fille.) Quelqu'un… comme vous, par exemple ?

Emily voulut se libérer, mais il la tenait fermement.

— Lâchez-moi !

— Pas de ça avec moi, poupée. Tu crois que j'ai pas compris pourquoi Peter t'aime autant ? Tu t'es donnée à lui, hein ? Sous tes manières de petite fille bien élevée, tu n'es qu'une garce comme les autres.

— Ça suffit ! Arrêtez !

Au lieu de lui obéir, Jack l'adossa violemment au mur.

— J'arrêterai quand j'en aurai envie.

Plaquant un bras sur sa gorge pour l'immobiliser, il se servit de sa main libre pour la caresser sans vergogne. Elle en frissonna de dégoût.

— Je veux goûter un peu de ce que Peter a eu, ajouta-t-il d'une voix mauvaise.

Et, d'un mouvement brusque, il tira sur la chemise qu'elle avait empruntée à Nat et la déchira, faisant voler les boutons dans toutes les directions.

Son geste eut pour conséquence de tirer Emily de la terreur qui la paralysait. Elle se débattit de toutes ses forces, l'abreuvant de coups de poing. Mais hélas, sa combativité semblait plutôt amuser son assaillant qu'autre chose. Et comme il maintenait toujours son bras plaqué sur sa gorge, elle ne tarda pas à manquer d'air.

Mais, tout à coup, il la relâcha et disparut dans la nuit. Emily resta quelques secondes adossée au mur, pour reprendre son souffle. Puis, fouillant la ruelle du regard, elle aperçut deux silhouettes qui se battaient à quelques mètres.

Après quelques minutes de combat, l'une des deux silhouettes envoya l'autre valser dans une pile de cageots. Emily s'approcha et reconnut Peter. Le regard noir, les poings serrés, il toisait Jack qui se relevait péniblement.

— Maintenant, c'est fini, lâcha-t-il d'une voix blanche. J'en ai assez. Fais ton sac et tire-toi.

Comme Jack demeurait silencieux, Peter s'avança vers lui, menaçant.

— Tout de suite, Jack.

— Oh, t'inquiète pas, je vais m'en aller, répliqua l'autre, qui ne semblait nullement intimidé.

Et, coulant un regard méprisant vers Emily, il ajouta :

— Je commençais à être fatigué de vous tous, de toute façon. Mais je n'oublierai pas ça. Je n'oublierai rien.

Il s'éloigna dans le noir, tandis que ses dernières paroles continuaient de résonner dans le silence de la ruelle.

Dès qu'il eut disparu, cependant, Peter se détendit un peu. Il se tourna vers Emily et la prit par les épaules.

— Ça va ? Il ne vous a pas fait de mal ?

Est-ce que ça allait ? Emily n'aurait su le dire. À présent que l'épreuve était terminée, elle s'apercevait qu'elle tremblait de la tête aux pieds.

— Oh... Peter... lâcha-t-elle dans un hoquet.

Il la serra dans ses bras pour la réconforter.

— Je suis désolé, Emily. J'aurais dû nous débarrasser de ce gredin il y a longtemps.

Il était si fort, si protecteur, qu'Emily savoura quelques secondes leur étreinte.

— Pourquoi ne l'avez-vous pas fait, alors ?

Il haussa les épaules.

— Je ne sais pas. Sans doute avais-je pitié de lui. Il n'a pas eu une enfance très drôle, vous savez. Mais ce soir, il est allé trop loin. Ce qu'il a fait...

— Vous êtes au courant pour le livre de Benji ?

— Benji est venu me réveiller et m'a tout raconté. C'est comme ça que j'ai su que vous étiez sortie. Mais ce n'était pas de cela que je parlais. Jack aurait pu vous...

Il ne termina pas sa phrase. Emily recula d'un pas et croisa son regard.

— Il ne m'est rien arrivé, Peter. Grâce à vous. Merci.

Il sourit, mais redevint grave en constatant qu'elle frissonnait.

— Rentrons à l'intérieur. On va vous trouver une autre chemise. Vous tremblez de froid, l'Ange.

Emily sursauta.

— Pourquoi m'appelez-vous ainsi ?

— Comment ça ?

— L'Ange.

Il haussa encore une fois les épaules.

— Benji vous appelle tout le temps ainsi, répondit-il en détournant les yeux. Ça a dû finir par me rentrer dans la tête...

Esquissant un sourire, il se risqua à ajouter :

— Et puis, peut-être que vous me faites l'effet d'un ange, après tout.

Le compliment, prononcé d'une voix timide, réchauffa le cœur de la jeune fille. Mais, tandis qu'ils rentraient dans la tanière des Rag-Tag, elle ne put s'empêcher de se demander s'ils étaient vraiment débarrassés de Jack Barlow, ou s'il reviendrait accomplir sa vengeance.

22

Le lendemain matin, Tristan fut réveillé en sursaut par un bruit provenant du rez-de-chaussée.

Clignant des yeux à cause du soleil qui pénétrait déjà dans sa chambre, il vit Vanessa qui tendait l'oreille.

— Bon sang ! Que se passe-t-il ?

Le bruit s'intensifiant, la jeune femme sauta hors du lit et se rua vers la porte, ramassant au passage son peignoir pour l'enfiler en toute hâte.

Tristan prit le temps de remettre son caleçon, avant de la rejoindre dans le couloir.

— Je vous dis que milady dort encore ! s'énerva soudain quelqu'un.

C'était la voix de Mme Godfrey.

— Elle a des journées épuisantes en ce moment, continuait la gouvernante. Il est hors de question que je la réveille de si bonne heure pour quelqu'un comme vous.

Sally jappait furieusement, comme pour appuyer les propos de Mme Godfrey. Malgré le vacarme, une autre voix, vaguement familière, réussit à se faire entendre :

— Vous ne comprenez pas ! Je vous dis que c'est très important ! J'ai un message pour elle…

Tristan, qui avait rejoint Vanessa sur le palier, se pencha par-dessus la balustrade. On ne voyait que Mme Godfrey, qui bloquait la porte et empêchait son interlocuteur d'entrer. Mais, à un moment, la gouvernante bougea la tête, permettant de voir qui se trouvait face à elle.

Vanessa reconnut leur visiteuse en même temps que Tristan. Elle s'élança aussitôt dans l'escalier.

— Jenna ! s'exclama-t-elle. C'est bon, madame Godfrey, laissez-la entrer. Je la connais.

La domestique s'écarta pour laisser passer la fillette, qui fit timidement quelques pas dans le hall.

— C'est Dodger Dan qui m'envoie, milady. Il veut vous voir tout de suite.

Tristan sentit son cœur battre d'espoir. Vanessa dut éprouver le même sentiment car elle se tourna vers lui, le visage animé :

— Il aura eu des nouvelles d'Emily !

Avant qu'il ait pu répondre, elle avait déjà reporté son attention sur Jenna :

— Où est-il ?

— Il vous donne rendez-vous au Pavillon noir, milady.

— Parfait. Nous nous habillons et nous partons tout de suite. Attends-nous ici.

Et là-dessus, elle repartit vers l'escalier, sans même attendre Tristan.

Il allait la suivre quand il s'aperçut que Mme Godfrey contemplait sa tenue pour le moins légère avec des yeux médusés. Il tenta un sourire pour l'amadouer, mais la gouvernante afficha une moue dédaigneuse, avant de tourner les talons, emmenant Sally – lavée et toilettée de frais – dans son sillage.

Tristan rejoignit alors Vanessa.

La jeune femme avait déjà gagné la chambre d'amis. Plantée au milieu de la pièce, elle regardait autour d'elle.

— Bon, où est-ce que c'est passé ? marmonnait-elle en tapant du pied sur le plancher.

Devinant ce qu'elle cherchait, Tristan tira sa camisole de sous le lit et la lui tendit.

— J'ai l'impression que ta gouvernante ne m'aime pas beaucoup.

Vanessa se dépêcha d'enfiler sa camisole.

— Ce n'est pas qu'elle ne t'aime pas. C'est plutôt...

— Qu'elle se sent le devoir de te protéger ? la coupa Tristan, qui avait croisé les bras sur sa poitrine. Comme Cullen, si j'ai bien compris ?

Elle avait rougi.

— Euh... oui, c'est un peu ça, dit-elle en repartant déjà vers la porte. Bon, je vais finir de m'habiller dans ma chambre. On se retrouve en bas ?

— Attends, Vanessa ! la rappela Tristan, qui ne voulait pas la laisser partir avant de s'être assuré qu'elle n'avait aucun regret concernant ce qui s'était passé cette nuit.

Elle s'était immobilisée, la main sur la poignée de la porte. Il s'approcha et croisa son regard.

— Tu te sens bien, Vanessa ? Je ne t'ai pas fait mal, cette nuit, en...

— Oh, mais non ! Je t'assure, tout était parfait.

Elle avait dit cela en baissant les yeux, mais sa sincérité était visible.

Tristan lui prit le menton pour l'obliger à redresser le visage et il planta un baiser sur ses lèvres.

— Tant mieux. J'en déduis que tu n'es pas hostile à la perspective de recommencer ?

Elle en resta un moment bouche bée, et il dut se retenir d'éclater de rire devant sa stupéfaction. Finalement, ne trouvant manifestement pas quoi répondre, elle hocha la tête et s'esquiva hors de la pièce.

Dès qu'elle eut refermé la porte derrière elle, Tristan sourit aux anges. L'horizon, tout à coup, s'éclaircissait. Il allait bientôt retrouver Emily et, avec un peu de chance, cette nuit qu'il venait de vivre avec Vanessa ne serait que la première d'une longue série.

Se sentait-elle *bien* ?

Depuis tout à l'heure, Vanessa n'avait cessé de se poser la question. Et elle se la posait encore, alors que Tristan l'aidait à descendre de voiture devant la porte du Pavillon noir.

Physiquement, elle était un peu fatiguée. Mais après cette nuit, c'était somme toute assez normal. Elle trouvait même qu'elle s'en était plutôt bien tirée, pour une première fois.

Mais pour ce qui était de son cœur, c'était autre chose.

L'irruption de Jenna, tout à l'heure, l'avait brusquement rappelée à la réalité. Elle ne devait pas oublier que sa relation avec Tristan n'était que temporaire. Et qu'elle se terminerait dès qu'ils auraient retrouvé Emily, c'est-à-dire très bientôt. Certes, la perspective de savoir la jeune fille saine et sauve ne pouvait que la réjouir. En revanche, l'idée de dire adieu à l'homme qu'elle aimait, et à qui elle s'était donnée pour la première fois de sa vie, la mettait au supplice.

Ce n'était pas le moment, cependant, de se laisser aller à la mélancolie. Elle se tourna vers Jenna, qui descendait à son tour de voiture.

— Reste ici avec Cullen, lui ordonna-t-elle. Nous n'en aurons pas pour longtemps.

La fillette ne put cacher sa déception.

— Oh, mais je voulais venir, moi aussi ! Dan a dit que je pouvais vous aider.

— Il n'est pas question que tu mettes les pieds dans une taverne, Jenna McLean ! Ta mère ne me le pardonnerait jamais.

— Mais...

Vanessa fronça les sourcils avec tant de sévérité que la jeune fille n'osa pas protester davantage.

— Ne discute pas, Jenna. J'apprécie beaucoup ta volonté de nous aider mais, pour l'instant, le mieux que tu puisses faire, c'est d'attendre avec Cullen. Si tu désobéis, il se chargera de te ramener tout de suite chez toi.

Jenna baissa les yeux, la mine boudeuse.

Vanessa échangea un regard complice avec son cocher, puis fit signe à Tristan de la suivre dans la taverne.

Harry les accueillit quasiment sur le pas de la porte. Il avait les bras encombrés d'un plateau chargé de verres et d'assiettes sales.

— Il vous attend au fond, dit-il, accompagnant ses paroles d'un geste du menton pour désigner un client solitaire, attablé dans un coin de la salle.

Vanessa s'élança aussitôt dans sa direction, Tristan toujours sur ses talons. Son espoir grandissait à chaque pas. Elle était convaincue que la traque d'Emily touchait à sa fin.

Dan se leva à son approche.

— Bonjour, DeeDee. Tu es venue encore plus rapidement que je ne le pensais.

Masquant tant bien que mal son impatience, elle s'assit face à lui.

— Comme tu peux le deviner, Dan, j'avais hâte de savoir ce que tu voulais me dire. As-tu pu localiser Emily ?

Dan regarda Tristan, resté debout derrière la jeune femme.

— Hélas, non.

Sa réponse anéantit Vanessa. Tristan, quant à lui, se raidit comme s'il venait d'encaisser un coup de poing. Dire qu'ils étaient si confiants...

— Cependant, poursuivit Dan, j'ai des nouvelles qui pourraient t'intéresser.

Et, fouillant dans sa poche, il sortit un objet qu'il tendit à la jeune femme.

Vanessa le prit dans sa main. C'était un petit médaillon en or, accroché à une chaîne du même métal.

— D'où sort-il ?

— L'un de mes hommes l'a obtenu d'un voleur des rues qui a reconnu l'avoir soutiré à une jeune fille correspondant à la description de celle que tu recherches.

Vanessa examina le médaillon de plus près. Il portait, à son revers, une inscription gravée :

— « Pour ma femme, Victoria, avec tout mon amour », lut-elle à haute voix.

Puis, tendant le bijou à Tristan :

— Ça te dit quelque chose ?

Il prit le médaillon.

— Oui, c'était à ma mère. Mon père aura dû le donner à Emily après sa mort.

Vanessa reporta son attention sur Dan.

— Ce voleur, sait-il où elle pourrait se trouver ?

L'ancien boxeur secoua énergiquement la tête.

— Je l'ai questionné, tu t'en doutes bien. Il n'a aucune idée de ce qu'elle a pu devenir. Il s'est contenté de lui dérober son sac et n'a pas cherché à savoir ce qu'elle a fait après.

Tristan avait refermé son poing sur le médaillon. Il le serrait si fort que les jointures de ses doigts avaient blanchi.

— Alors, à quoi cela nous sert-il ?

Dan le regarda.

— J'ai pensé que sa famille serait au moins heureuse de récupérer ce bijou. Mais ce n'est pas tout. Un autre de mes hommes a pu savoir pourquoi Flynt cherche votre jeune amie. Il semblerait qu'elle ait assisté à un… règlement de comptes le mettant en cause.

Vanessa sentit son sang se figer. Ainsi, elle avait vu juste : la sœur de Tristan avait été le témoin du dernier crime de Barnaby.

— Flynt la cherche toujours, ajouta Dan. C'est plutôt une bonne nouvelle : ça veut dire qu'il n'a pas encore mis la main dessus.

C'était un peu rassurant, c'est vrai. Mais très insuffisant. Pour l'instant, ils ne savaient toujours pas où Emily se cachait. Et sa chance ne durerait pas éternellement. Tôt ou tard, la bande de Flynt finirait par la dénicher.

— Je suis navré de n'avoir pas de meilleures nouvelles à t'annoncer, reprit Dan. Je me doute que tu espérais mieux.

Vanessa soupira.

— Tu as fait ce que tu as pu. Merci.

Tristan s'était éloigné de quelques pas. Il tenait toujours le médaillon dans son poing, et une tension extrême tirait les muscles de son visage. Vanessa, émue par ce spectacle, aurait voulu le serrer dans ses bras pour le réconforter.

Mais Dan attira de nouveau son attention.

— Je te promets de continuer les recherches, Dee-Dee. Je vais mettre tous mes hommes sur l'affaire. Et dès que j'aurai du neuf, j'enverrai Jenna te prévenir.

— Tu fais bien d'en parler. Je voulais justement te dire que je n'approuve pas cette façon d'enrôler Jenna dans tes… activités. Je ne voudrais pas qu'elle s'attire plus d'ennuis qu'elle n'en a déjà eu récemment. J'espère que tu n'as pas…

— Non, rassure-toi, je n'ai pas cherché à profiter de ses… talents, la coupa l'ancien boxeur. Sa mère m'aurait étranglé si je l'avais fait. Mais puisque la famille a besoin d'argent, je la paie pour me servir de messagère.

Comme elle fronçait les sourcils, il s'empressa de préciser :

— Rien de dangereux, rassure-toi. Je ne lui confie que des courses faciles.

Vanessa était soulagée.

— C'est gentil de ta part.

Il haussa les épaules.

— Bah. Pour tout t'avouer, j'aime bien cette gamine. Depuis deux mois, elle rôde autour de mon club pour tenter d'assister aux matchs de boxe. Elle me rappelle quelqu'un d'autre…

Vanessa croisa son regard. Dan n'avait pas besoin d'en dire davantage.

— Si je comprends bien, tu as décidé de la prendre sous ton aile ?

— Oui. Et je te promets de faire mieux qu'avec toi.

Vanessa en resta désarmée. Avant qu'elle ait trouvé quoi répondre, Tristan intervint :

— En parlant de Jenna, je croyais que tu lui avais demandé d'attendre dehors ?

Vanessa regarda vers la porte. Elle sursauta en voyant Jenna, sur le seuil, discuter avec Harry.

— Bonté divine ! Cullen était pourtant supposé la surveiller…

— Apparemment, il se sera laissé distraire, répliqua Tristan, désignant la fenêtre de la taverne qui donnait sur la rue.

Par la vitre, on apercevait le cocher, le feu aux joues, poussé dans ses retranchements par une Lilah en grande forme.

Vanessa se releva en soupirant.

— Je crois qu'il faut que j'y aille. Je reviens tout de suite.

Tristan suivit des yeux la jeune femme jusqu'à ce qu'elle ait disparu dehors, puis reporta son attention sur le médaillon. Loin de le réconforter, ce bijou qui avait appartenu à sa mère lui rappelait toutes ses erreurs passées. Il était entré dans cette taverne plein d'espoir, certain de retrouver bientôt Emily, mais à présent il ne ressentait plus qu'un grand vide.

— Alors, comme ça, vous êtes avec DeeDee ? lança soudain Dan.

Il avait dit cela sur un ton vaguement désapprobateur, qui n'échappa pas à Tristan.

— Comment le savez-vous ?

— J'ai mes sources, répliqua l'ancien boxeur.

Et, croisant les bras, il ajouta :

— Sachez que je vous tiens à l'œil, mon garçon. Il n'est pas question que je laisse qui que ce soit profiter de DeeDee. Je la considère comme ma fille.

Tristan sentit la colère l'envahir.

— Oui. Et c'est pour cela que vous l'avez abandonnée quand elle avait le plus besoin de vous.

Dan s'empourpra. Mais ce n'était pas de contrariété. Tout à coup, il semblait vulnérable.

— Elle vous a parlé de ça ?

— Oui.

L'ancien boxeur exhala un long soupir.

— J'ai eu tort, je le confesse, dit-il en se passant une main sur le front. Je pensais trop à mon club, à l'époque. Je n'avais pas le temps de m'occuper d'une gamine et j'ai voulu me persuader que quelqu'un d'autre – Lilah, par exemple – s'en chargerait à ma place. Quand j'ai réalisé mon erreur, c'était trop tard.

— Comment ça, trop tard ? Qu'entendez-vous par là ?

— Ça, c'est à DeeDee de vous le raconter, répliqua Dan. En tout cas, une chose est sûre : je ne la laisserai pas tomber une deuxième fois.

Tristan considéra tout à coup l'ancien boxeur avec plus de respect. Il semblait sincère.

— Eh bien, dans ce cas, nous sommes deux. Et nous ferions mieux de travailler ensemble, plutôt que de nous chercher des noises.

— Que voulez-vous dire ?

Tristan se laissa tomber sur le siège abandonné par Vanessa.

— Moi aussi, je tiens beaucoup à elle. Et quiconque lui voudrait du mal aura affaire à moi.

Dan hocha la tête en souriant.

— J'ai compris. Nous voulons tous les deux la même chose.

Et, tapant du poing sur la table, il ajouta :

— Vous avez raison. Nous ferions mieux de faire équipe. Je n'ai aucune envie de voir DeeDee retomber dans les griffes de Flynt.

Tristan sentit son cœur s'affoler. *Retomber* dans les griffes de Flynt ? Mais avant qu'il ait pu réussir à en savoir plus, la jeune femme se matérialisa à son côté.

— Tout s'arrange, dit-elle d'une voix légère. Lilah est d'accord pour aider Cullen à s'occuper de Jenna. Nous pouvons poursuivre tranquillement.

À la façon dont elle évitait son regard, Tristan comprit qu'elle ne l'avait pas interrompu fortuitement. Cependant, il n'osa pas la questionner devant Dan.

Mais ses interrogations demeuraient entières. Quel passé avait-elle donc pu partager avec Flynt ? Et, surtout, pourquoi ne lui en avait-elle pas parlé ?

Quelle que soit la réponse, il voulait croire que le secret de Vanessa ne serait pas un obstacle à leur relation.

23

Les jours suivants passèrent sans qu'aucune nouvelle d'Emily ne leur parvienne. Malgré l'aide de Dan, dont les hommes quadrillaient Tothill Fields, les recherches semblaient piétiner. Vanessa redoutait que Tristan ne finisse par faire appel à la police.

Elle ne pourrait pas lui en vouloir, songeait-elle au matin du troisième jour après leur visite au Pavillon noir, tandis qu'elle descendait de sa chambre. Les méthodes qu'elle préconisait n'avaient pour l'instant abouti à aucun résultat concret. Chaque après-midi, ils s'étaient pourtant rendus dans Tothill Fields pour interroger d'autres témoins. Toujours sans succès.

Bien qu'il s'efforçât de le cacher, Tristan commençait à perdre patience. Vanessa le connaissait assez bien, désormais, pour deviner l'angoisse qui couvait derrière sa façade stoïque. Lorsqu'ils étaient à la maison, il tournait en rond comme un animal en cage. Et chaque nuit, des cauchemars venaient troubler son sommeil.

La jeune femme était bien placée pour le savoir : depuis qu'ils avaient fait l'amour pour la première fois, ils dormaient dans le même lit. C'était comme si une complicité tacite les incitait à profiter du moindre instant qu'il leur restait à passer ensemble.

L'amour de Vanessa s'affirmait un peu plus chaque jour. Ce matin, en se réveillant, s'apercevant que Tristan n'était plus auprès d'elle, elle avait ressenti un effroyable sentiment de vide, comme si elle avait été amputée d'une part d'elle-même. Elle redoutait le moment inéluctable où leurs chemins divergeraient.

Elle croisa Mme Godfrey au pied de l'escalier, et ne put s'empêcher de sourire en voyant Sally trotter derrière la gouvernante. Le petit terrier la suivait comme son ombre. Et bien que Mme Godfrey ait d'abord grommelé contre le travail supplémentaire que représenterait l'entretien d'un chien, il était clair que l'adoration était réciproque.

— Bonjour, madame Godfrey, dit-elle, se penchant pour caresser Sally. Sauriez-vous où se trouve lord Ellington ?

— Il est dans le salon, milady. Dodger Dan est arrivé. Je suppose qu'ils discutent des recherches en cours.

Vanessa n'en revenait pas. Depuis l'entrevue de l'autre jour au Pavillon noir, une amitié semblait s'être nouée entre Tristan et l'ancien boxeur. C'était d'autant plus surprenant que, lors de leur première rencontre, ils avaient eu du mal à dissimuler leur antipathie.

Chaque matin, Dan leur rendait une petite visite pour les tenir au courant de ses investigations. Mais dès que la conversation s'engageait entre les deux hommes, Vanessa se sentait étrangement mise à l'écart. Heureusement, elle avait réussi à prendre Dan à part pour le dissuader de révéler à Tristan son passé avec Barnaby. L'autre fois, en les rejoignant dans la taverne, elle avait bien senti que l'ancien boxeur avait été tout près de parler à tort et à travers.

Elle soupira.

— Bon, je vais les laisser tranquilles. Vous devriez leur porter du thé, madame Godfrey.

La gouvernante hocha la tête, mais ses traits exprimaient une réprobation évidente. D'ailleurs, dès qu'il était question de Tristan, elle prenait un air pincé. Il semblait clair qu'elle avait deviné leurs activités nocturnes, malgré leurs efforts pour rester discrets.

Jusqu'ici, Vanessa avait préféré éviter d'aborder le sujet de front. Mais, cette fois, elle ne put retenir sa langue.

— Madame Godfrey, lord Ellington est quelqu'un de très bien. Il ne fait de mal à personne. Tout ce qu'il veut, c'est retrouver sa sœur.

La gouvernante détourna le regard.

— J'en ai bien conscience, milady. Mais je ne voudrais pas qu'il profite de vous.

— Ce n'est pas le cas. Rien ne s'est passé entre nous que je n'aie désiré. Essayez de garder cela à l'esprit. Et accordez-lui au moins le bénéfice du doute.

Mme Godfrey demeura silencieuse un moment, puis, croisant le regard de sa maîtresse, lâcha finalement :

— J'essaierai, milady.

Elle tournait déjà les talons lorsque quelqu'un frappa à la porte d'entrée.

— Je vais ouvrir, lui dit Vanessa. Occupez-vous du thé pour ces messieurs.

La gouvernante acquiesça et partit pour l'office, Sally sur ses talons, cependant que Vanessa se rendait à la porte.

L'identité de sa visiteuse la laissa un instant sans voix.

— Jenna ? Mais que fais-tu là ?

La fillette, au lieu de répondre, s'engouffra dans le hall. Elle avait les joues rouges et le souffle court, comme si elle avait couru.

Vanessa, inquiète, referma la porte et la prit par les épaules.

— Jenna, que se passe-t-il ? Tu cherches Dan ?

La jeune fille secoua la tête.

— Non, c'est vous que je suis venue voir, milady. Moi aussi, j'ai cherché votre amie. Vous étiez d'accord pour que je vous aide, vous vous souvenez ?

Vanessa n'aimait pas la savoir mêlée à une histoire où Flynt jouait un rôle. Le danger était trop grand. Mais Jenna semblait si avide de se rendre utile qu'elle ne se sentit pas le cœur de la réprimander.

— Bien sûr, oui, je m'en souviens.

— Eh bien, ce matin, j'ai discuté avec la vendeuse d'oranges qui tient le coin de la rue, vous savez ? Elle n'a repéré aucune jeune fille inconnue dans le quartier. En revanche, elle a remarqué qu'un nouveau membre s'était joint à la bande des Rag-Tag.

La mention des Rag-Tag attira immédiatement l'attention de Vanessa. Elle avait été si occupée, ces derniers jours, qu'elle en avait presque oublié ses soupçons à leur sujet.

— Un garçon ?

— En tout cas, il est habillé en garçon. Mais la vendeuse d'oranges a été intriguée par son allure. Et surtout par ses yeux. Ils sont d'un bleu presque violet.

Un garçon avec des yeux violets ? Se pouvait-il que…

Vanessa sentit son pouls s'emballer. Elle coula un regard vers la porte du salon. Devait-elle avertir Tristan ?

Mais à peine l'idée l'eut-elle effleurée qu'elle y renonça. Outre qu'elle ne voulait pas lui donner d'espoirs inutiles, au cas où ce serait une fausse piste, elle devinait qu'elle n'obtiendrait rien des Rag-Tag si elle venait avec lui. En revanche, il fallait voir les garçons au plus vite.

Jenna se dandinait d'un pied sur l'autre, les yeux brillants d'excitation.

— Alors, je vous ai aidée ?

Vanessa lui sourit.

— Oui, incontestablement.

Elle alla récupérer son manteau sur la patère, juste au moment où Mme Godfrey surgissait de l'office, avec un plateau pour le thé.

— Madame Godfrey, je sors. Si lord Ellington vous pose des questions, dites-lui que j'avais une course à faire. Je reviens le plus tôt possible.

— Bien, milady. Dois-je demander à Cullen de prendre la voiture ?

Vanessa n'hésita pas longtemps. Prévenir Cullen serait une erreur. Dan n'avait pas été le seul à s'être laissé conquérir par Tristan. Son cocher aussi était tombé sous le charme du comte. Il refuserait probablement de l'emmener dans Tothill Fields sans avertir celui-ci.

— Non, ce ne sera pas nécessaire, répondit-elle.

Et, prenant Jenna par le bras, elle ouvrit la porte avant d'ajouter :

— Il fait beau. Je vais marcher un peu.

— Marcher ? Mais, milady…

— Ne vous inquiétez pas, je n'en ai pas pour longtemps.

Ignorant la mine soucieuse de sa gouvernante, Vanessa se faufila dehors, Jenna sur ses talons. Avec un peu de chance, elle serait revenue avant que Tristan se soit aperçu de son absence.

Du moins l'espérait-elle.

Assis à la table de leur repaire, le menton posé sur ses mains, Peter regardait Emily rire avec quelques-uns des garçons dans un coin de la pièce.

Cela faisait maintenant une semaine qu'elle vivait avec eux, et il avait déjà oublié quelle était son existence avant que la jeune fille ne fasse irruption dans leur quotidien. Elle témoignait, malgré la précarité de sa situation, d'un beau courage, stimulant par sa bonne humeur le moral de toute la bande. Elle prenait en outre sa part des tâches quotidiennes et s'occupait beaucoup des plus petits, notamment de Benji.

Par ailleurs, elle avait continué ses leçons avec Peter. Et elle faisait preuve d'un certain talent, même si elle ne s'était pas encore attaquée à une vraie proie. Pour elle, l'expérience tenait du jeu, et il répugnait à aller au-delà. De toute façon, ce qu'elle avait appris ne lui serait d'aucune utilité, car il était convaincu qu'elle ne tarderait pas à les quitter pour retourner dans son milieu d'origine.

La perspective de cette séparation l'attristait davantage qu'il ne l'aurait imaginé. Depuis que sa mère l'avait jeté à la rue, Peter ne s'était jamais lié d'affection avec quiconque, tenant toujours les autres à distance. Mais Emily avait réussi à vaincre ses défenses. C'était à croire qu'elle était vraiment l'ange que Benji voyait en elle.

Quand il pensait à la façon dont il l'avait tenue dans ses bras, l'autre nuit, il en rougissait presque.

Mais cet épisode lui rappelait quelqu'un d'autre : Jack.

Peter se leva pour se planter devant la cheminée, dos à la pièce. Il savait que Jack était capable des pires choses, mais il n'aurait jamais imaginé qu'il s'en prendrait violemment à Emily.

Il ne regrettait pas de l'avoir chassé. C'était la seule solution. Il aurait d'ailleurs dû le faire depuis longtemps. Mais il se doutait que ça n'était pas terminé pour autant. Jack Barlow n'était pas du genre à partir sur une rebuffade. Il reviendrait. La seule question était de savoir quand. Et quelle vengeance il méditait.

Tout à coup, la porte de la rue s'ouvrit. Peter se retourna, aussitôt imité par les autres garçons.

La silhouette de lady Rotherby s'encadra sur le seuil. La vicomtesse balaya la pièce d'un bref coup d'œil avant d'entrer, suivie d'une fillette brune dont le visage disait vaguement quelque chose à Peter.

Les garçons, comme un seul homme, se regroupèrent autour d'Emily pour la cacher. Mais c'était trop tard. La vicomtesse avait déjà aperçu leur invitée et elle l'avait reconnue, malgré son déguisement de garçon. Elle s'avança, souriante.

— Emily... dit-elle. Vous ne pouvez pas savoir combien je suis heureuse de vous voir.

Il y eut un silence tendu. Tout le monde semblait figé sur place. Puis Emily recula d'un pas, apeurée.

— Je vous l'avais dit, qu'elle était là ! s'exclama la fillette brune, restée près de la porte grande ouverte.

— Chut, Jenna, lui dit lady Rotherby.

Puis, tendant la main à Emily :

— N'ayez pas peur. Je ne suis pas venue vous faire de mal. Je suis une amie.

— Vous allez me ramener à Tristan.

— C'est vrai, mais...

— Je ne veux pas ! Je ne veux pas retourner là-bas !

Avant que Vanessa ait pu répliquer, on entendit courir dans la ruelle. Puis Miles fit irruption dans la pièce, tout essoufflé :

— Peter ! Lady Rotherby arr…

Il se figea à son tour en découvrant le spectacle qui s'offrait à ses yeux, avant de pouvoir terminer sa phrase :

— … arrive.

— J'ai vu, ironisa Peter.

Il aurait dû se douter que Miles n'était pas le plus doué pour faire le guet.

Son camarade rougit jusqu'aux oreilles.

— Désolé, Peter. Mais elle est venue en fiacre, au lieu de prendre la voiture à ses armes. Sinon, je l'aurais reconnue tout de suite.

C'était de toute façon trop tard. Ils étaient découverts, à présent. Ne restait plus qu'à connaître les intentions exactes de lady Rotherby.

— S'il vous plaît… murmura Emily dans le silence qui était retombé. S'il vous plaît, partez et laissez-moi tranquille.

Vanessa secoua la tête.

— Non, Emily, je ne peux pas. Votre frère mérite de savoir que vous êtes saine et sauve. Il s'est tellement inquiété à votre sujet !

— Je ne vous crois pas. Mon frère ne s'est jamais soucié de moi auparavant. Pourquoi commencerait-il maintenant ?

— C'est faux. Il vous aime beaucoup, Emily. Vous vous en rendrez compte, si vous lui donnez seulement sa chance.

— Il a déjà eu sa chance, répliqua la jeune fille d'un air rebelle que Peter commençait à bien connaître. J'ai essayé de lui expliquer ce que je ressentais, mais il n'a jamais voulu m'écouter. Je veux rester avec les-

Rag-Tag. Je suis plus heureuse ici que je ne l'ai jamais été avec Tristan.

— Et que faites-vous de Barnaby Flynt ?

Peter sursauta. La vicomtesse était donc au courant que Flynt cherchait Emily ?

Comme si elle avait entendu sa question muette, lady Rotherby hocha la tête.

— Oui, je sais qu'il vous cherche, Emily. Et je sais aussi pourquoi.

Elle s'avança encore, fendant le rempart des garçons, pour étreindre le bras de la jeune fille.

— Cela va sans doute vous surprendre, mais figurez-vous que je connais bien Barnaby Flynt. Et je n'ignore pas à quel point il peut se montrer dangereux. Il ne renoncera jamais. Si vous restez ici, tôt ou tard, il finira par vous trouver.

Emily se mordit la lèvre.

— Mais si je rentre à la maison, comment pouvez-vous être sûre qu'il ne me suivra pas et ne fera pas de mal aux gens que j'aime ? Si vous saviez ce qu'il a fait à ce pauvre homme qu'il a tué sous mes yeux...

Lady Rotherby croisa son regard.

— Votre frère ne le laissera pas faire. Si vous acceptez de me suivre, nous lui en parlerons toutes les deux. Et nous préviendrons la police. Barnaby sera arrêté et il ne fera plus jamais de mal à personne.

— Je ne sais pas... murmura Emily, indécise, en jetant un regard implorant à Peter comme si elle attendait son avis.

Mais Peter ne savait pas quoi faire. Même s'il avait très envie qu'elle reste avec eux, il se doutait, depuis le début, que cette belle histoire était condamnée à se terminer. Sa place n'était pas ici. Elle était fille de comte et lui, fils de prostituée. Elle appartenait à un monde de richesses et de privilèges, alors qu'il ne pourrait jamais espérer avoir beaucoup plus que le peu qu'il possédait déjà.

Un ange n'avait rien à faire parmi une bande de voleurs.

Il lui prit la main.

— Vous pouvez faire confiance à lady Rotherby. Si elle dit que votre frère s'occupera de tout, c'est vrai. Elle a toujours été formidable avec nous. Je n'ai aucune raison de douter de sa parole.

La jeune fille, cependant, soutint longuement son regard, comme pour s'assurer qu'il était sincère. Peter attendit en silence. La décision finale ne pouvait appartenir qu'à elle seule. Ce n'était pas à lui de parler à sa place.

Emily avait l'impression de ne plus savoir où elle en était. Après une semaine passée auprès des Rag-Tag, elle avait fini par se croire en sécurité dans la bande. Et voilà maintenant qu'elle devait prendre une décision pour laquelle elle ne se sentait pas prête !

D'un côté, les Rag-Tag étaient importants à ses yeux, et elle ne voyait pas comment se résoudre à les quitter.

De l'autre, Tristan était son seul parent proche. Malgré leur incompréhension passée, Emily voulait croire qu'il tenait réellement à elle et que leur relation pouvait repartir sur un nouveau pied.

Un très vieux souvenir lui revint tout à coup en mémoire. Un jour, Tristan l'avait emmenée se promener dans Hyde Park. Elle ne devait pas avoir plus de trois ou quatre ans, à l'époque. Son frère l'avait longuement portée sur ses épaules, et il était si fort et si solide qu'elle n'avait pas craint une seconde de tomber. Quoiqu'il lui répugnât de l'admettre, c'était ce sentiment de sécurité qui lui manquait. La certitude que son frère serait toujours là pour la protéger.

Elle se tourna vers la vicomtesse :

— Tristan s'est vraiment inquiété pour moi ?

— Mais, ma chérie, il était prêt à fouiller Tothill Fields de fond en comble pour vous retrouver ! assura lady Rotherby. Votre frère est un homme remarquable. Je sais que tout n'a pas toujours été simple entre vous, mais rien ne pourra être résolu tant que vous demeurerez en fuite.

Emily lâcha la main de Peter et s'éloigna de quelques pas pour réfléchir une dernière fois, en son âme et conscience. La vérité, c'est qu'elle serait heureuse de retrouver son grand lit confortable et ses belles toilettes. Et la perspective de pouvoir dormir sur ses deux oreilles, sans plus avoir à s'inquiéter de Barnaby Flynt, était encore plus tentante…

Cependant, elle ne se voyait pas tourner le dos brutalement à ses nouveaux amis. Surtout après ce qu'ils avaient fait pour elle…

Elle chercha le regard de Peter, espérant deviner ce qu'il pensait de tout cela. Mais son expression restait indéchiffrable.

— Aimez-vous votre frère, Emily ? lui demanda soudain lady Rotherby.

La question la prit au dépourvu. Emily se retrouva à nouveau plongée dans son souvenir de promenade. L'affection qui les avait unis, cet après-midi-là, lui avait paru magique.

— Je… je crois, répondit-elle.

— Alors, donnez-lui une autre chance. Je sais que vous ne le regretterez pas.

Le sourire de la vicomtesse incitait Emily à lui faire confiance, alors que pourtant elle ne la connaissait pas.

— Pourrai-je venir rendre visite aux Rag-Tag quand j'en aurai envie ?

La vicomtesse balaya la petite bande du regard.

— La décision appartiendra à votre frère, mais je ne vois pas pour quelle raison il s'y opposerait.

Ce n'était pas une réponse franchement affirmative. Mais ce n'était pas non plus un non implacable. Emily ferma les yeux, vaincue. De toute façon, maintenant qu'on avait retrouvé sa trace, elle n'avait plus le choix.

Mais elle voulait obtenir une ultime concession.

— C'est entendu, dit-elle. Je vais rentrer à la maison. J'accorde à Tristan sa chance…

Emily était consciente de repousser l'inéluctable. Mais elle avait besoin d'un peu de temps pour se résoudre à son nouveau destin.

— Mais pas tout de suite.

Le sourire de lady Rotherby s'évanouit sur-le-champ.

— Je ne comprends pas.

— Je veux rester encore un peu avec les Rag-Tag, expliqua Emily.

Et, regardant un à un ses amis, elle ajouta :

— Il manque quelques-uns des garçons. Nat, Benji… Je ne peux pas partir sans leur avoir dit au revoir.

C'était la pure vérité. Nat et Davey avaient emmené Benji avec eux ce matin et ils n'étaient pas encore rentrés.

Non, Emily ne pouvait raisonnablement pas s'en aller sans avoir salué Benji. Elle craignait qu'il ne réagisse mal à son départ. Depuis que Jack avait détruit son précieux livre, le garçon ne la lâchait plus, s'agrippant à sa main comme si elle était sa bouée de sauvetage.

— S'il vous plaît, milady, implora-t-elle. Encore quelques heures avec eux. C'est tout ce que je demande.

Lady Rotherby soupira.

— Je comprends ce que vous ressentez, Emily. Mais, à supposer que je reparte toute seule d'ici, vous imaginez bien que votre frère viendra immédiatement vous chercher dès qu'il saura où vous trouver.

— Alors, ne le lui dites pas.

— Emily, c'est impossible. Je ne pourrai pas lui cacher la vérité.

— Ce n'est pas comme si vous étiez obligée de toujours lui mentir. C'est juste pour quelques heures. Promettez-moi de ne rien dire...

— Emily...

— S'il vous plaît...

Lady Rotherby hésita longuement, avant de finalement hocher la tête à contrecœur.

— D'accord. Je n'aime pas du tout cela, mais je veux bien consentir à garder le secret pendant quelques heures. En échange, je veux que vous me promettiez vous aussi quelque chose : que vous resterez ici et que vous ne sortirez pas dans le quartier.

Emily hocha à son tour la tête.

— Je vous le promets.

Mais sa seule parole ne parut pas satisfaire la vicomtesse. Elle se tourna vers Peter :

— Peter ?

Il croisa les bras.

— Je vous promets qu'elle ne bougera pas de cette pièce jusqu'à votre retour.

— Très bien. Je reviendrai ici avec votre frère en fin d'après-midi. Et je compte vous y trouver !

À la stupéfaction d'Emily, la vicomtesse la serra dans ses bras.

— Je dois être folle, ajouta-t-elle. Quand Tristan apprendra cela... Enfin, j'espère que je ne commets pas d'erreur.

Elle n'était pas la seule à faire ce vœu.

Emily regarda les Rag-Tag. Ils faisaient tous semblant d'afficher un air serein, mais leur tristesse se lisait dans leurs yeux.

Sauf dans ceux de Peter. Mais c'était parce qu'il évitait de croiser son regard.

Comment allait-elle faire ses adieux ?

24

Vanessa n'arrivait pas à croire qu'elle ait pu laisser Emily la convaincre de garder sa cachette secrète.

Bien sûr, ce n'était que pour quelques heures, se rassura-t-elle alors qu'elle gravissait son perron, toujours suivie de Jenna. Mais Tristan était si angoissé par sa disparition qu'elle trouvait cruel de le laisser dans l'ignorance plus longtemps qu'il n'était nécessaire.

Cependant elle avait promis, et une promesse était une promesse. Et elle faisait confiance à Peter pour s'assurer que leur invitée ne chercherait pas à leur fausser compagnie.

L'essentiel était quand même d'avoir réussi à convaincre la jeune fille de revenir chez elle. Il était évident qu'Emily aimait son frère. Mais il l'avait fait souffrir, et Vanessa ne pouvait la blâmer d'être réticente à quitter les Rag-Tag. Elle avait trouvé là une sorte de famille, où elle se sentait aimée et désirée. Ce serait à Tristan de lui prouver qu'il l'aimait aussi et qu'il avait besoin d'elle.

De son côté, Vanessa essaierait de le dissuader de son idée stupide de vouloir confier la jeune fille à sa tante. Mais ce ne serait pas simple : il était tellement entêté…

— Rappelle-toi bien, dit-elle à Jenna devant la porte, pas un mot au sujet d'Emily ni des Rag-Tag. Nous sommes juste sorties prendre l'air. C'est bien compris ?

— Oui, milady.

— Parfait.

Vanessa poussa la porte. Mme Godfrey se porta tout de suite à sa rencontre.

— Ah, milady, vous voilà enfin ! Nous commencions à nous demander ce que vous deveniez. Cela fait...

— Où diable étais-tu passée ? l'interrompit Tristan, surgissant du salon.

Sa question ressemblait à un rugissement et Jenna, apeurée, se cacha derrière Vanessa. La jeune femme eut elle-même du mal à ne pas sursauter.

— Tristan, tu m'as fait peur, dit-elle en s'obligeant à sourire.

— Eh bien nous sommes deux, alors, répliqua-t-il tandis que Cullen s'encadrait derrière lui, tout aussi furieux. As-tu réalisé que tu avais disparu pendant près de deux heures ?

Bonté divine ! Aussi longtemps ? Vanessa jeta un regard à la pendule de l'entrée. Il était plus de onze heures. Dans son excitation d'avoir retrouvé Emily, elle avait perdu toute notion du temps.

— Mme Godfrey a dû te prévenir que j'étais sortie, répliqua-t-elle, tentant d'apaiser la situation.

— Oui, mais elle ignorait où. Et tu n'as même pas pris la peine d'emmener Cullen avec toi. Ne sais-tu pas qu'il est périlleux pour une femme de s'aventurer seule dans cette ville ?

Le cocher croisa les bras sur sa poitrine et fronça les sourcils afin de manifester sa réprobation. Même Mme Godfrey semblait mécontente. Dieu du Ciel ! Tout le monde était donc contre elle ?

— Tout va bien, dit-elle. J'avais quelques courses à faire et Jenna m'accompagnait.

Tristan s'esclaffa.

— Comme si cette enfant aurait pu t'être d'un quelconque secours en cas d'ennui !

Jenna, toujours cachée derrière la jeune femme, montra sa tête.

— Je sais me rendre utile. J'ai déjà...

— Jenna, ma chérie, la coupa Vanessa, va donc dans la cuisine avec Mme Godfrey. Elle te donnera du thé et des gâteaux.

— Mais...

— Va, s'il te plaît.

Après une seconde d'hésitation, la fillette consentit à suivre la gouvernante.

Vanessa soupira de soulagement. Voilà un danger d'écarté. Mais tout n'était pas gagné pour autant. Elle se doutait que Tristan n'en avait pas terminé avec elle.

En effet, il s'approcha et lui saisit le poignet avec véhémence.

— Je te repose ma question : où étais-tu passée ?

Elle préféra éviter son regard.

— Je te l'ai déjà dit. J'avais des courses à faire et...

— Maintenant, ça suffit ! gronda Tristan en l'entraînant vers le salon.

La jeune femme fut si surprise que d'abord elle se laissa faire. Au bout d'une seconde, toutefois, elle voulut résister et traîna les pieds.

— Mais enfin, Tristan, arrête ! Lâche-moi !

Elle chercha le soutien de Cullen, mais son cocher paraissait approuver le comte.

Tout le monde était-il devenu fou, dans cette maison ?

Tristan réussit à la tirer dans le salon et claqua la porte derrière eux.

— Ne refais jamais ça, dit-il en la plaquant contre le mur. Ne sors jamais sans dire à quelqu'un où tu vas et sans emmener Cullen avec toi.

Le sang de Vanessa ne fit qu'un tour.

— De quel droit oses-tu m'ordonner ce que je dois faire ou ne pas faire ? Je te rappelle que je suis indépendante et que je n'ai pas besoin…

— J'étais fou d'inquiétude.

Elle n'était pas certaine d'avoir bien entendu.

— Pardon ?

— Je me rongeais les sangs, Vanessa. Je n'avais aucune idée de l'endroit où tu avais pu te rendre, et comme tu tardais à rentrer…

Il secoua la tête, le regard triste, avant d'ajouter :

— Je ne sais pas ce que j'aurais fait s'il t'était arrivé quelque chose.

L'indignation de la jeune femme avait disparu comme par enchantement. Comment pourrait-elle rester en colère après un tel aveu ?

Le cœur serré d'émotion, elle noua les bras à son cou et abandonna sa tête contre son épaule.

— Je suis navrée, Tristan. Je ne voulais pas t'inquiéter. La vérité, c'est que je ne pensais pas avoir été absente aussi longtemps.

Après un instant de silence, il l'enlaça et enfouit son visage dans sa chevelure.

— Et moi, je ne voulais pas me montrer aussi tyrannique. Je sais que tu es une femme indépendante. Mais s'il te plaît, essaie de te souvenir qu'il y a des gens qui tiennent à toi dans cette maison, et qui ne voudraient pas qu'il t'arrive quelque chose.

Il lui prit le menton pour l'obliger à croiser son regard, avant de préciser :

— Et je m'inclus dans la liste.

Vanessa en eut le souffle coupé. Aucun homme ne l'avait encore regardée ainsi, comme si elle était ce qu'il y avait de plus important au monde.

Incapable de résister à la tentation, elle l'attira à lui pour un long et voluptueux baiser.

Et comme à chaque fois que leurs lèvres se rencontraient, ce fut aussitôt un incendie dans leurs corps.

Sans cesser de l'embrasser, Tristan la souleva dans ses bras et la porta jusqu'au sofa, où il la déposa au milieu des coussins. Puis il s'allongea à son tour et commença de déboutonner sa chemise. Mais Vanessa arrêta sa main.

— Laisse-moi faire, dit-elle.

Et sans attendre son approbation, elle entreprit de défaire les boutons avec une étonnante dextérité. Puis elle écarta les pans du vêtement, révélant le torse musclé de Tristan.

Dieu, qu'il était beau ! songeait-elle en posant un baiser à la base de son cou.

Il voulut l'enlacer, mais elle s'esquiva et l'obligea à rester allongé en pressant ses épaules sur les coussins.

— Vanessa…

Elle le fit taire en posant un doigt sur sa bouche.

— Chut. Laisse-moi faire ça pour toi.

Il se détendit. Alors, elle remplaça son doigt par ses lèvres, l'embrassant à pleine bouche, tandis que sa main lui caressait le torse. Elle le sentit se tendre à nouveau quand ses caresses approchèrent de la ceinture de son pantalon, et plus encore quand elle commença à le dégrafer.

— Vanessa… murmura-t-il, la respiration haletante, cependant qu'elle faisait glisser son pantalon sur ses hanches, pour libérer sa virilité tendue par le désir.

Et tout à coup, elle prit son sexe dans sa bouche.

Voyant qu'il ne résisterait pas longtemps à cette exquise torture, Tristan l'obligea à se redresser et s'empara à nouveau de ses lèvres, en même temps qu'il caressait ses seins à travers l'étoffe de sa robe. Puis, d'un geste sûr, il fit tomber le haut de la robe pour dévorer à pleine bouche l'objet de sa délectation. Tout en poursuivant ses caresses avec ses lèvres, il releva les jupons de la jeune femme et l'ajusta sur elle pour la pénétrer.

Dès qu'elle le sentit en elle, Vanessa ne put retenir un gémissement de plaisir. Assise à califourchon sur son amant, elle commença de se soulever et de se baisser en rythme. Elle s'abandonna à la jouissance les yeux fermés, la tête renversée en arrière...

Emily s'inquiétait pour Peter.

Il était assis face à la cheminée, offrant son dos à la jeune fille tandis qu'il contemplait les flammes. Depuis que lady Rotherby était partie, il s'était enfermé dans un étrange mutisme. Il ne s'était même pas joint aux autres pour lui souhaiter un bon retour dans sa famille et l'aider à rassembler ses quelques affaires. C'était au point qu'Emily se demandait si elle n'avait pas fait ou dit quelque chose qui l'aurait offensé.

Cette éventualité la taraudait. Finalement, n'y tenant plus, elle se leva de table et le rejoignit.

— Peter ? s'enquit-elle d'une voix hésitante. Êtes-vous fâché contre moi ?

La question le fit sursauter, mais il ne tourna pas la tête.

— Fâché ? Bien sûr que non ! Pourquoi le serais-je ?

— Je ne sais pas. Vous ne dites plus rien... Peut-être pensez-vous que j'ai fait le mauvais choix ?

— Pas du tout. J'étais justement en train de me convaincre du contraire.

— Ah ?

Cette fois, il la regarda.

— Il vaut mieux que vous quittiez cet endroit.

Emily se laissa tomber dans le fauteuil à côté du sien.

— Que voulez-vous dire ? Vous voulez me voir partir ?

— Ce n'est pas ça. Mais c'est trop dangereux pour vous de rester ici. Avec Flynt qui vous cherche déjà, et maintenant Jack qui doit méditer sa vengeance... Je ne suis pas sûr de pouvoir vous protéger. Vous serez plus en sécurité chez vous, avec votre frère.

Emily sentit son cœur se liquéfier. Peter ne voulait plus d'elle !

— Je ne comprends pas...

Il haussa les épaules.

— J'ai l'impression que vous manquez réellement à votre famille. Si vous avez un frère qui tient assez à vous pour vous chercher partout, vous feriez mieux de ne pas lui tourner le dos.

— Mais ici aussi c'est ma famille, maintenant.

Peter secoua la tête.

— Votre place n'est pas ici.

Emily ne s'était jamais sentie aussi blessée de sa vie.

— Je vois, réussit-elle à articuler malgré la boule qui lui obstruait la gorge.

Peter s'alarma de son ton.

— Emily, ne le prenez pas mal...

Il voulut lui étreindre la main, mais elle se releva et détourna la tête, pour qu'il ne puisse pas la voir pleurer.

— Vous avez raison, dit-elle. J'avais oublié que je n'étais pas des vôtres.

— Emily…

— C'est vraiment idiot de ma part, je le reconnais. Mais j'espérais que je vous manquerais au moins un petit peu.

Elle sentit qu'il s'était levé à son tour et se tenait juste derrière elle.

Mais tout à coup, la porte du dehors s'ouvrit à la volée. Il y eut un grand silence, et toutes les têtes se tournèrent vers l'entrée. Emily sentit son sang se glacer en reconnaissant la silhouette qui venait de s'encadrer sur le seuil.

— Salut, Peter, fit Toby en avançant d'un pas dans la pièce. Alors, c'est là que tu te cachais ?

La bande des Rag-Tag bondit pour faire face à l'intrus, certains avec appréhension, les autres avec colère, tandis que Peter se postait devant Emily pour la protéger.

— Sors de là, Toby, dit-il, serrant les poings.

— Pas si vite. Tu as quelque chose qu'on veut, et on n'a pas l'intention de repartir sans.

Emily, horrifiée, vit plusieurs membres de la bande de Flynt rejoindre Toby. Ils semblaient tous prêts à en découdre.

Mais il y avait en plus quelqu'un d'autre avec eux…

— Hello, Peter, salua Jack Barlow. Comme tu vois, je suis de retour. Et j'ai amené des amis avec moi.

Peter se raidit.

— Sale traître !

— Moi, un traître ? Tu m'offenses, Peter. J'ai juste changé de camp, c'est tout. Rappelle-toi que c'est toi qui m'as demandé de partir. M. Flynt, en revanche, était très heureux de m'accueillir. Surtout quand je lui ai expliqué où tu te cachais.

Jack jeta un regard méprisant à Emily qui se tenait toujours derrière Peter, avant d'ajouter :

— Et quand je lui ai appris aussi que la fille qu'il cherchait était apparentée à un comte. Du coup, il a changé ses plans. Barnaby est persuadé que son frère sera disposé à verser une jolie rançon pour la récupérer. Tu ne crois pas ?

Peter fit un pas en avant, menaçant. Mais Jack l'arrêta d'un geste de la main.

— À ta place, je me tiendrais tranquille.

Au même instant, Nat et Davey furent brutalement poussés dans la pièce par deux autres sbires de Flynt. Et un troisième gredin entra, tenant Benji par le cou.

Peter se figea.

— Maintenant, écoute le marché que j'ai à te proposer, reprit Jack, triomphant. Tu nous donnes la fille, ou Toby se sert de son poignard pour trancher la gorge de Benji sous tes yeux.

Peter se tourna vers Emily. Son regard était désespéré. Il allait devoir prendre une décision terrible, et elle voulait lui épargner ce déchirement. Benji était comme un frère pour lui.

Elle s'avança.

— Ne faites pas de mal à Benji ! dit-elle aux intrus. Je viens avec vous !

— Emily, non ! protesta Peter en tentant de la retenir par la manche.

Mais elle réussit à esquiver son geste.

— Il le faut, murmura-t-elle. Vous le savez bien. Je ne peux pas laisser faire du mal à Benji.

Et pour couper court à toute protestation supplémentaire, elle courut vers Toby, qui lui emprisonna le bras.

— Parfait, ricana Jack. Il ne reste plus qu'une dernière formalité, dit-il en désignant Peter. Emparez-vous de lui !

Avant que quiconque ait eu le temps de réaliser ce qui se passait, deux gaillards avaient empoigné Peter pour l'immobiliser.

Jack s'approcha.

— Je te devais un petit quelque chose…

Et il assena un coup de poing dans le ventre de Peter, qui se plia en deux de douleur.

La bande des Rag-Tag était indignée, mais elle n'osait pas intervenir, car Benji était toujours serré au collet. Emily, furieuse, se débattit dans les bras de Toby.

— Arrêtez ! cria-t-elle. Laissez-le tranquille !

Jack l'ignora.

— Ce n'est pas terminé, dit-il à Peter. Quand j'en aurai fini avec toi, je te promets que tu regretteras de m'avoir mis des bâtons dans les roues.

Il frappa de nouveau. Cette fois en pleine figure, faisant saigner le nez de sa victime.

Emily se mit à sangloter.

— Maintenant, écoute-moi bien, poursuivit Jack en approchant son visage de celui de Peter. M. Flynt a une mission à te confier. Si tu veux revoir ta poupée vivante, tu auras intérêt à faire exactement ce que je vais te dire.

25

Tristan se réveilla avec le plaisir, désormais familier mais dont il ne pouvait se lasser, de voir Vanessa endormie dans ses bras.

Ils étaient toujours étendus sur le sofa, à moitié déshabillés, et il se fit la réflexion qu'ils étaient vraiment faits l'un pour l'autre.

Ces derniers jours, il était arrivé à la conclusion qu'il ne se sentirait pas le cœur de dire adieu à la jeune femme quand cette histoire serait terminée et qu'Emily serait rentrée à la maison. Vanessa était devenue trop importante pour lui. Même s'il n'était pas encore prêt à mettre un nom sur le sentiment qu'elle lui inspirait, celui-ci grandissait de jour en jour.

Tristan ne pouvait plus imaginer la vie sans elle. C'était d'ailleurs pour cela qu'il avait réagi si violemment à sa disparition ce matin. L'idée qu'il aurait pu lui arriver quelque chose le terrifiait et il avait passé tout son temps, après le départ de Dan, à faire les cent pas dans le salon, attendant impatiemment son retour. Dieu merci, elle avait fini par réapparaître. Sinon, il serait devenu fou d'anxiété.

En à peine plus d'une semaine, ils avaient fait beaucoup de chemin ensemble. Et dire qu'il s'était tellement mépris sur son compte, au début ! Il se souvenait de la première fois où elle lui était apparue, dans ce même salon, le soir où il était venu réclamer son aide. Il l'avait trouvée alors si froide, si distante... Mais s'il avait su, à l'époque, ce qu'il savait maintenant, il ne l'aurait jamais jugée aussi durement. Sa réserve n'était qu'une façade, destinée à masquer la trop grande générosité de son cœur.

Ils avaient d'ailleurs en commun de s'abriter derrière des murs qu'ils s'étaient eux-mêmes construits. Depuis des années, Tristan s'était caché derrière le sien, pour empêcher quiconque de trop l'approcher. Plutôt que d'affronter ses démons en face, il avait préféré la fuite, convaincu que son père avait eu raison en le traitant de bon à rien. Mais depuis que Vanessa l'assurait régulièrement du contraire, il commençait à se demander si son père n'avait pas eu tort.

Soudain, des coups violents frappés à la porte d'entrée le tirèrent de ses pensées.

Vanessa ouvrit brusquement les yeux.

— Que se passe-t-il ? demanda-t-elle.

Tristan lui caressa la joue.

— Je ne sais pas. On dirait que quelqu'un veut enfoncer la porte.

Les coups redoublant, elle se redressa.

— Nous ferions mieux d'aller voir. Ça a l'air urgent.

Ils se rhabillèrent promptement puis, après avoir échangé un dernier baiser furtif, ils sortirent dans le hall, juste au moment où Mme Godfrey, accourue de l'office, ouvrait la porte.

Un jeune garçon d'environ quinze ans fit irruption à l'intérieur. Son visage ne disait rien à Tristan, mais il faut dire qu'il était méconnaissable. Avec son œil au beurre noir, son nez qui saignait et sa lèvre fendue, il donnait l'impression de descendre du ring de Dodger Dan.

La gouvernante avait reculé de surprise. Vanessa poussa un cri.

— Peter ! Mon Dieu, que t'est-il arrivé ?

Peter ? se répéta Tristan. N'était-il pas le chef de la bande des Rag-Tag ?

Le garçon vint étreindre le bras de Vanessa. À peine eut-il commencé à parler que Tristan se glaça d'effroi.

— C'est Emily, milady ! Barnaby Flynt l'a attrapée !

Vanessa crut que tout son sang s'était brutalement retiré de ses veines.

Elle contemplait Peter, incrédule.

— Je ne comprends pas. Comment...

— C'est à cause de Jack, expliqua Peter qui semblait éprouver des difficultés à parler, en raison de sa lèvre boursouflée. Je ne vous l'ai pas dit tout à l'heure, mais je l'avais mis dehors il y a quelques jours. Je me doutais qu'il chercherait à se venger, mais je n'imaginais pas qu'il irait voir Flynt pour tout lui raconter. Tout ! L'adresse de notre cachette, et aussi qu'Emily s'y trouvait. Il lui a même dit qu'elle était la sœur d'un comte. Ses gars sont venus la prendre dans notre repaire. Je n'ai... je n'ai rien pu faire.

Non ! songeait Vanessa, horrifiée. C'était comme si son pire cauchemar était devenu réalité.

Incapable de regarder Tristan, elle se tourna vers sa gouvernante :

— Madame Godfrey, préparez de l'eau chaude et des linges pour nettoyer ses blessures.

Elle attendit que la domestique ait réintégré l'office avant de reporter son attention sur Peter :

— Et les autres garçons ? Comment vont-ils ?

— Bien, heureusement. Benji a été un peu secoué, mais il s'en remettra. J'ai demandé à Nat de tous les conduire au Pavillon noir, pour que Lilah puisse s'occuper d'eux.

Tristan s'approcha.

— Qu'est-ce que c'est que cette histoire ? demanda-t-il d'une voix lourde de menaces. Tu connais ma sœur ?

Vanessa avait l'impression que le sol se dérobait sous ses pieds. L'heure, tant redoutée, des explications et des aveux était arrivée.

Peter ne se laissa pas intimider par le ton autoritaire du comte. Il redressa fièrement les épaules.

— Oui, milord. Je la connais. Elle a vécu avec nous une semaine, pendant qu'elle se cachait de Flynt.

— J'ai visité votre cachette il y a quelques jours. Comment ai-je pu manquer…

— Nous n'étions pas là. Je veux dire, Emily et moi. Nous n'avons appris votre visite qu'à notre retour.

Tristan plissa les yeux.

— Cependant, alors que tu étais au courant que je cherchais ma sœur, tu as continué à garder le secret sur sa présence ?

Peter hocha la tête.

— C'est elle qui me l'avait demandé, milord.

Tristan empoigna le garçon par le col, le soulevant de terre de quelques centimètres.

— Réalises-tu ce que tu as fait, petit crétin ? À cause de toi, ma sœur est maintenant entre les griffes d'un assassin !

— Non, Tristan, intervint Vanessa en lui prenant le bras. Ne rends pas Peter responsable de tout.

Et, après un instant d'hésitation, elle baissa les yeux pour ajouter :

— Je suis aussi fautive que lui.

Tristan relâcha aussitôt Peter pour se tourner vers la jeune femme.

— Que veux-tu dire ?

Elle respira à fond, avant de se lancer :

— Je savais qu'Emily était chez les Rag-Tag.

Le silence de mort qui suivit sa confession fut redoutable. Tristan se tenait immobile, telle une statue.

— Tu savais ? répéta-t-il finalement dans un murmure à peine audible.

— Seulement depuis ce matin, s'empressa de préciser Vanessa. Je m'en suis doutée le jour où nous leur avons rendu visite, parce qu'ils se conduisaient bizarrement. Mais je n'étais sûre de rien, jusqu'à ce que…

— Tu savais, et tu ne m'as rien dit ?

Cette fois, sa voix était plus forte. Et résonnait d'incrédulité.

— Je suis navrée, Tristan, murmura la jeune femme, le regard implorant. Je m'apprêtais à te le dire. Emily voulait juste un peu de temps pour dire au revoir aux Rag-Tag. Alors, je lui ai promis d'attendre la fin de l'après-midi.

Mais c'était comme s'il ne l'écoutait pas. Il se mit à marcher de long en large devant la cheminée.

— Tu savais pourtant à quel point je m'inquiétais pour elle ! Comment as-tu pu me cacher cela ?

Vanessa secouait la tête. Elle ne voyait pas comment se justifier davantage.

— Ce n'était qu'une question d'heures…

Il s'immobilisa si brutalement pour lui faire face qu'elle sursauta.

— Alors, c'est là que tu t'es rendue ce matin, pendant ces fameuses « courses » !

Et, après un temps, il ajouta :

— Et tout à l'heure, sur le sofa ? C'était une autre ruse de ta part ? Destinée à me distraire ?

Vanessa, mortifiée qu'il puisse penser cela, reçut l'accusation comme un coup de poing.

— Non ! Je n'aurais jamais fait une chose pareille.

— Pourquoi devrais-je te croire ? répliqua-t-il, cinglant. (Ses yeux exprimaient un chagrin qui bouleversa la jeune femme.) Après tout ce que nous avons partagé, je pensais pouvoir te faire confiance. Maintenant... je ne sais plus.

Vanessa devait absolument lui faire comprendre qu'elle était toujours de son côté.

Elle posa une main sur son bras. Il tressaillit, mais ne la repoussa pas.

— Tu peux me faire confiance, Tristan. Je désirais autant que toi retrouver Emily. J'ai retardé, c'est vrai, le moment de t'annoncer où elle se cachait. Mais c'est parce que j'étais convaincue qu'elle était en sécurité là-bas.

Il eut un rire amer.

— En sécurité ? Au milieu d'une bande de pickpockets ?

Peter, qui était resté silencieux jusqu'ici, se planta devant lui.

— Elle aurait été en sécurité s'il n'y avait pas eu Jack, milord. J'étais prêt à tout pour empêcher Flynt de mettre la main sur Em... sur lady Emily.

— Le résultat, c'est qu'il l'a quand même attrapée, fit valoir Tristan, soudain gagné par l'angoisse. Mon Dieu ! Qui sait ce qu'il lui a déjà fait subir, à l'heure qu'il est !

— Je ne pense pas qu'il la brutalisera, milord, répondit Peter. Depuis qu'il sait qu'elle est votre sœur, il a changé ses plans. Du moins, c'est ce que prétend Jack.

Vanessa comprit tout de suite.

— Il veut de l'argent.

— Oui, et beaucoup, confirma Peter, en mentionnant une somme qui la laissa bouche bée.

Puis, reportant son attention sur le comte, il précisa :

— Flynt veut que vous apportiez l'argent dans notre repaire à six heures ce soir. Et vous devrez venir seul, sinon il tuera Emily.

— Il la tuera de toute façon, répliqua Tristan. Et je n'ai pas cet argent disponible. Mon père avait presque tout dépensé avant de mourir. J'ai dû serrer les cordons de la bourse pour ne pas avoir à vendre de terres afin de rembourser ses dettes. Mes liquidités sont au plus juste.

— Moi, j'ai cet argent, intervint Vanessa. Mais je ne peux pas le réunir en cinq minutes. Il faut d'abord que je rende visite à mon notaire. Ensuite...

— Même si j'acceptais ton argent, Vanessa, nous n'aurions pas le temps, la coupa Tristan en jetant un regard à la pendule. Il est déjà presque trois heures.

La jeune femme chercha en vain une solution. Finalement, elle se résolut à l'hypothèse qu'elle aurait à tout prix voulu éviter.

— C'est peut-être le moment d'aller chercher la police, risqua-t-elle.

Tristan secoua la tête.

— Non. Ils sont capables de ne pas me croire une fois encore. Je préfère m'occuper de cette affaire moi-même.

Et, les prunelles brillant d'une détermination implacable, il ajouta :

— Je vais surprendre Flynt dans sa tanière. Ce matin, Dan m'a raconté que ses hommes avaient pu localiser le repaire de la bande. Il s'agit d'un ancien entrepôt abandonné, pas très loin d'une taverne à l'enseigne du Corbeau. (Il regarda Peter.) Tu connais ?

Le garçon hocha la tête.

— Parfait. Tu vas me montrer le chemin.

Il partait déjà vers la porte, suivi par Peter. Vanessa le rattrapa.

— Tristan, s'il te plaît, n'y va pas comme ça. Attends au moins que j'aie pu prévenir Dan, pour qu'il envoie ses hommes à ta rescousse.

— Je t'ai expliqué que nous n'avions pas le temps, Vanessa.

— Mais si tu te rends là-bas tout seul et désarmé, Flynt te tuera.

— Eh bien, qu'il me tue, répliqua-t-il de cet air buté que la jeune femme lui connaissait bien à présent. L'essentiel, c'est que je sorte Emily de là.

Elle agrippa son bras.

— Je t'en prie, écoute-moi ! Tu ignores à quel point Barnaby peut être cruel. Mais moi je le sais.

Il croisa son regard.

— Explique-moi pourquoi, Vanessa ? Cela fait déjà un petit moment que cette question me taraude, figure-toi. Et, je m'aperçois que j'aurais dû te la poser plus tôt. Comment peux-tu connaître quelqu'un comme Flynt ?

C'était évidemment la question que redoutait Vanessa. Et, à présent, elle ne pouvait refuser d'y répondre. Tristan méritait d'autant plus la vérité qu'à cause de son omission de ce matin, Emily se trouvait maintenant en danger de mort.

Mais lorsqu'elle lui aurait appris toute la vérité, il lui tournerait le dos à jamais.

Avant de parler, la jeune femme dit mentalement au revoir à l'homme qu'elle aimait de tout son cœur.

— Tu m'as demandé, l'autre jour, ce que j'avais fait après que mon père m'eut abandonnée et que

Dan eut refusé de me prendre sous son toit. Eh bien, la vérité c'est que j'ai essayé de vivre de mes propres moyens dans la rue. Mais je n'y arrivais pas, et j'étais bien près de mourir de faim quand Barnaby m'a trouvée.

Elle serrait ses bras sur sa poitrine, comme si elle voulait se protéger du frisson glacé que lui provoquaient ces souvenirs.

— Il m'a surprise à voler et il a dû se dire qu'il pourrait se servir de mes talents. Alors, il m'a entraînée avec lui et m'a donné une place dans sa bande de pickpockets.

Tristan écoutait, le visage impénétrable.

— Tu as volé pour son compte.

— J'ai fait ce que j'avais à faire. Au début, j'étais même reconnaissante à Barnaby. Grâce à lui, j'avais un toit et je mangeais à ma faim. Et puis, c'était agréable de ne plus vivre seule. J'avais l'impression, pour la première fois de ma vie, d'avoir une famille.

Elle baissa les yeux.

— Mais quand j'ai grandi, reprit-elle, Barnaby ne s'est plus contenté de me voir voler dans les poches des passants. Les aînés de la bande cambriolaient des boutiques ou des appartements. Ou dépouillaient des gens que les plus jeunes attiraient dans des ruelles sombres.

Elle sentit Tristan se raidir, mais trouva cependant le courage de poursuivre.

— Je détestais ça, mais j'avais trop peur de Barnaby pour refuser. Je ne saurais te dire combien de fois je les ai vus, lui et ses gars, brutaliser d'honnêtes gens…

Elle s'interrompit, le temps de reprendre sa respiration, avant de lâcher dans un murmure :

— Et l'une de leurs victimes, Tristan, fut ta mère.

Il s'était figé, le visage soudain blanc comme un linge. Il semblait même avoir cessé de respirer.

— Que dis-tu ?

Vanessa avait du mal à croire qu'elle allait vraiment tout lui raconter. Mais elle n'avait plus le choix. Elle ne pouvait pas le laisser se jeter dans la gueule du loup sans qu'il sache à qui il avait affaire.

— Barnaby Flynt est l'assassin de ta mère, expliqua-t-elle, convaincue qu'elle venait à cet instant précis de perdre pour toujours l'homme qu'elle aimait.

— Mais comment peux-tu savoir une chose pareille ?

— Parce que j'étais là, Tristan. Barnaby s'est servi de moi pour l'attirer dans un recoin.

Il paraissait abasourdi, comme s'il refusait d'accepter ce qu'il venait d'entendre.

— C'est impossible. Je me souviendrais de toi. Il n'y avait pas de fillette ce jour-là…

Il s'interrompit.

— En revanche, reprit-il d'une voix blanche, il y avait un jeune garçon…

— C'était moi, avoua Vanessa.

Elle ferma les yeux, le cœur à l'agonie.

— Je me sentais si coupable qu'au dernier moment j'ai voulu la mettre en garde. Mais c'était déjà trop tard…

Tristan recula, incrédule.

— Je… je ne peux pas régler cette histoire maintenant. Je n'ai pas le temps. Je dois d'abord sauver Emily.

— Tristan, je t'en supplie…

— Non, Vanessa, n'insiste pas.

Il partit sur ces mots. Peter prit juste la peine d'offrir à la jeune femme un sourire de sympathie, avant de le suivre.

Ô, mon Dieu ! Vanessa aurait voulu s'effondrer sur place et pleurer toutes les larmes de son corps. Mais ce n'était pas le moment. Il fallait absolument qu'elle réagisse. Tristan ne pouvait pas affronter le diable tout seul.

— Madame Godfrey ! cria-t-elle.

La gouvernante surgit de l'office, une pile de linges propres dans les mains.

— Cullen apporte l'eau chaude, milady.

— Ce n'est plus la peine. Si Jenna est toujours là, faites-la venir tout de suite. Vite, c'est urgent !

26

Tristan et Peter s'étaient dissimulés derrière une pile de caisses vides, à quelques mètres de l'entrée du repaire de Barnaby Flynt. Ils observaient depuis plus d'une heure les allées et venues des membres du gang, attendant une opportunité pour se glisser à l'intérieur sans se faire remarquer des deux gardes en faction à la porte. Mais l'occasion ne s'était pas encore présentée.

Le soleil commençait à décliner et un brouillard épais montait. La température avait chuté de plusieurs degrés. Peter frissonnait, mais il ne songeait pas à se plaindre. Quant à Tristan, sa rage le protégeait du froid. Il était obsédé par Emily, qu'il savait derrière ces murs, à la merci de Flynt.

Barnaby Flynt est l'assassin de ta mère…

Les mots de Vanessa résonnaient inlassablement dans sa tête. Au début, il avait refusé d'y croire. Mais il ne voyait pas pourquoi elle aurait été inventer une pareille histoire. Et la description de Peter correspondait au souvenir qu'il gardait de Flynt.

La confession de la jeune femme avait été un choc pour Tristan. Colère, chagrin, surprise… il n'aurait su dire ce qu'il ressentait en priorité.

Certes, depuis le début, il se doutait qu'elle lui cachait quelque chose. Cependant, il n'aurait jamais pu deviner que c'était cela.

Il essaya de reconstituer ses souvenirs du crime. Mais il se souvenait surtout du cri de sa mère et du visage de son assassin. Il avait bien remarqué, à côté des deux comparses du meurtrier, une jeune silhouette portant des vêtements amples et une casquette à large bord, mais il n'avait pas réellement fait attention à ses traits. Et dans la confusion du drame, il l'avait prise pour un garçon.

Le moment était mal choisi, cependant, pour prendre toute la mesure de cette révélation. Le plus urgent était de libérer Emily. Mais une chose était sûre : s'il ressortait de cette épreuve vivant, il aurait ensuite une sérieuse conversation avec Vanessa.

— Regardez, lui dit soudain Peter. L'autre garde s'est éloigné. Toby est seul, à présent. Nous n'aurons sans doute pas de meilleure occasion de forcer l'entrée.

Tristan détailla le gaillard en question avant de hocher la tête.

— D'accord. Voici ce que nous allons faire...

Debout au milieu du Pavillon noir, Vanessa contemplait la petite foule amassée autour d'elle et pendue à ses lèvres.

Avec l'aide de Jenna et de Lilah, elle avait réussi à réunir plus d'une vingtaine de personnes : des commerçants, des ramoneurs, des prostituées, des loueurs de chevaux et même les plus grands des Rag-Tag. Tout ce petit monde se tenait au coude à coude.

La jeune femme venait juste d'expliquer que Tristan essayait de sauver sa sœur des griffes de Barnaby. Elle avait pris soin de préciser, en résumant l'histoire, qu'elle soupçonnait Flynt d'être responsable de la mort de Mouse. Des murmures indignés avaient accueilli ses paroles.

— Il est temps de réagir, reprit-elle d'une voix forte, pour couvrir le brouhaha. Nous ne pouvons pas laisser Flynt terroriser indéfiniment Tothill Fields.

— C'est facile à dire, grommela l'un des boutiquiers. On voit bien que vous n'habitez pas ici.

— C'est vrai, je n'habite pas le quartier, admit Vanessa. Mais vous, si. La question est donc de savoir si vous voulez continuer à vivre avec la peur au ventre, en fermant les yeux sur les exactions de Flynt.

— Mais si nous nous opposons à lui, il nous tuera, fit valoir une prostituée. Comme il a tué Mouse.

Un murmure d'assentiment parcourut l'assistance.

Comment les persuader de réagir ? se demandait Vanessa. La terreur que leur inspirait Flynt était palpable dans l'atmosphère de la salle.

Ce fut Lilah qui vint à sa rescousse.

— Je ne sais pas pour vous, dit-elle aux autres, mais moi, je commence à être fatiguée de devoir filer doux devant ce type et ses sbires. Après ce qu'il a fait à Mouse, il mérite d'être pendu. Si la justice ne s'en charge pas, c'est à nous de le faire.

L'assistance paraissait toujours sceptique. Mais Vanessa fut heureuse de voir que Cullen posait un bras protecteur sur l'épaule de la prostituée.

— Les choses ne changeront jamais tant que nous ne réagirons pas, reprit-elle. Mais si, tous ensemble, nous montrons que nous refusons désormais de nous laisser intimider, Barnaby perdra tout son pouvoir.

Et, prenant un air solennel, elle ajouta :

— Il y a une jeune fille en danger, cette fois. Elle n'est encore qu'une enfant. Si nous n'intervenons pas rapidement, Barnaby la tuera. Je sais que ce ne sera pas facile. Mais j'ai foi en vous tous. Maintenant, êtes-vous prêts à m'aider ?

Il y eut un long silence. Puis Rachel McLean fit un pas en avant.

— Moi, je vais vous aider. Après tout ce que vous avez fait pour nous, milady, vous méritez qu'on vous rende la pareille. En plus, ce serait vraiment merveilleux si nous parvenions à nous débarrasser de ce monstre.

— Tu peux aussi compter sur moi et sur Cullen, renchérit Lilah.

Le cocher hocha la tête pour marquer son assentiment.

— Et sur moi également, intervint Harry derrière son bar. Je n'ai pas envie de manquer une belle bagarre.

D'autres les imitèrent et bientôt, entraînés dans le mouvement, tous se portèrent candidats pour en découdre. Vanessa en eut les larmes aux yeux.

Tu vois, Tristan, songea-t-elle fièrement. *Ils ne pensent pas qu'à eux-mêmes...*

Quelqu'un la tira par la manche. C'était Benji.

— Nous aussi, on veut vous aider, dit-il en désignant le reste de la bande des Rag-Tag. On veut sauver Mlle l'Ange.

— Merci, Benji, lui répondit la jeune femme. Nous aurons besoin de tout le monde, si nous voulons réussir.

— Quand partons-nous, milady ? demanda quelqu'un.

Vanessa regarda par la fenêtre. Elle avait envoyé Jenna chercher Dan et ses hommes. Elle espérait leur arrivée d'une minute à l'autre, mais il ne s'agissait pas non plus de perdre trop de temps. Chaque minute qui passait augmentait le risque que l'homme qu'elle aimait finisse sous la lame de Barnaby.

Elle reporta son attention sur l'assistance.

— Maintenant ! dit-elle.

Depuis sa cachette, Tristan observait Peter s'approcher de Toby d'une démarche naturelle, sans chercher à masquer sa présence.

Tristan devait porter au crédit du garçon qu'il n'avait pas froid aux yeux. Malgré les douleurs que lui infligeaient les coups qu'il avait reçus, il n'avait pas hésité une seconde à tout tenter pour sauver Emily.

Adossé à l'immeuble, le garde, à peine plus âgé que Peter, était occupé à se curer les ongles avec son canif. Il se raidit en le voyant arriver.

— T'étais pas supposé aller chercher le frère de la fille ? demanda-t-il d'une voix suspicieuse.

Peter, les mains enfoncées dans ses poches, haussa les épaules.

— J'ai décidé que je n'irai pas tant que je ne serai pas assuré d'avoir ma part de la rançon.

Toby écarquilla les yeux.

— Ta part de la rançon ? Mais tu te fais des illusions, mon pauvre Quick. M. Flynt ne te donnera pas un liard.

— Dans ce cas, je n'irai chercher personne.

Toby s'empourpra.

— Alors, t'es un homme mort. Je t'égorgerai comme j'ai égorgé cet imbécile de Mouse.

Peter fit un pas de côté. L'autre se tourna pour lui faire face, présentant ainsi son dos à Tristan.

— Essaie toujours, l'invita Peter.

Toby dégaina son poignard d'un air menaçant, mais avant qu'il ait pu faire un autre geste, Tristan s'était jeté sur lui et l'assommait proprement d'un coup de poing sur la nuque.

— J'aurais préféré que vous me laissiez le frapper d'abord, marmonna Peter en contemplant le corps inanimé de Toby.

— Pas le temps, mon garçon. Maintenant, attends-moi ici.

— Mais…

— Ne discute pas, Peter. J'ai besoin de quelqu'un dehors, pour m'aider à sortir Emily si je n'y arrive pas tout seul. C'est compris ?

Peter acquiesça à contrecœur. Tristan le remercia d'un sourire, avant de s'engouffrer dans l'immeuble.

Une fois à l'intérieur, il découvrit un long couloir bordé de portes. Au bout du couloir, une volée de marches menait à l'étage.

Tristan était prêt à parier que Barnaby retenait Emily prisonnière là-haut. Avançant à pas mesurés, il s'approcha de l'escalier.

Mais juste au moment où il allait poser le pied sur la première marche, une voix, dans son dos, l'interpella durement.

— Hé là, toi ! Qu'est-ce que tu fiches ici ?

Zut ! C'était raté pour l'effet de surprise.

Il pivota et se retrouva face à un gaillard nettement plus âgé que Toby, avec une figure de brute épaisse.

Ne voulant pas lui offrir la moindre chance de donner l'alarme, Tristan se jeta sur lui, l'empoignant à la taille pour le plaquer contre le mur.

L'autre riposta en lui décochant un coup de poing dans le ventre. Tristan recula sous l'effet du choc, mais garda assez de force pour écraser son poing sur le nez de son adversaire.

La brute, voyant qu'il saignait abondamment, tendit sa manche sous son nez. Tristan en profita pour lui assener un autre coup de poing, dans la mâchoire cette fois.

Son adversaire s'écroula comme une masse. Mais alors que Tristan reprenait son souffle, l'une des portes du couloir s'ouvrit et d'autres comparses de Flynt surgirent, prêts au combat.

Nom d'un chien ! Il n'arriverait jamais à récupérer Emily dans ces conditions !

Peter attendait de mauvaise grâce devant la porte, bras croisés sur la poitrine, la mine maussade.

Il détestait se sentir inutile ! D'autant qu'il était quand même un peu responsable de tout ce qui arrivait. Son cœur se serrait quand il se rappelait la tristesse d'Emily lorsqu'il lui avait dit qu'elle n'avait pas sa place parmi les Rag-Tag. Il n'avait pas voulu la blesser, pourtant. Et maintenant, savoir qu'elle était à la merci de Flynt le faisait enrager.

Pour tout dire, il avait bien envie de se glisser à l'intérieur. Du reste, il n'avait pas donné sa parole de ne pas intervenir. Le comte ne lui avait rien fait promettre.

Il venait juste de se décider quand une voix familière résonna dans son dos.

— Tiens, tiens, tiens, mais c'est mon vieil ami Peter…

Il se retourna. Jack arrivait, accompagné de plusieurs gars de Flynt.

— Que fais-tu ici ? demanda Jack. Tu étais censé nous attendre chez les Rag-Tag, avec le frère de la fille et la rançon.

Peter afficha un air nonchalant, malgré son cœur qui cognait dans sa poitrine.

— J'ai changé d'avis. Tout bien considéré, je ne me sens pas d'humeur à recevoir d'ordres de Flynt.

— Pas d'humeur, hein ? Mais c'est que tu es très drôle, Peter ! Le problème, c'est que M. Flynt ne trouvera peut-être pas ça amusant, lui. J'ai même peur qu'il soit très fâché contre toi. Tu t'imagines sans doute que tu vas sauver lady Emily à toi tout seul ?

— Pourquoi pas ?

— Ça ne m'étonne pas de toi. Tu t'es toujours cru plus fort que tout le monde, répliqua Jack, cinglant. Le grand et noble Peter ! Pouah ! Tu me dégoûtes !

Il fit un signe à ses comparses, qui formèrent aussitôt un cercle autour de leur proie.

— Je crois qu'il est temps que je te règle définitivement ton compte, lui dit Jack.

Peter se préparait déjà à la bagarre.

— Ce ne sera pas aussi facile que tu le penses.

Jack lâcha un juron, mais avant que quiconque ait pu faire le moindre mouvement, un cri perça soudain le brouillard.

— Laissez Peter tranquille !

Reconnaissant la voix de Nat, Peter inspecta la rue, cherchant à deviner sa silhouette dans le brouillard. Plusieurs formes se matérialisèrent tout à coup.

Les Rag-Tag !

— Allons-y, les gars ! cria Nat.

Aussitôt, une volée de pierres s'abattit sur Jack et ses comparses, obligés de se couvrir la tête avec leurs bras alors que plusieurs projectiles atteignaient leur cible.

Mais ce n'était pas tout. Surgissant du brouillard, lady Rotherby apparut à son tour, suivie d'une troupe d'adultes. Peter reconnut notamment Cullen et Lilah parmi eux.

— Où est lord Ellington ? demanda la vicomtesse, anxieuse.

Peter désigna l'immeuble.

— À l'intérieur.

Elle n'hésita pas un instant. Elle pénétra dans la bâtisse, sa petite armée la suivant toujours.

Peter s'apprêtait à les imiter lorsque quelqu'un le retint par le bras.

— Où vas-tu ? J'en ai pas fini avec toi, lui dit Jack.

La patience de Peter était à bout. C'était à cause de ce gredin que Flynt avait fini par mettre la main sur Emily.

— Mais moi, j'en ai terminé avec toi, répliqua-t-il.

Il assena à Jack un solide coup de poing en pleine figure, qui l'envoya mordre la poussière.

— Et maintenant, écoute-moi bien, ajouta Peter en le toisant de toute sa hauteur. Je ne veux plus jamais te voir rôder dans le quartier. Sinon, je te promets que tu regretteras d'être né.

Là-dessus, il tourna les talons pour entrer dans l'immeuble.

Malgré ses vaillants efforts, Tristan redoutait de perdre la bataille contre les sbires de Flynt. Certes, il était beaucoup plus fort que chacun d'entre eux pris séparément. Mais ils avaient l'avantage du nombre : à peine s'était-il débarrassé d'un adversaire qu'un autre prenait sa place. Et la plupart étaient armés de poignards. Tristan avait essuyé un coup de lame à la joue et un autre, plus sérieux, dans le flanc, qui trempait déjà sa chemise de sang.

Il fallait qu'un événement se produise, et vite. Sinon, le combat était perdu.

Soudain, comme pour répondre à son vœu, la porte s'ouvrit à la volée et une foule de gens pénétra dans l'entrepôt. Au début, Tristan crut que c'était Flynt qui dépêchait des renforts. Mais il reconnut Cullen, Lilah et plusieurs autres visages.

Et Vanessa marchait à leur tête !

Les nouveaux arrivants se jetèrent dans la mêlée. Lilah grimpa sur le dos du gaillard qui attaquait Tristan. Il essaya de la déloger, mais elle s'accrochait à lui et le boxait sur le crâne avec une féroce ténacité.

Tristan sourit, éberlué. Vanessa avait enrôlé les citoyens de Tothill Fields dans un bataillon lancé à sa rescousse ! De la main, il adressa un baiser de gratitude à Lilah, avant de s'esquiver vers l'escalier.

À l'autre bout, Vanessa, cachée par Harry qui se battait avec l'un des hommes de Flynt, se dressa sur la pointe des pieds pour tenter d'apercevoir Tristan. Elle le vit juste au moment où il parvenait à l'escalier. Elle cria son nom, fit de grands signes de la main, mais il ne parut pas l'avoir entendue, car il gravit les marches sans s'arrêter.

Zut ! Il lui fallait faire vite, si elle voulait éviter qu'il ne se jette tout seul dans la gueule du loup.

Elle se fraya un chemin au milieu des combattants.

Tristan s'arrêta en haut des marches. Un petit palier menait tout droit à une porte en bois, massive. Bien que tout semblât silencieux, il était persuadé que Flynt l'attendait derrière le battant.

Il essaya la poignée. Le verrou n'était pas fermé. Il poussa donc la porte et pénétra dans une petite pièce dépourvue de fenêtres. Elle n'était meublée que d'un bureau et de chaises dépareillées. Le chandelier posé sur le bureau ne donnait pas beaucoup de lumière, mais assez cependant pour distinguer les deux silhouettes plantées au milieu de la pièce.

— Lord Ellington, je suppose ?

Grand et large, l'œil mauvais, Flynt tenait Emily devant lui comme un bouclier, la lame d'un poignard pressée sur sa gorge.

Ce regard cruel, la cicatrice qui lui barrait le côté gauche du visage… cette fois, le doute n'était plus permis. Tristan se retrouvait bel et bien face à l'homme qui avait tué sa mère.

Sa gorge se serra au souvenir du drame, mais il s'obligea à garder un air détaché.

— Vous supposez bien, répondit-il calmement.

Barnaby haussa les épaules.

— Quand j'ai entendu qu'il y avait du grabuge en bas, j'ai deviné que vous aviez préféré vous joindre à nous plus tôt que prévu. Mais comment avez-vous fait pour localiser mon repaire ?

— Ça ne vous regarde pas. Et de toute façon, quelle importance ? Je suis là, c'est l'essentiel.

— Exact.

Tristan reporta son attention sur sa sœur. Emily était vêtue d'un pantalon et d'une chemise d'homme, trop amples pour elle. Mais ses longs cheveux blonds cascadaient librement sur ses épaules. On voyait qu'elle avait pleuré. À cause du poignard glissé sous sa gorge, elle ne pouvait ni bouger ni parler.

Tristan revoyait les images du drame d'il y a huit ans, quand sa mère s'était retrouvée agressée pareillement par Flynt. Mais il s'empressa de chasser ces souvenirs. Ce n'était pas le moment de se laisser émouvoir, s'il voulait sauver Emily.

— Tu as apporté la rançon ? demanda Flynt.

Il appuya sa question en enfonçant légèrement la pointe du poignard dans la gorge d'Emily. Une goutte de sang apparut, qui fit à Tristan l'effet d'un chiffon rouge agité devant ses yeux.

— Oui, j'ai l'argent, dit-il en s'obligeant cependant au calme. Pour l'instant, il est à l'abri. Tu l'empocheras dès que j'aurai récupéré ma sœur saine et sauve.

— Ah… mais alors, nous sommes dans une impasse, répliqua Flynt d'un ton presque jovial. Parce que, de mon côté, tant que je n'aurai pas l'argent, tu n'auras pas la fille.

Tristan s'avança d'un pas. Comme il s'y attendait, Flynt se raidit.

— À ta place, je ne m'approcherais pas trop près, l'avertit le brigand. Ça pourrait me rendre nerveux et ma lame pourrait glisser, si tu vois ce que je veux dire. Je suis sûr que ce n'est pas ce que tu souhaites, hein ?

Puis, dévisageant Tristan avec curiosité, il ajouta :

— C'est bizarre. Ta tête me dit quelque chose. Comment expliques-tu ça ?

— Tout simplement parce que tu as tué sa mère.

La réponse venait de la porte. Tristan resta un instant médusé en découvrant Vanessa, seule, les mains plaquées sur les hanches et le menton relevé d'un air de défi.

Non, Vanessa, s'il te plaît, va-t'en ! Il ne pourrait jamais se concentrer sur la libération d'Emily s'il devait en plus s'inquiéter pour la jeune femme.

Mais elle n'entendit pas son imploration muette. Pénétrant dans la pièce, elle vint se planter à quelques pas de Flynt.

— Bonjour, Barnaby.

Flynt fronça les sourcils.

— Qui êtes-vous ?

Elle secoua la tête, déçue.

— Tu ne me reconnais pas ? Tu me vexes, Barnaby. C'est moi, DeeDee.

La lumière se fit tout à coup dans l'esprit du bandit. Il dévisagea la jeune femme avec un regard qui fit bouillir Tristan.

— DeeDee ! Mais oui, c'est bien toi... Quelle surprise, après toutes ces années !

— Je m'appelle lady Rotherby, désormais.

— Lady... Ah oui ! s'exclama Barnaby. Tu es la vicomtesse dont Jack m'a parlé. Mazette ! La petite DeeDee s'en est bien sortie, à ce que je vois.

Et d'une voix glaciale, il ajouta :

— Je t'ai cherchée longtemps, tu sais.

— Je sais. Mais me voilà.

Il désigna la porte.

— Pardonne ma curiosité, mais comment as-tu fait pour passer le barrage de mes hommes ?

— J'ai peur qu'ils ne soient très occupés à sauver leur peau, répliqua la jeune femme calmement. Vois-tu, Barnaby, les gens de Tothill Fields en ont assez des exactions de ta bande.

Comme pour ponctuer ses propos, il y eut un grand fracas en bas. Barnaby s'empourpra.

— Je ne te crois pas. Ils n'oseraient pas se soulever contre moi. Ils savent ce qui les attendrait.

Vanessa haussa les épaules.

— Crois ce qui t'arrange, Barnaby. Mais je puis t'assurer qu'aucun de tes hommes n'est en mesure de se porter à ton secours.

Flynt plissa les yeux. La lame, dans sa main, trembla légèrement.

— Tu as toujours eu le don de me causer des ennuis. D'abord en me dénonçant à la police. Et maintenant, ça ! C'est ainsi que tu me remercies de t'avoir donné un toit ?

Tristan n'en croyait pas ses oreilles. Vanessa l'avait dénoncé à la police ?

— Merci pour quoi ? rétorqua-t-elle. D'avoir fait de moi une criminelle ?

Barnaby eut une moue dédaigneuse.

— Je ne t'ai pas poussée beaucoup.

La jeune femme s'avança encore d'un pas.

— Assez discuté, maintenant. Si tu relâchais plutôt cette fille ? Après toutes ces années, tu as enfin une occasion de te venger de celle qui t'a trahi. Alors pourquoi n'en profiterais-tu pas ?

Non ! Tristan ne voulait pas y croire. Vanessa n'allait quand même pas s'offrir en otage !

Mais Barnaby secoua la tête.

— Ne t'inquiète pas, DeeDee. Je m'occuperai de toi le moment venu. Mais pour l'instant ces gens-là me doivent une rançon, et je n'ai pas l'intention d'y renoncer.

Désignant Tristan du regard, il ajouta :

— Tu dis que j'ai tué sa mère ?

— Tu ne t'en souviens pas ? répondit Vanessa. La belle dame…

— Ah oui… fit Barnaby.

Puis, se tournant vers Tristan :

— Je vous reconnais, maintenant. Vous aviez tenté de la sauver. Sans votre intervention stupide, j'aurais pu me taper la jolie dame en question avant de la supprimer.

C'était la goutte d'eau qui fit déborder le vase. Incapable de se contenir plus longtemps, Tristan se jeta sur Flynt. Le poignard vola en l'air et les deux hommes roulèrent au sol, se livrant un combat acharné.

Vanessa tira Emily par le bras pour la mettre à l'abri. Au même moment, Peter s'encadra sur le seuil. Elle lui confia la jeune fille.

— Vite ! Sors-la d'ici, Peter !

— Mais… protesta Emily.

— Sauvez-vous, tous les deux !

Peter ne donna pas le temps à la jeune fille d'argumenter. Il l'entraîna avec lui.

Dès qu'elle fut certaine qu'Emily était hors de danger, Vanessa fouilla la pièce du regard, à la recherche d'un objet qui pourrait faire office d'arme. Le poignard gisait sur le plancher, mais pour le récupérer elle serait obligée de passer tout près de Flynt. C'était risqué.

Pendant ce temps, les deux hommes continuaient de se battre sauvagement. Vanessa paniqua en s'apercevant que la chemise de Tristan était tachée de sang. Dieu tout-puissant ! Que pouvait-elle faire ? Dans un combat équitable, Tristan aurait eu toutes ses chances. Il était plus fort et plus jeune que son adversaire. Mais Barnaby avait derrière lui des années de combats de rue, et il n'hésiterait pas à décocher un coup bas si l'occasion se présentait.

Juste au moment où elle se faisait cette réflexion, Flynt enfonça son pouce dans l'œil de Tristan et profita de ce que son adversaire était aveuglé pour récupérer son arme. La seconde d'après, il était debout, le poignard brandi à bout de bras.

Vanessa, comprenant ce qui allait suivre, n'hésita pas une seconde. Elle s'interposa devant l'homme qu'elle aimait à l'instant précis où Barnaby abaissait son bras.

Elle sentit une brûlure dans l'épaule, puis la douleur devint si aiguë qu'elle ne put retenir un cri. Le décor de la pièce commença de chavirer devant ses yeux, mais elle ne s'aperçut qu'elle perdait l'équilibre que lorsque Tristan se précipita pour la rattraper dans ses bras.

— Vanessa, non ! cria-t-il, horrifié.

Elle sentait qu'elle perdait connaissance. Cependant, elle voulait absolument dire quelque chose avant de se laisser gagner par les ténèbres.

Levant une main qui lui sembla étrangement molle, elle caressa la joue de son amant.

— Ne te reproche pas ce qui vient d'arriver, murmura-t-elle. Tu n'es coupable de rien. C'était mon choix. Juste comme c'était le choix de ta mère. Et tu… tu le mérites.

Elle sombra dans le néant sur ces derniers mots.

Tristan contemplait, incrédule, la jeune femme inconsciente dans ses bras. Ses yeux s'étaient fermés et son visage accusait une pâleur extrême, mais sa poitrine qui se soulevait au rythme de sa respiration indiquait qu'elle vivait toujours.

Puis il vit le sang qui commençait de maculer sa robe.

Dieu du Ciel ! Pourquoi avait-elle fait cela ? Brusquement, il réalisait ce qu'elle représentait pour lui – c'est-à-dire tout. Les sentiments qu'elle lui inspirait étaient clairs à présent.

Tristan était fou amoureux d'elle. Et c'est quand il s'en apercevait qu'il allait la perdre, de la même manière qu'il avait perdu sa mère !

Il trouva cependant l'énergie de combattre l'angoisse qui l'étreignait. Le destin ne pouvait pas se montrer aussi cruel une deuxième fois. C'était impossible.

Il déposa précautionneusement la jeune femme sur le sol, puis reporta son attention sur Flynt. Le gredin brandissait toujours son poignard ensanglanté. Il arborait un sourire diabolique.

— Une de moins, lâcha-t-il d'une voix satisfaite.

Une rage qu'il n'avait jamais connue s'empara de Tristan. Il se jeta sur le bandit, lui arracha le poignard et le plaqua contre le mur, une main serrée sur sa gorge, à l'étrangler.

Tout à coup, Flynt faisait moins le fier. La peur se lisait sur son visage.

— Monstre ! lui lança Tristan. Je devrais te tuer tout de suite, pour venger tous les cauchemars que tu m'as occasionnés, ainsi qu'aux gens de ce quartier.

C'était tentant. Très tentant. La seule chose qui retenait Tristan, c'était de savoir que Vanessa, dans son dos, perdait son sang. Entre faire payer Flynt et sauver son amour, pouvait-il hésiter ?

Tu le mérites... avait-elle dit.

Les paroles de la jeune femme résonnaient dans sa tête. Elle avait foi en lui. Mais s'il tuait Flynt, il ne vaudrait pas mieux que ce gredin.

Il relâcha la gorge du bandit. Celui-ci resta adossé au mur, le souffle coupé.

— Je préfère laisser la justice décider de ton sort, dit-il. De toute façon, ta carrière de tyran de Tothill Fields est terminée.

Et sur ces mots, Tristan alla soulever Vanessa, toujours inanimée, dans ses bras.

Au même instant, Dodger Dan apparut à la porte, flanqué de deux de ses hommes.

— Vous auriez pu m'attendre... commença l'ancien boxeur en pénétrant dans la pièce.

Mais il s'interrompit net en découvrant le fardeau que portait Tristan.

— C'est grave ? demanda-t-il, faisant signe à ses hommes de dégager la sortie.

— Je ne sais pas, répondit Tristan avant de désigner Barnaby. Occupez-vous de lui. Je me charge du docteur.

Il trouva Cullen sur le palier. Le cocher blêmit en voyant sa maîtresse inconsciente.

— Cullen, trouve-moi un fiacre au plus vite. J'emmène lady Rotherby chez moi. Ensuite, fais venir un docteur.

Le cocher hocha la tête et dévala aussitôt l'escalier.

Tristan mettait tout juste le pied sur la première marche, quand un rugissement et le cri d'alarme de Dan dans son dos le firent se retourner.

Barnaby surgit de la pièce, les yeux brillant d'une étrange lueur magnétique.

— Ce n'est pas fini ! hurla-t-il. Personne ne s'est encore jamais mis en travers du chemin de Barnaby Flynt sans le payer très cher.

Et il se jeta sur Tristan.

Celui-ci n'eut qu'une fraction de seconde pour réagir. Avec Vanessa dans les bras, ses alternatives étaient réduites. Serrant la jeune femme contre lui, il recula d'un pas juste au moment où le bandit allait l'atteindre.

Pendant ce qui sembla une éternité, Flynt resta comme suspendu en haut des marches. La pleine conscience de ce qui ne manquerait pas de suivre se lisait dans ses yeux. Puis, comme au ralenti, il bascula par-dessus la rampe et alla s'écraser en bas, le cou brisé, sa tête formant un angle étrange avec le reste de son corps.

Le règne de Barnaby Flynt était officiellement terminé.

27

— Comment va-t-elle ?

La question avait été prononcée depuis la porte. Tristan tourna la tête et découvrit Emily sur le seuil, la mine soucieuse.

Il lui fit signe de venir s'asseoir à côté du lit, puis reporta son attention sur Vanessa, étendue sous les draps.

— D'après le docteur, elle devrait être sur pied dans quelques jours. Mais il lui faudra beaucoup de repos.

Vanessa avait perdu énormément de sang. À quelques centimètres près, avait dit le médecin, la lame avait failli pénétrer le poumon.

Emily s'approcha.

— Je suis bien contente de l'apprendre.

Puis, se tournant vers son frère, elle ajouta, l'air solennel :

— Elle tient beaucoup à toi. Quand elle m'a découverte chez les Rag-Tag et qu'elle a essayé de me convaincre de la suivre, elle parlait de toi en termes très chaleureux.

Tristan grimaça. Il se sentait atrocement coupable.

— Et dire que mes derniers mots pour elle ont été dictés par la colère…

— Elle te pardonnera. Elle n'a pas l'air d'être le genre de personne à tenir rigueur aux autres de leurs erreurs.

— Et toi ? demanda-t-il en croisant le regard de sa sœur. Me pardonneras-tu de tous mes manquements à ton égard ?

La jeune fille se laissa tomber sur la chaise en soupirant.

— J'ai eu le temps de réfléchir, pendant que j'étais enfermée avec ce monstre. Je n'étais pas si sûre que tu viendrais me chercher, après tout ce que j'avais fait. Je reconnais que je ne t'ai pas toujours facilité les choses. Et certains de mes actes… (Elle secoua la tête.) Pauvre Mme Petersham…

Tristan s'esclaffa.

— Ne t'inquiète pas, elle s'en remettra.

Ils échangèrent un regard complice.

— Merci de m'avoir sauvée, dit Emily avec un sourire.

Il lui étreignit la main.

— Sache que je suis très heureux que tu sois revenue à la maison.

Ils restèrent plusieurs minutes à veiller Vanessa en silence. Puis Emily reprit la parole :

— Alors, c'est ce Barnaby Flynt qui avait tué maman ?

La question de sa sœur glaça les sangs de Tristan.

— Oui, hélas.

Elle détourna la tête.

— Je n'ai jamais su ce qui était vraiment arrivé à maman, confessa-t-elle. Papa refusait toujours d'en parler, sinon pour dire qu'il te rendait responsable de sa mort. Je me doutais bien que ce n'était pas vrai. Mais j'aurais voulu que tu sois là pour me parler d'elle.

Tristan ferma les yeux. C'était douloureux à entendre.

— Je suis là, maintenant, répondit-il en serrant plus fort la main d'Emily dans la sienne.

La pendule sonna minuit.

— Tu as eu une rude journée, ajouta-t-il. Il serait temps que tu ailles te coucher, non ? Nous reparlerons de tout cela demain.

— Promis ?

— Promis.

Emily partait déjà, mais Tristan se souvint de quelque chose.

— Un instant, dit-il.

Et, fouillant dans sa poche, il en tira le médaillon que Dan lui avait rendu.

— Tiens, je crois que tu avais perdu cela.

— Le médaillon de maman ! s'exclama la jeune fille, des larmes dans les yeux.

Elle se saisit du bijou et le plaqua contre son cœur.

— Je pensais ne jamais le revoir ! Où l'as-tu trouvé ?

— Disons que le sort a bien fait les choses. Va dormir, à présent.

Emily l'embrassa sur les deux joues.

— Merci, murmura-t-elle avant de courir vers la porte.

Au moment d'ouvrir la poignée, elle se retourna :

— Tu sais, Tristan, un soir papa est revenu très tard de son club, ivre comme d'habitude. Il s'est endormi à son bureau et je l'ai entendu qui prononçait ton nom dans ses rêves.

— J'imagine qu'il devait me maudire…

— Non. Il te disait qu'il avait eu tort de te chasser et il… il t'implorait de revenir.

Elle sortit là-dessus, refermant la porte derrière elle.

Tristan en resta médusé. Était-il possible que son père ait fini par lui pardonner, au bout de tant d'années ?

Mais au fond cela n'avait plus d'importance. Tristan se souciait à présent comme d'une guigne de savoir ce qu'avait pu penser son père de lui. La seule personne dont l'avis comptait à ses yeux se trouvait ici, dans cette chambre.

— Où suis-je ?

C'était à peine un murmure, mais il l'entendit quand même. Son cœur bondit d'allégresse en voyant la jeune femme rouvrir les yeux.

— Vanessa, Dieu soit loué ! J'attendais cet instant depuis des heures !

— Où suis-je ? répéta-t-elle d'une voix raffermie en regardant autour d'elle. Que s'est-il passé ?

— Tu es chez moi. Et tu as reçu un coup de poignard de cette brute de Barnaby.

Elle voulut se redresser, mais aussitôt son épaule la fit grimacer de douleur. Tristan, d'une main affectueuse, l'obligea à se rallonger.

— Essaie de ne pas trop bouger, chérie. Pour l'instant, le moindre mouvement risque de rouvrir ta blessure. Mais ce ne sera pas bien long. Le médecin est confiant. Il pense que tu t'en tireras avec une bonne cicatrice, pas plus.

— Où est Emily ? s'inquiéta-t-elle.

— Dans sa chambre.

— Et les gens de Tothill Fields ? Et les Rag-Tag ?

— Tout le monde va bien. Quelques contusions à déplorer ici ou là, mais c'est parce qu'ils ont vaillamment combattu. Quant aux Rag-Tag, crois-le ou non, ils sont actuellement chez toi, chouchoutés par Mme Godfrey.

Vanessa parut si abasourdie qu'il éclata de rire.

— Je sais, c'est surprenant. Mais quand elle a appris ce qui s'était passé, ta gouvernante a exigé qu'on lui amène ces pauvres petits chérubins, pour qu'elle puisse leur offrir quelques gâteaux. Et elle les a gardés. Je crois que ça lui plaît d'être environnée d'enfants. En plus, figure-toi qu'elle me sourit, maintenant.

Il passa de la chaise au bord du lit, et prit la main de la jeune femme dans la sienne.

— Tu avais raison à propos des habitants de Tothill Fields, Vanessa. Je n'aurais jamais imaginé qu'ils pourraient ainsi se liguer pour une bonne cause. Sans leur aide, je ne sais pas ce que je serais devenu.

Elle lui sourit furtivement, puis redevint soucieuse.

— Et Barnaby ?

— Il est mort, chérie. Il ne fera plus de mal à personne.

— C'est toi qui... ?

— Non, ça n'a pas été nécessaire. Il s'en est chargé tout seul. Quant à ses sbires, ils sont tous en prison à l'heure qu'il est. Sauf Jack Barlow. On a perdu sa trace. Il semble avoir complètement disparu de la circulation.

La jeune femme resta silencieuse un moment. Quelque chose la troublait, de toute évidence. Mais quoi ?

Tristan lui souleva le menton pour l'obliger à croiser son regard.

— Qu'y a-t-il, chérie ? Pourquoi as-tu l'air si triste ?

— Ce n'est rien... c'est juste que... (Elle se mordit la lèvre.) J'apprécie que tu prennes soin de moi. Ce n'était pas évident, compte tenu des circonstances. Mais je te promets de réintégrer mes pénates dès que je serai en état de marcher.

— Vanessa, de quoi parles-tu donc ? Quelles circonstances ?

— Eh bien, maintenant que tu sais ce que j'ai fait, tu dois... me détester et...

Tristan n'en croyait pas ses oreilles. Elle s'imaginait vraiment qu'il allait la chasser ?

— Ce que tu as fait ? répéta-t-il. Tu m'as aidé à retrouver Emily. Tu as levé une armée pour vaincre Barnaby. Et tu as pris un coup de poignard à ma place. Pour lequel de ces trois gestes héroïques devrais-je te détester ?

Elle secoua la tête.

— Tu sais très bien ce que je veux dire. Je t'ai menti. Plus exactement, j'ai caché une partie de la vérité. Je ne t'ai pas tout de suite avoué que j'avais retrouvé Emily. Et je ne t'ai pas dit que j'étais impliquée dans la mort de ta mère.

— Pour ce qui est d'Emily, elle m'a tout expliqué. Tu n'as rien à te reprocher. Je sais que tu ne l'aurais jamais exposée délibérément au danger. Et je m'excuse de t'avoir accusée d'avoir voulu… me distraire sensuellement. J'aurais dû savoir que tu ne recourrais pas à ce genre d'artifice.

— Et pour le reste ?

Elle semblait si anxieuse de connaître sa réponse que Tristan ne put résister au désir de plaquer un baiser sur le bout de son nez.

— J'avoue que j'ai d'abord été fâché que tu ne te sois pas confiée plus tôt. Mais comment pourrais-je te faire porter la responsabilité de ce qui s'est passé il y a huit ans ? Tu n'étais encore qu'une enfant. Flynt s'est servi de toi.

Elle ne paraissait toujours pas rassurée. Tristan lui étreignit tendrement les doigts.

— Et puis, reprit-il, j'ai repensé à ce qui s'était passé ce jour-là. Et je me suis souvenu que tu avais imploré – à l'époque, je croyais que tu étais un garçon – Barnaby de ne pas me faire de mal. Tu as essayé de m'aider. Et, après le drame, tu l'as dénoncé à la police.

— Ça ne m'a rien rapporté, soupira la jeune femme. Il s'est contenté de disparaître jusqu'à ce que cessent les recherches à son sujet. Puis il est réapparu, et j'ai su qu'il voulait se venger de moi. Si la Providence ne m'avait pas fait rencontrer Nigel, je serais tombée tôt ou tard dans ses griffes.

— Et pourtant, tu étais prête à te sacrifier pour sauver ma sœur.

— Je ne voyais pas d'autre moyen de le convaincre de la relâcher.

Tristan était bouleversé par l'émotion que lui inspirait la jeune femme. Ne pouvant résister davantage à l'envie de partager ce qu'il avait dans le cœur, il croisa solennellement son regard.

— Comment as-tu pu croire une seconde que je te détesterais ? Comment pourrais-je te détester, alors que je t'aime si fort ?

Vanessa n'était pas certaine d'avoir bien entendu. Le laudanum administré par le médecin pour apaiser la douleur ne lui embrumait-il pas l'esprit ?

— Pardon ? murmura-t-elle. Qu'as-tu dit ?

Il sourit, puis déposa un baiser sur ses lèvres avant de répéter :

— J'ai dit que je t'aimais.

Vanessa ne voulait toujours pas y croire. C'était un rêve. Il ne pouvait pas être en train de lui déclarer son amour…

Elle secoua la tête.

— S'il te plaît, ne te crois pas obligé de me dire ça, juste parce que tu m'es reconnaissant de…

— Bien sûr que je te suis reconnaissant, la coupa-t-il. Tu m'as sauvé la vie, Vanessa. Mais je t'aimais déjà avant.

Et, posant son front contre celui de la jeune femme, comme s'il voulait réclamer toute son attention, il ajouta :

— Je t'aime parce que tu es généreuse, attentionnée, et que tu ignores l'égoïsme. Je t'aime parce que tu es prête à tout donner, sans rien attendre en retour. Je t'aime parce que tu aimes les gens de Tothill Fields, tous sans exception, même ceux qui paraissent le plus difficiles à aimer.

Avec ses lèvres, il effleura le contour de son nez, puis se déplaça vers le lobe de son oreille, la faisant frissonner.

— Je t'aime, reprit-il, parce que tu as accepté de m'aider alors que tu savais que tu risquais de retomber dans les griffes de Barnaby. Je t'aime parce que tu m'as permis d'être le premier à goûter ton merveilleux corps – et j'espère qu'il n'y en aura pas d'autre après moi !

Elle voulut parler, mais il l'en empêcha d'un nouveau baiser sur les lèvres.

— Mais je t'aime avant tout parce que tu as considéré que j'étais quelqu'un qui méritait d'être aimé.

La jeune femme se noya, éperdue, dans son regard. Elle avait l'impression que tous ses rêves les plus magnifiques se réalisaient.

— J'attends, dit-il.

Elle tressaillit.

— Pardon ?

— Eh bien, je viens de t'avouer que je t'aimais. Ce serait très agréable de t'entendre dire que la réciproque est vraie.

Elle rit de son ton taquin.

— Tu dois bien savoir ce que je pense. Je n'ai pas été très adroite pour cacher mes sentiments.

— Quand même, j'aimerais bien les entendre formulés de vive voix, insista-t-il.

Il ne s'était pas départi de son sourire, mais la jeune femme comprit qu'il était sérieux. Il avait besoin d'être rassuré.

— Je vous aime, lord Ellington, dit-elle, des larmes de joie dans la voix. Je crois même que je vous ai aimé dès la première fois où je vous ai vu... il y a huit ans.

L'émotion de Tristan se lisait dans ses yeux. Il s'empara de ses lèvres pour la gratifier d'un baiser presque révérencieux.

Lorsqu'il les relâcha, Vanessa n'avait plus de souffle. Il rit de ses efforts pour réprimer un bâillement.

— Tu es fatiguée, dit-il en remontant les couvertures. Dors.

— Mais...

— Il n'y a pas de mais. Tu as besoin de repos.

— Tu as peut-être raison. Je vais fermer les yeux un moment.

Épuisée par sa blessure, Vanessa se sentit rapidement gagnée par le sommeil. Mais, avant de sombrer, elle entendit Tristan lui murmurer :

— Je promets d'être toujours là quand tu te réveilleras.

Trois jours plus tard, assise dans le salon, Vanessa jouait aux échecs avec Emily quand une soudaine agitation, dans le hall, les fit sursauter.

C'était la première fois que Vanessa était autorisée à quitter le lit. Après l'avoir descendue dans ses bras et installée sur le sofa, Tristan l'avait abandonnée à la compagnie de sa sœur et s'était retiré dans son bureau. Il désirait s'occuper de ses affaires, quelque peu négligées ces derniers temps en raison des événements.

Les deux jeunes femmes avaient passé un excellent après-midi ensemble. Jusqu'à cette interruption inopinée, provoquée par une voix de femme, stridente, qui couvrait les intonations mesurées d'Archer.

La seconde d'après, la porte du salon s'ouvrait à la volée sur une lady très élégante quoiqu'un peu replète, mais à l'air grincheux.

Le majordome apparut dans son sillage, fort ennuyé.

— Je suis navré, lady Rotherby. Je m'apprêtais à l'annoncer, mais…

— Taisez-vous ! gronda la visiteuse. Vous n'avez pas à m'annoncer dans la maison de mon neveu !

Vanessa se sentit blêmir en comprenant qu'elle avait devant elle la tante de Tristan…

Elle déglutit péniblement.

— Ce n'est pas grave, Archer, réussit-elle à articuler. Merci.

Le majordome se retira, mais son flegme légendaire semblait réellement affecté.

La marquise d'Overton balaya la pièce du regard, avant de poser les yeux sur Vanessa d'un air dédaigneux.

— J'imagine que vous êtes cette fameuse Rotherby ? attaqua-t-elle.

Sa position allongée donnait à Vanessa un sentiment d'infériorité. Malgré la douleur qui lui vrillait l'épaule, elle réussit à se redresser pour s'asseoir. Un coup d'œil à Emily lui apprit qu'il n'y avait aucune aide à espérer de ce côté-là. La jeune fille regardait sa tante bouche bée, comme hypnotisée.

— Oui, je suis lady Rotherby, répondit-elle le plus poliment possible. Pardonnez-moi si je ne me lève pas pour vous saluer, mais…

— Alors c'était vrai, la coupa lady Overton. Quand j'ai reçu la lettre d'Elmira, je n'ai d'abord pas voulu y croire. Mais elle avait raison.

— Raison à quel propos ? demanda Tristan, depuis le seuil de la pièce.

Vanessa fut soulagée de le voir apparaître. Il s'avança d'un pas nonchalant dans la pièce, comme s'il n'était pas le moins du monde affecté par l'irruption de sa tante.

— Bonjour, tante Rue, dit-il en posant un baiser sur la joue de la marquise, avant d'aller s'asseoir sur le sofa à côté de Vanessa. Que t'a donc écrit lady Maplethorpe ? Je suis curieux de le savoir.

Lady Overton plissa les lèvres.

— Sa dernière lettre m'informait que tu avais encore perdu une gouvernante, mais qu'en plus tu avais été vu en compagnie de gens peu recommandables. Il semblerait même qu'ils aient leurs entrées chez toi.

Vanessa se mordit les lèvres. C'était sa faute. Depuis qu'elle vivait ici, elle avait reçu plusieurs visites – notamment celles des Rag-Tag, de Lilah et de Dan. Quant à Cullen, refusant d'abandonner sa maîtresse, il avait pris ses quartiers avec les domestiques du comte.

— Elmira précisait en outre, poursuivit la marquise, que des rumeurs couraient sur ta liaison avec une veuve à la réputation sulfureuse. Et j'arrive pour découvrir que non seulement c'est vrai, mais qu'en plus tu l'héberges sous ton toit, où elle aura tout loisir d'exercer sa mauvaise influence sur ta sœur ! Je n'ose penser à ce que va dire la bonne société.

Tristan haussa les épaules.

— Pardonnez-moi, ma tante, mais je m'en contrefiche.

— Tu… tu t'en… bredouilla lady Overton, écarlate. Comment oses-tu parler ainsi ? Si tu veux qu'Emily puisse faire un beau mariage, il faut commencer par te débarrasser de cette…

Tristan plissa les yeux.

— Attention à ce que vous allez dire, ma tante. Vous parlez de la femme que je vais épouser.

Vanessa sentit son cœur bondir dans sa poitrine. Bonté divine ! Parlait-il sérieusement ? Ils n'avaient encore jamais discuté mariage.

La marquise semblait au bord de l'apoplexie. S'éventant avec son réticule, elle fit un pas vers Tristan.

— L'épouser ? Mais… mais tu ne peux pas faire ça !

— Non seulement je peux le faire, mais j'ai l'intention de le faire le plus tôt possible.

— Tristan… voulut intervenir Vanessa.

Mais la marquise l'interrompit.

— Quelle honte ! s'exclama-t-elle. Heureusement, j'arrive à temps. Je savais que c'était une erreur de te confier ma nièce. Ton père doit se retourner dans sa tombe.

— C'est votre opinion, ma tante.

— Quand je pense à toutes les concessions que je t'ai faites ! reprit la marquise, qui marchait maintenant de long en large devant eux. Mais il est hors de question que je laisse Emily souffrir plus longtemps de ton immoralité.

Tristan esquissa un sourire narquois.

— J'apprécie votre sollicitude pour ma sœur, tante Rue. Mais permettez-moi de la trouver un peu surprenante. Où étiez-vous quand son père rentrait tous les soirs tellement ivre à la maison qu'il n'était plus en état de se soucier de l'éducation de sa fille ?

Lady Overton s'immobilisa sous le coup de l'indignation.

— Comment oses-tu ?

— J'ose, parce que c'est la vérité. Et si vous vous imaginez pouvoir sortir ma sœur de cette maison, vous vous trompez lourdement.

Vanessa échangea un regard ravi avec Emily. Tristan n'avait plus évoqué son intention de confier la jeune fille à sa tante, mais jusqu'à cet instant elle n'aurait pas su dire avec certitude s'il avait changé ou non d'avis.

— Nous en reparlerons, répliqua lady Overton. Ton oncle a beaucoup d'influence en ville. Quand je lui apprendrai que…

— Non ! s'écria Emily, bondissant soudain de sa chaise.

Elle tremblait presque sous la force de son émotion.

Tous les regards se tournèrent vers elle. La marquise fronça les sourcils.

— Que se passe-t-il ? Pourquoi cet éclat ?

— Je m'excuse, tante Rue, mais c'est non, décréta Emily, le menton levé d'un air de défi. Et je me moque éperdument de ce que pensera la bonne société. Je ne quitterai pas Tristan. Je sais que vous vous inquiétez à mon sujet et je vous en remercie, mais nous venons juste de nous retrouver, mon frère et moi, après des années de séparation. Je ne vous laisserai pas m'enlever à lui.

Un silence de mort s'abattit dans la pièce. Puis lady Overton, carrant les épaules, toisa son neveu et sa nièce.

— Je suis choquée de voir comment vous me remerciez de ce que j'ai fait pour vous. Mais puisque c'est ainsi, je me lave désormais les mains de tout ce qui pourra vous arriver. Souvenez-vous de mon avertissement, en tout cas. Un jour ou l'autre, vous réaliserez votre erreur. Sauf qu'il sera trop tard.

Là-dessus, elle tourna les talons et quitta le salon, le dos raide.

Après un instant de silence médusé, Emily éclata de rire et se jeta dans les bras de son frère.

— Tristan, tu as été merveilleux !

Il lui sourit affectueusement.

— Je te retourne le compliment, petite sœur.

Vanessa était aux anges. C'était si bon de les voir ainsi. Ils avaient encore du chemin à faire pour s'apprivoiser mutuellement, bien sûr. Mais elle était convaincue qu'ils seraient bientôt frère et sœur comme ils ne l'avaient jamais été auparavant.

— Tu parlais sérieusement ? demanda soudain Emily. Tu vas vraiment épouser lady Rotherby ?

Il se tourna vers Vanessa, qui retint son souffle.

— Si elle veut bien de moi.

Emily, ivre de joie, étreignit les mains de Vanessa.

— Il faut l'annoncer aux Rag-Tag ! Ils vont être si contents ! Je peux y aller ?

Tristan hocha la tête.

— Mais prends Cullen avec toi.

Elle partait vers la porte lorsque Vanessa la rappela.

— Emily ?

— Oui ?

— Pourquoi ne rendez-vous pas son portefeuille à votre frère, avant de sortir ?

La jeune fille ne put cacher sa déception.

— Oh, zut. Je m'entraînais, mais je vois que je ne suis pas encore au point, dit-elle en tendant le portefeuille à Tristan.

— Si tu veux mon avis, je trouve au contraire que tu t'es déjà beaucoup trop entraînée à ce genre de petit jeu, grommela ce dernier.

Vanessa lui étreignit la main.

— Soyez prudente en chemin, ma chérie, recommanda-t-elle. Et n'oubliez pas d'apporter son nouveau livre à Benji.

Puis, baissant la voix sur un ton conspirateur, elle ajouta :

— Et dites bonjour à Peter de ma part.

Emily courut vers la porte, le feu aux joues.

Dès qu'elle eut disparu, Tristan se rassit à côté de Vanessa.

— Je ne suis pas sûr que ce soit une bonne idée de la laisser passer autant de temps avec ces garçons, dit-il.

— À mon avis, tu n'as pas à t'inquiéter. Elle ne court aucun risque avec eux. Ils sont très protecteurs à son égard. Spécialement Peter.

Elle marqua une pause, cherchant le meilleur moyen d'aborder le sujet qui la taraudait depuis tout à l'heure.

— Tristan, lâcha-t-elle finalement, ne te sens pas obligé de t'y tenir…

— Me tenir à quoi ?

— Ton annonce de mariage. Je me doute que c'était surtout destiné à faire taire ta tante et…

Il l'empêcha de continuer en posant un doigt sur ses lèvres.

— Vanessa, je t'assure que ce n'était pas du tout dit à la légère. J'attendais, avant de t'en parler, que tu sois totalement rétablie. La visite de tante Rue n'a fait qu'accélérer les choses.

Comme la jeune femme restait muette, les yeux baissés, il fronça les sourcils.

— Qu'est-ce qui ne va pas, Vanessa ? Tu ne veux pas m'épouser ?

— Non, non, ce n'est pas cela. C'est juste que…

Mon Dieu ! Comment lui faire comprendre ?

— Ah, tu veux une demande en bonne et due forme, c'est cela ? crut-il deviner. J'aurais dû m'en douter.

Il mit tout à coup un genou en terre devant la jeune femme, et prit ses mains dans les siennes.

— Lady Rotherby, je sais que je n'ai pas un caractère facile et qu'il faut me témoigner beaucoup de patience. Je sais aussi, même si cela peut paraître incroyable alors que nous nous connaissons depuis si peu de temps, que je suis complètement fou amoureux de vous. Vous tenez mon cœur entre vos mains. Si vous voulez que mon bonheur soit complet, acceptez de devenir ma femme.

Les yeux de la jeune femme étaient embués. Même dans ses plus beaux rêves, elle n'avait jamais imaginé qu'un homme lui parlerait un jour ainsi.

— C'est vrai que tu es entêté et obstiné. Mais tu es surtout courageux et généreux. Moi aussi, je t'aime de tout mon cœur. Mais…

— Mais ?

— Pense à Emily, Tristan. Ta tante a raison. Si tu m'épouses, la bonne société risque de nous ostraciser. Je ne voudrais pas qu'à cause de moi ta sœur et toi souffriez.

— Je te promets que nous ne souffrirons pas. Pour ce qui me concerne, je serais ravi de vivre la plupart du temps à Knighthaven, loin de Londres et de sa bonne société. Bon, et maintenant, cesse de jouer avec mes nerfs : veux-tu m'épouser, oui ou non ?

Dieu du Ciel ! Ce n'était donc pas un rêve !

Ivre d'allégresse, Vanessa noua ses bras au cou de Tristan.

— Oui, oui ! Je veux t'épouser !

Il s'empara de ses lèvres, et pendant quelques minutes ils savourèrent la joie de savoir qu'une vie de bonheur les attendait.

Tristan mit soudain fin à leur étreinte.

— Vanessa, il faut que nous arrêtions. Ta blessure…

— Au diable ma blessure ! répliqua-t-elle, tentant de le ramener à elle.

Sa véhémence le fit rire.

— Non, Vanessa. Arrêtons-nous. Je voulais de toute façon discuter de quelque chose avec toi.

Le sérieux de son ton inquiéta la jeune femme.

— De quoi s'agit-il ?

Il se releva et se mit à faire les cent pas devant le sofa.

— J'ai réfléchi au sujet des Rag-Tag. Même si Mme Godfrey est ravie de les avoir autour d'elle, nous savons bien qu'ils ne pourront pas éternellement rester chez toi.

— Je sais. J'y ai réfléchi de mon côté également. L'idée de les renvoyer dans un taudis n'est pas pour me faire plaisir, mais je n'ai pas trouvé, pour l'instant, de solution de remplacement.

Tristan s'immobilisa face à elle.

— En fait, j'ai une suggestion à te faire. L'héritage de ma mère m'a fait bénéficier d'une maison de campagne, pas très loin de Knighthaven. Elle est très vaste, mais j'ai peur que son entretien n'ait été quelque peu négligé, ces dernières années. Avec quelques travaux, on pourrait y créer l'établissement dont tu m'avais parlé un jour.

Vanessa n'en croyait pas ses oreilles.

— Tristan, tu es sérieux ?

— Je ne m'amuserais pas à plaisanter sur un tel sujet, Vanessa.

Elle rougit.

— Je sais. Mais ça a l'air trop beau pour être vrai ! Je n'osais pas croire que mon rêve pourrait se réaliser un jour.

— Ce ne sera pas habitable d'un coup de baguette magique. D'après le souvenir que j'en ai, même le toit a besoin d'être refait. Mais, au moins, il n'y a pas de voisins proches qui pourraient nous poser des problèmes. Les enfants seront libres d'aller et venir à leur guise. Ce n'est pas l'espace qui manque, là-bas.

— Oh, Tristan, merci ! Merci mille fois !

— Autre chose. Nous aurons besoin de quelqu'un sur place, pour diriger les travaux et régenter la maison. J'ai pensé… (Il rougit un peu.) La police m'a félicité pour mon rôle dans l'anéantissement de la bande de Flynt. Et ils se sentaient un peu coupables de n'avoir pas suffisamment coopéré pour m'aider à retrouver Emily. Bref, je me suis servi de mon nouveau crédit auprès d'eux pour obtenir la libération d'Angus McLean.

Vanessa était médusée.

— Le père de Jenna et Gracie ?

— Lui-même. J'ai parlé avec lui et Rachel, hier, du poste que je souhaitais lui offrir. Il a tout de suite sauté sur l'occasion. Il a compris qu'il ne serait pas mauvais pour lui et sa famille de quitter un peu Londres et ces milliers de poches… bien tentantes.

Il revint s'asseoir sur le sofa et prit les mains de Vanessa dans les siennes, avant d'ajouter :

— Je pense que Lilah sera du voyage également. Cela lui permettra de voir Cullen plus facilement.

Vanessa était transportée de bonheur. Tristan avait fait tout cela pour elle !

Elle posa un bras sur ses épaules.

— Tu es merveilleux, dit-elle.

Il fit la grimace.

— Je ne sais pas si je le suis. Mais je suis content que tu puisses le croire. Et je pense que ma mère aurait été heureuse de savoir que la maison servira à une noble cause.

Elle croisa son regard.

— Tu as compris, maintenant, que sa mort n'était pas de ta faute, n'est-ce pas ?

Il haussa les épaules.

— Je ne sais pas, Vanessa. Ce n'est pas évident d'oublier ce qui s'est passé.

Elle lui étreignit la main.

— Chéri, essaie de réfléchir à ce qui se serait produit si tu avais refusé de l'accompagner ce jour-là. D'après ce que tu m'as dit, ta mère n'était pas le genre de femme à rester à la maison pour se tourner les pouces. Elle serait sortie quand même. Et Barnaby l'aurait surprise seule...

— Peut-être. Néanmoins, je crois que je ne pourrai jamais effacer complètement ce sentiment de culpabilité. Mais à présent que son assassin est mort et qu'Emily m'est revenue, je pense que je vais pouvoir laisser un peu tout cela derrière moi.

Il la dévisagea avant de poursuivre :

— Et puis, il y a toi. Tu m'as prouvé que je méritais qu'on s'intéresse à moi.

— Bien sûr que oui ! N'en doute jamais un seul instant.

— Cette nouvelle confiance en moi, c'est à toi que je la dois, reprit Tristan. Tu es ce qui m'est arrivé de plus beau dans la vie. Qui aurait pu croire, quand cette aventure a commencé, que tu volerais mon cœur ?

Un sourire énigmatique apparut sur les lèvres de Vanessa.

— Il faut toujours se méfier des pickpockets. Ils prennent tout ce qui traîne...

Découvrez les prochaines nouveautés de la collection

Aventures et Passions

Le 2 décembre

Un mari féroce

de Julie Garwood (n° 3662)

Mariée de force au cruel baron Raulf qui la bat et la torture, Johanna accueille la mort de son époux comme une délivrance. Mais, pour se protéger du roi, elle doit absolument se remarier au plus vite. On lui conseille d'épouser Gabriel MacBain, un chef de clan écossais. Dans ses bras, Johanna va découvrir le plaisir. Et Gabriel, sans oser l'avouer, est sous le charme. Mais, comme revenu de l'enfer, Raulf réapparaît...

Le 2 décembre

La fuite de Pénélope

de Madeline Hunter (n° 7826)

Lorsque Pénélope lui avait annoncé ses fiançailles avec le comte de Glasbury, le cœur de Julian Hampton s'était brisé. Mais quelques années plus tard, la jeune femme lui demande de l'aide pour fuir son mari dont les cruautés ont fait de sa vie un enfer. Malheureusement, où qu'ils se cachent, Glasbury les retrouve. Leur unique chance : faire éclater un scandale tel que le comte demande le divorce. À chaque étreinte, Julian et Pénélope tombent de plus en plus amoureux. Leur passion sera-t-elle leur ruine ou leur salut ?

Ce mois-ci, retrouvez également

Amour et Destin

Des histoires d'amour riches en émotions déclinées en trois genres :

Intrigue ***Romance d'aujourd'hui*** ***Comédie***

Le 2 novembre *Romance d'aujourd'hui*

De si douces paroles

de Lorraine Heath (n° 7815)

Depuis la mort de son mari au cours d'une mission militaire, Serena se consacre à son fils de neuf ans. Et elle se sent seule. C'est alors qu'un soir, dans un bar, elle boit plus que de raison et se retrouve dans les bras d'un inconnu... Hunter Fletcher, agent de la CIA, refuse toute relation sérieuse, mais cette rencontre avec Serena le transforme...

Le 10 novembre *Intrigue*

Pacte mortel – 3 : Au nom de Curtis

de Mariah Stewart (n° 7816)

En dépit de ce qu'il a pu dire, Archer Lowell n'a pas l'intention de remplir sa part du contrat. Mais, de sa prison, Vince sait comment faire pression pour qu'Archer s'occupe de la liste noire de Curtis Channing, comme convenu. Et lorsque les premiers meurtres se produisent, les agents du FBI Miranda Cahill et Will Pletcher sont surpris : Archer n'avait pas le profil d'un tueur. Il leur faut à présent trouver qui Curtis voulait voir mort. Miranda réalisera-t-elle à temps qu'elle est la prochaine cible ?

Le 25 novembre *Comédie*

Méfiez-vous de l'homme qui dort

de Vicki Lewis Thompson (n° 7817)

Lainie, meneuse de revue dans un casino de Las Vegas et mère d'un petit génie, Dexter, a quitté le père de l'enfant car il était violent. Un soir, celui-ci réapparaît, bien décidé à récupérer son fils. Heureusement, leur voisin, Harry, comptable du casino, vient à sa rescousse... enfin, il les aide à fuir. Imper au vent, vêtue en tout et pour tout d'un string papillon, voilà Lainie filant sur les routes !

Amour et Mystère

Sous le charme d'un amour envoûtant

Le 18 novembre

Le cercle des immortels – 2 : Les démons de Kyrian

de Sherrilyn Kenyon (n° 7821)

Alors que tous les membres de sa famille pratiquent diverses activités paranormales, Amanda souhaite seulement avoir une vie normale. Jusqu'au jour où son excentrique communauté lui amène un fiancé grâce à la magie ! Kyrian de Thrace n'est pas n'importe qui : il a passé un pacte avec la déesse Artémis deux mille ans auparavant, après avoir été torturé et tué par les Romains. En échange de son immortalité, il est devenu un chasseur de démons. Face à son pire ennemi, ses pouvoirs suffiront-ils à les protéger, lui et Amanda ?

Passion intense

Quand l'amour vous plonge dans un monde de sensualité

Le 18 novembre

Plaisirs secrets

de Bertrice Small (n° 7523)

Après de nombreuses années de vie conjugale sereine, Nora est effondrée : son mari la quitte pour une autre. Ses amies lui révèlent alors leur secret pour oublier leurs soucis et plonger dans le monde des fantasmes les plus profonds. Un numéro de téléphone, un écran de télévision et Nora se retrouve dans l'appartement de ses rêves, face à un homme qui la regarde avec admiration et passion. Jamais elle n'aurait imaginé vivre une relation si sublime et si intense...

7818

Composition Chesteroc Ltd
Achevé d'imprimer en France (Manchecourt)
par Maury-Eurolivres
le 3 octobre 2005.
Dépôt légal octobre 2005. ISBN 2-290-34719-5

Éditions J'ai lu
87, quai Panhard-et-Levassor, 75013 Paris

Diffusion France et étranger : Flammarion